유네스코 세계지질공원

# 한탄강 인문기행

유네스코 세계지질공원

# 한탄강 인문기행

2022년 11월 7일 초판 1쇄 발행

글       권혁진
감수     정대교
펴낸이   원미경
펴낸곳   도서출판 산책
편집     김미나 정은미

등록     1993년 5월 1일 춘천80호
주소     강원도 춘천시 우두강둑길 23
전화     (033)254_8912
이메일   book8912@naver.com

ⓒ 권혁진 2022
ISBN 978-89-7864-114-2    정가 17,000원

유네스코 세계지질공원

# 한탄강 인문기행

글  권혁진
감수  정대교

　약 50만~10만 년 전 북한 오리산에서 분출한 용암이 남쪽으로 흘러 광범위한 용암대지를 만들었다. 한탄강이 용암대지를 수십만 년에 걸쳐 침식시키자 수직의 주상절리와 베개용암, 백의리층 등이 형성되었다. 한탄강 유역은 내륙에서 보기 힘든 화산지형이 잘 보존된 곳으로 지질학적 가치가 매우 높으며, 기이한 장관으로 주목을 받아왔다. 이에 따라 한탄강 유역의 비둘기낭 폭포, 화적연, 아우라지베개용암, 재인폭포, 직탕폭포, 고석정, 철원 용암대지 등 총 26곳이 지질명소로 지정되었고, 유네스코(UNESCO) 세계지질공원으로 지정되기에 이르렀다.

　한탄강 유역은 지질의 특이한 아름다움으로 발길이 예전부터 이어져 왔다. 찾은 이들은 감흥을 이기지 못하고 노래를 부르거나, 시를 짓고, 그림을 그렸다. 여행기를 남기기도 했다. 아름다운 경관은 어느새 의미 있는 문화공간이 되었다.

　화적연이 대표적인 공간이다. 지질학적인 특성으로만 설명할 수 없는 다양한 모습을 보여준다. 문인들은 기문(記文)으로 화적연을 설명한다. 여행 중에 명승지를 찾은 유람객은 여행기에 감동을 기록한다. 시인들도 범상치 않은 모습에 찬양하는 시를 바친다. 화가는 종이 위에 진경을 남긴다. 지역민들은 용과 관련된 전해오는 이야기를 들려준다. 관리들은 가물면 이곳을 찾아 제사를 올리며 기원한다.

철원의 한탄강에서 칠담과 칠만암, 검흘곶과 도덕탄 등의 장소를 소개한 것이 뿌듯하다. 순담계곡에서 정자터와 만취계장(晚翠溪莊)이란 글씨를 찾았을 때도 기억에 남는다.

  포천 백운산에서 조계폭포를 확인했을 때는 한여름이었다. 마침 비가 내려 장대한 폭포를 제대로 볼 수 있었다. 김창협의 호가 농암(農巖)인데 직접 바위를 확인하는 행운도 가질 수 있었다. 선인들이 백로주, 금수정, 창옥병 등에 남긴 시문을 확인할 때도 감회가 새로웠다.

  지질명소는 독특한 아름다움을 느끼게 해 주었다. 협곡과 폭포를 대할 때마다 감동이 밀려왔다. 임진강 주상절리 앞에 섰을 때는 어느 가을날 저녁 무렵이었다. 불타오르는 듯한 적벽에 한동안 망연히 서 있었다.

  이 책은 한탄강 유역의 26곳 지질명소를 지질학적 특성뿐만 아니라 그 밖의 장소에서 문화적인 의미를 찾는데 주안점을 두었다. 한탄강은 지질, 역사, 문화, 생태 등이 어우러져서 흐르는 강임을 보여주고 싶었다.

  지질에 대한 조언을 정대교 교수님께서 아끼지 않으셨다. 많은 부분을 수정하며 감수를 해 주셨다. 김남덕 작가는 귀중한 사진을 제공해 주셨다. 함께 철원지역을 답사한 김영규 소장님에게도 감사를 드린다. DMZ생태평화공원에 근무하는 최태희님 덕분에 용양보 탐방을 할 수 있었다. 마지막으로 책을 발간해주신 산책 대표님에게 감사를 드린다.

# 7 연천 한탄강

# 1

철원 한탄강

# 1

철원
한탄강

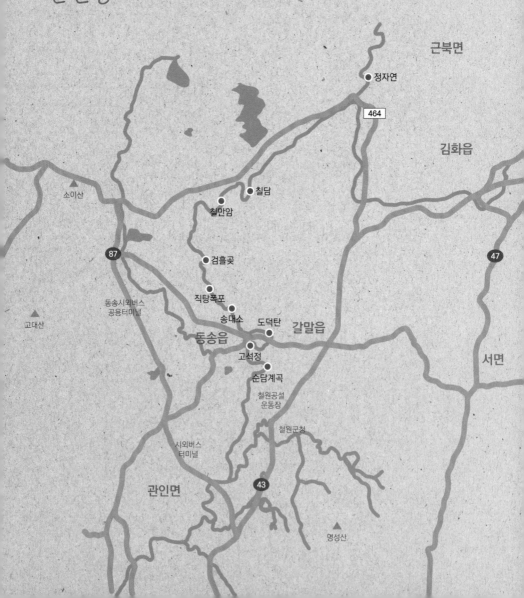

근북면

정자연

464

김화읍

소이산

칠담

칠만암

47

검흘곶

직탕폭포

동송시외버스
공용터미널

송대소

도덕탄

갈말읍

고대산

동송읍

고석정

서면

순담계곡

철원공설
운동장

시외버스
터미널

철원군청

관인면

43

명성산

맑은 못과 푸른 절벽
# 정자연

"산은 높지 않아도 신선이 살면 이름이 나고, 물은 깊지 않아도 용이 살면 영험하다." 당나라 때 시인 유우석이 지은 「누실명」 중 일부분이다. 한탄강 상류에 있는 '정자연'에도 적용되는 글일까? 강원도 평강군에서 발원한 한탄강은 수십만 년 전 화산폭발 때 흐른 용암으로 인해 현무암 절벽, 주상절리와 폭포 등 다양하고 아름다운 지형과 경관을 갖게 되었다. 몇 십만 년의 역사를 갖고 있는 빼어난 경관의 '정자연'이 세간에 알려지게 된 것은 황근중黃謹中, 1560~1633이 정자연 옆에 은거하면서부터다. 유우석의 「누실명」과는 달리 아름다운 곳에 신선이 살게 되었다.

1623년 계해반정癸亥反正으로 인조가 등극하자 황근중은 늙고 병들었으니 어찌 조정에 나아가 구차하게 작은 공이라도 있기를 바

라겠느냐며, 전라도 관찰사에서 물러나 철원에 은거했다. 산수가 아름다운데다가 황근중이 '창랑정滄浪亭'을 짓고 노년을 즐기면서 전국적인 명성을 얻게 되었다. 청렴결백한 몸으로 세상과 타협할 수 없어, 멱라수에 몸을 던질 수밖에 없었던 굴원을 생각하면서 정자의 이름을 지었을 것이다. '창랑의 물이 맑으면 내 갓끈을 씻으리라. 창랑의 물이 흐리면 내 발을 씻으리라[滄浪之水淸兮 可以濯吾纓 滄浪之水濁兮 可以濯吾足]'라는 대목을 떠올렸을 것이다. 정자를 지은 곳은 한탄강 가였고, 그때부터 정자 앞 연못처럼 깊은 강을 정자연亭子淵이라 부르게 되었다.

이곳은 금강산으로 가는 길목이라 시인묵객들이 들리곤 하였다. 1692년에 이현석李玄錫, 1647~1703은 아우 이현조李玄祚와 함께 금강산을 유람하였는데, 이때 정자연에 들렀다가 황근중의 증손이 기문을 청하자 「협선정기挾仙亭記」를 지어준다.

　나는 일 때문에 철원을 갔다가 정자연을 지났다. 정자연은 세상에서 소금강이라 칭한다. 산수가 매우 깨끗하여 바라보니 시력이 단번에 밝아진다. 십리에 걸쳐 푸른 소나무가 에워싸고 있어 처음에는 계곡이 있는 줄 모르지만 시내를 따라 점차 들어가면서 나무 그늘을 뚫고 가니 하늘은 시원하게 높고도 깨끗하다. 양쪽 언덕의 기이한 바위는 천 척이나 우뚝 서서 좌우로 길게 이어진다. 소나무 숲이 처음과 끝이 되고 푸른 물은 아래로 흐른다. 도는 물은 맑은 못이 되고 물가는 급히 흐르는 여울이 된다. 쟁쟁 물소리 맑으니 정신을 상쾌하게 하여서 차갑게 한다. 조그만 배를 불러 물 가운데로 가서 쳐다보니 몇 칸 초가집이 아득한 노을 사이에서 은은히 비친다. 아득하여 신선의 거처인 것 같아 물어보니 협선정(挾仙亭)이라 한다. 올라가서 보니 긴 숲은 두 손을 마주잡고 인사하는 것 같고 늘어선 바위는 병풍과 같다. 천석(泉石)은 안석과 상 같고, 언덕과 산은 안주와 과일 같아 구름과 안개가 변하여 진실로 응대하여 맞이할 겨를이 없을 정도다! 산수의 뛰어난 색을 돌아보는 가운데 모을 수 있다. 맑은 기운이 뼛속까지 스며들고 차가운 바람이 겨드랑이 간지럽히니 훌쩍 날개를 달고 구름 위로 솟는 것 같다. 소동파가 말한 하늘 나는 신선을 끼고 즐겁게 노는 것이 허탄한 말이 아님을 비로소 깨닫는다. 거처를 정한 자가 누구냐 물으니 예전의 관찰사 월탄(月灘) 황공(黃公)으로 만년에 살던 곳이라 한다. 정자 또한 월탄공(月灘公)이 지은 것인데 가장 위치가 높아 경치가 좋은 곳을 고른 것이다. 공이 죽고 전쟁으로 인한 화재로 정자가 폐허가 된 것이 50년이 되었고, 지금 새로 지은 것은 공의 증손인 양성(陽城) 사군(使君)이라고 한다. 사군(使君)이 불러서 잠시 쉬자니 물고기를 그물질하여 안주를 내어 한참 담소를 하고, 창가에 기대어 의기 양양해하다 돌아왔다. 이로부터 나는 꿈에도 정자연에 있지 않은 적이 없었다.

정자연 옆에 위치한 협선정挾仙亭에 대한 기문이다. 주변의 묘사가 세밀하여 마치 협선정에 앉아서 주변을 바라보는 듯하다. 황근중이 지은 창랑정은 1636년 병자호란 때 전소되었다가 후손에 의해 재건되었음을 알려준다. 이현석이 1692년에 들렀을 때 정자는 협선정이었다. 재건하면서 이름이 바뀐 것이다.

이후 정자의 이름은 또 한 번 바뀐다. 오재순吳載純, 1727~1792이 1758년에 「정연기亭淵記」를 지을 때 정자의 이름은 선유정仙游亭이 었다. 그는 평강 현감 때 「평강산수기平康山水記」와 그 일대의 승경을 두고 지은 「석굴기石窟記」, 「재인담기才人潭記」 등을 지었는데, 그 당시 정자연이 평강에 속했기 때문에 「정연기」도 이때 지은 것으로 보인다.

정연(亭淵)은 고을 남쪽 40리인 마연(馬淵)의 끄트머리에 있다. 마연의 물은 고을 북쪽에서 출발하여 남쪽으로 10여리 흘러 화풍정(花楓亭)이 된다. 다시 수십 리를 흘러가서 선유담(仙遊潭)의 물과 합쳐져서 정연(亭淵)

이 된다. 근원은 멀고 맑고 푸르며 깊고 넓다. 오른쪽은 언덕을 지고 있는데 위는 평평하며, 황씨(黃氏)가 거주한 것이 오세대가 되었다. 높다란 낭떠러지가 왼쪽으로 나란히 우뚝 솟았다. 둥근 형세가 활과 같아서 물은 아래 물굽이를 따라서 나온다. 위에 큰 소나무가 열 지어 나란히 푸르고 첩첩이 푸르며 절벽과 처음과 끝을 함께 한다. 물을 거슬러 올라가면 왼쪽 절벽은 트이며 평평한 언덕이 되고, 오른쪽은 연달아 봉우리가 시작된다. 가운데 봉우리의 허리에 정자를 세우고 선유정(仙游亭)이라 하였다. 험한 층계 수십 개를 밟고 올라가 못과 구비를 굽어보고 늘어선 산을 마주볼 수 있다. 또한 황씨가 설치한 것이다. 무인년(戊寅年) 9월 17일에 적는다.

「정연기」는 정연의 지리적 위치와 특징을 잘 보여준다. 평강의 마연 끝부분에 위치한 화풍정을 지나 선유담의 물과 합쳐져서 정연이 된다는 연원을 설명하고, 주변 경관을 자세하게 서술하였다.

정자연 주변은 소금강으로 불릴 정도로 뛰어난 풍경을 자랑한다고 인정하면서 이중환李重煥, 1690~1752은 또 다른 시각으로 정자연 일대를 평가한다. 1751년에 정자연을 중심으로 한 지역 일대를 산수와 땅에서 생산되는 이익이 좋은 곳으로 지목하였다. "황씨들이 대대로 살고 있는 평강의 정자연은 철원 북쪽에 위치해 있으며 큰 들판 가운데 산이 솟아 있고, 큰 시내가 안변의 삼방치三方峙에서 서남쪽으로 흘러내려오다가 마을 앞에서 더욱 깊고 커져 작은 배들이 다닐 만하다. 강 언덕 석벽이 병풍 같고 정자와 축대와 수목의 그윽한 경치가 있다."라고 기술하였다.

문인들의 입과 글을 통해 묘사되고 알려지게 된 정자연은 정선鄭敾, 1676~1759의 그림을 통해 명성을 조선에 떨치게 된다. 정선은 세 번 금강산을 여행한다. 36세인 1711년에 여행하고 『신묘년풍악도첩』을 남긴다. 37세인 1712년에 이병연의 초청을 받아 스승인 김창흡과 여행한다. 이때 겸재는 그림을 그리고, 이병연과 김창흡은 제화시를 지어 화첩을 엮고 『해악전신첩』이라 하였다. 아쉽게도 그림은 전해지지 않는다. 36년이 지난 1747년에 72세인 정선은 금강산을 다시 여행하며 36년 전 그렸던 그림들을 다시 그린다. 이병연의 시는 이병연에게 다시 쓰도록 부탁하고, 이미 돌아간 김창흡의 시는 강원감사 홍봉조에게 쓰도록 해서 젊은 시절 만들었던 책처럼 다시 구성해 『해악전신첩』을 만들었다.

또한 정선은 청하현감으로 있을 때(1721~1726) 동해안을 따라 여행하면서 사생해 두었던 것을 10여 년 후, 63세(1738년)에 그때의 그림을 그려 『관동명승첩』을 만든다. 화첩에는 청간정, 천불암, 정자연, 망양정, 죽서루, 해산정, 총석정, 시중대, 월송정, 삼일포, 수태사동구, 이렇게 11점의 작품이 실려 있다. 정자연 그림은 『해악전신첩』과 『관동명승첩』에 남아 있다.

고목은 푸르게 양쪽 언덕에 섰고　老木蒼蒼兩岸出
외딴 마을 적막하고 시내만 흐르네　孤村寂寂一溪流
무릉동 골짜기 안에서 피리 부니　武陵洞裏人吹笛
칠리탄 어귀에서 배에 기대네　七里灘頭客倚舟

이병연은 정자연 그림을 보고 이렇게 제화시를 지었다. 이병연의 눈에 먼저 들어온 것은 강 양쪽 언덕에 늘어선 오래된 나무들이다. 소나무가 대부분이고 사이에 버드나무가 가지를 드리우고 있다. 절벽을 마주보고 있는 언덕엔 집 몇 채가 숲속에 있다. 그 중 두 사람이 앉아 물끄러미 강을 바라보고 있는 집이 보인다. 아마도

'협선정'일 것이다. 집 바깥에 홀로 서 있는 사람은 누구일까? 배를 띄우기 위해 준비하는 것 같기도 하고, 손님을 위해 낚시를 하려는 것 같기도 하다. 한참 그림을 바라보노라니 그림 속에서 피리소리가 들려온다. 정자연이 있는 일대 협곡을 무릉동武陵洞이라 불렀다. 어디서 부는지 피리소리가 골짜기를 울린다. 피리소리를 듣던 칠리탄七里灘 어귀에 있던 배 위의 나그네는 아예 배를 강가에 대고 감상 삼매경에 빠진다. 칠리탄은 동한東漢의 은사 엄광嚴光이 은거하며 낚시질하던 여울로 은사의 거처를 의미하곤 한다. 그런데 그림 좌측 절벽에 계단이 보인다. 무슨 용도일까?

김창흡은 그림을 보고 「제이일원해악도후題李一源海嶽圖後」에서 이렇게 자신의 심회를 서술하였다.

> 그림이라는 것은 잘 꾸미는 것이라  丹青善幻
> 진실로 기이함을 묘사하여 진짜라 할 수 있으니  固能摸奇稱眞
> 추함을 아름답게 할 수도 있네  而亦或轉醜爲妍
> 그림을 살피니 맑은 연못과 푸른 절벽이라  按圖而澄潭翠壁
> 검은 바위와 누런 물결 아닌 줄 누가 알겠나  安知非烏石黃流乎
> 둘러보고 마음 만족한 걸 취하니  且取遊目意足
> 무슨 언덕이고 무슨 정자냐고 묻지 말라  不須問某丘某亭也

그림은 눈에 보이는 실경을 더 아름답게 그려내곤 한다. 추한 것을 반대로 아름답게 그려낼 수도 있다. 그림 속 풍경을 보고 맑은 연못과 푸른 절벽을 상상한다. 그러나 김창흡이 직접 목격한 정자연 일대는 그렇지 않았던 것 같다. 마침 그때는 비가 많이 내려 정자연은 푸른 옥색이 아니라 누런 흙탕물이었다. 정자연 옆 절벽은 빗물을 머금어 검은 쇳덩어리처럼 보였다. 정선의 솜씨가 실경보다 뛰어나다는 것을 칭찬한 것 같다. 그러나 아름답게 그리고 추하게 그리고 간에 크게 문제 될 것이 없다. 중요한 것은 내 마음에 흡족하면 된다. 그런 상태에서는 색깔이 문제가 되지 않는다. 정자연 주변의 언덕 이름도 중요하지 않다. 정자의 이름도 누가 지었는지도 중요하지 않다. 그냥 바라보고 마음에 들면 그뿐이라고 김창흡은 말한다. 이러쿵저러쿵 따지는 사람들에 대한 일갈이다.

남유용南有容, 1698~1773은 정자연에 들렸다가 「창랑정에 올라」를 짓는다.

세상 먼지 닿지 않는 곳 신선 집 風塵遠處盡仙扉
이런 곳서 사는 거 이처럼 드물겠지 得地終應似此稀
난간 밖 굽은 길은 금강산으로 가고 檻外路縈楓嶽去
울타리 앞 흐르는 물 절벽으로 가네 籬前水引玉屛歸
모래톱에 해 지나니 나무는 그늘졌다 개고 空洲日轉陰晴樹
오랜 절벽에 구름 서리니 벽려 옷 입은 듯 古壁雲沉薜荔衣
굽이치는 못에 외다리 있다 하니 見說曲潭添一架
낚시꾼들 자리다툼 하지 않겠네 定教漁釣不爭磯

남유용은 정자연 일대를 속세와 멀리 떨어진 신선의 공간으로 보았다. 창랑정은 속세의 먼지 하나 닿을 수 없는 신선의 집이다. 인간세계와 구별되는 별세계에 사는 것은 흔치 않은 일이라며 부러워한다. 별세계인 정자에서 바라보니 길은 금강산으로 이어지고, 울타리 앞 물은 병풍처럼 둘러친 벼랑 쪽으로 흘러간다. 이 구절은 청랑정의 위치를 알려준다. 정자는 벼랑 위에 있었다고 보는 견해

가 대부분이었다. 정선의 그림 속 벼랑 위에 정자가 없는 것은 정자
가 복원되지 않았기 때문이라고 보았다. 그러나 정선이 오기 전인
1692년에 이현석은 「협선정기」를 지은 적이 있다. 그는 기문에서
배에서 쳐다보니 몇 칸 초가집이 아득한 노을 사이에서 은은히 비
치는 것이 신선의 거처인 것 같아 물어보니 협선정挾仙亭이라 한다
고 밝힌 바 있다. 협선정은 높은 벼랑 위에 홀로 있었던 것이 아니
라 초가집 사이에 있었다. 정선의 그림 속 집 사이에 있었다.

오재순吳載純, 1727~1792이 1758년에 지은 「정연기亭淵記」를 보면
또 다른 정자가 있었다. 물을 거슬러 올라가다 오른쪽으로 펼쳐진
봉우리 중 가운데 봉우리의 허리에 정자를 세우고 선유정仙游亭이

라 하였다는 구절이 보인다. 험한 층계 수십 개를 밟고 올라가 못과 구비를 굽어보고 늘어선 산을 마주볼 수 있다고도 한다. 여기는 정선의 그림 속 집의 맞은편을 말한다. 그림 속 절벽에서도 좌측에 절벽을 오르는 계단이 보인다. 선유정으로 가는 계단일 것이다. 그렇다면 창랑정과 협선정은 마을 쪽에, 선유정은 절벽 쪽에 있었던 것으로 보인다.

휴게소에서 정자연을 바라보며 정선의 그림을 떠올린다. 지형은 변함없지만 많은 것이 변했다. 절벽 위 나무는 보이지 않는다. 강변에 있던 집도 사라진 지 오래다. 더 커다란 변화는 이제는 시인 묵객들이 화가들이 찾을 수 없다는 것이다. 더 이상 이곳을 노래하지 않는다. 그리지 않는다. 신선이 살지 않기 때문이다. 아니 사람이 살지 않기 때문이다. 언제나 옛 영화를 다시 찾을 수 있을까?

김남덕 제공

공동체의 기억에서 사라지다
# 칠담

'마을에 노인 한 분이 돌아가시면 박물관 하나가 없어진다.' 한
분이 돌아가시면 그분의 소중한 경험과 지혜, 그리고 그분이 알고
있는 마을의 역사가 함께 사라지기 때문에 그분들의 삶을 높이 평
가한다는 것을 뜻한다. 양지리와 동막리에서 '칠담七潭'에 대해서
물으니 모른다는 대답만이 되돌아올 뿐이다.

허목許穆, 1595~1682은 「화적연기禾積淵記」에서 "체천砌川; 한탄강의 물
은 청화산靑華山에서 발원하여 화강花江의 물과 합류하여 육창陸昌;
철원을 지나며 칠담七潭과 팔만암八萬巖이 되고, 영평 북쪽에 이르러

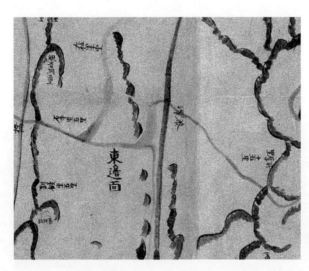

1872년도 지도.
칠담이 표시되어 있다

화적연이 된다."라고 설명한다. 또 그는 「정군鄭君에게 주는 산수지
로기山水指路記」에서 이렇게 알려준다. "북쪽으로 10여 리 물길을 따
라 올라가면 고석정孤石亭이 나온다. 물속에 층층 바위가 푸른빛을
띠고 우뚝 솟았는데, 물이 깊고 이끼가 미끄러워서 사다리를 타고
도 올라갈 수가 없다. 상류에는 칠담七潭과 팔만암八萬巖이 있고, 그
위에 황씨黃氏의 별장이 있다." 황씨의 별장은 정자연 옆에 있는 황
근중의 은거지를 말한다. 고석정 상류에 있으며 황씨의 별장 아래
에 있는 칠담과 팔만암은 어디를 말하는 것일까? 팔만암은 칠만암
七萬巖으로 알려진 곳으로 양지리와 대위리에 걸쳐 있는 바위들을
가리킨다. 그러면 칠담은 팔만암 상류에 있어야 하지 않을까?

　성해응의 「기동음산수記洞陰山水」와 정약용의 『대동수경大東水經』
에서도 허목의 설명과 비슷한 내용을 찾을 수 있다. 광무光武 3년인
1899년에 편찬한 『철원군읍지』는 칠담漆潭에 대해 이렇게 적었다.
"부 동쪽 25리 체천 상류에 있으며, 너럭바위가 평평하여 백여 명
이 앉을 수 있다. 색은 눈 같고 물 깊이는 몇 길인지 알 수 없다. 물
색이 옻 같아서 이름 붙였다." 칠담七潭이 아니라 칠담漆潭으로 적
은 것이 다르고, 물빛이 옻처럼 검게 보여서 이름을 얻게 되었다는
유래도 알려준다. 『강원도지』는 칠담七潭은 군 동쪽 2리에 있으며,
검흘곶진檢屹串津의 상류라고 더 자세한 정보를 알려준다. 검흘곶
진은 지금의 오덕리에 위치한 금월동 일대를 말한다. 『철원군읍지』
는 25리라 했는데 『강원도지』는 2리라 한 것이 다르다. 1992년도
에 발행한 『철원군지』는 더 자세하다. 칠담漆潭은 양지리에 있다면
서 다음과 같이 알려준다. "양지리와 동막리 사이에 위치한 칠담은
헤아릴 수 없는 깊이와 고여 흐르는 한탄강의 검푸른 빛깔 때문에

칠담으로 불리어왔으며 주위에 펼쳐진 평평한 현무암 반석은 이곳을 찾는 이들의 감탄을 자아낸다. 옛날에는 이곳에 나루가 설치되어 있었다.”

여러 문헌자료들이 설명해주는 칠담七潭, 혹은 칠담漆潭은 양지리와 동막리 사이 한탄강에 있으며, 검푸른 빛깔 때문에 칠담이란 이름을 얻게 되었고, 반석이 넓어서 철원의 명소였다. 여러 자료가 증언해주는데도 마을 사람들의 기억에 사라진 이유는 무엇일까?

양지리는 휴전선 남쪽으로 6㎞ 떨어져 있는 토교저수지 인근의 마을이다. 전쟁과 분단의 아픔으로 기억되던 마을은 천연기념물인 두루미와 독수리, 그리고 쇠기러기가 비상하는 장관을 볼 수 있는 철새 조망지역으로 잘 알려져 있다. 1953년 휴전과 함께 대한민국 행정구역으로 편입된 양지리는 전쟁이 할퀴고 간 상처만을 간직한 버려진 황무지였다. 하지만 사람들이 입주하기 시작하고, 1972년 정부 시책에 의해 민북 마을 개척이 시작되면서 1973년 100가구가 삶의 터를 잡았다. 마을 사람들은 마을 북쪽에 있는 제2땅굴, 월정리역, 철원평화전망대, 아이스크림고지 등 분단의 역사 현장만 기억할 뿐이다. 동쪽에 있는 칠담은 고향을 떠난 노인들의 기억에만 남아있게 되었다.

동막리도 크게 다르지 않다. 옛날을 기억하는 사람들은 세상을 떴거나 마을을 떴다. 최근에 어릴 적 동막리에 사셨던 분이 외동교 위가 칠담이라고 알려주신다. 1872년도에 작성된 지도도 양지리와 동막리를 잇는 곳에 칠담을 표시했다. 외동교에서 상류를 바라보자 잔잔한 칠담이 이제야 보인다.

외동교 위 칠담

어와, 조화옹이 헌사토 헌사할샤

# 칠만암

어와, 造조化화翁옹이 헌사토 헌사할샤.
날거든 뛰디 마나, 셧거든 솟디 마나.
芙부蓉용을 고잣난 닷, 白백玉옥을 믓것난 닷,
東동溟명을 박차난 닷, 北북極극을 괴왓난 닷.
(어와 조물주가 바쁘기도 바빴겠구나.
나는 듯 하면서도 뛰는 것 같고, 서있는 듯 하면서도 솟아 있는 것 같고,
연꽃을 꽂아 놓은 듯, 백옥을 묶어 놓은 듯하고,
동해를 박차고 나온 듯 하고, 북극을 받치고 있는 듯 하고.)


    정철鄭澈, 1536~1593의 「관동별곡」 중 금강산에서 소향로봉과 대향
로봉을 눈 아래 굽어보고, 정양사 진헐대에 다시 올라 앉아 묘사한
부분이다. 기기묘묘한 금강산이 눈에 보이는듯하다. 아마 만물상
萬物相을 보았어도 이렇게 묘사했을 것이다. 만물상은 원래 만물초
萬物草라 하였다. 오랜 세월 비바람에 자연적으로 다듬어져 자기 나
름의 형체를 갖춘 바위들이 수없이 솟아 있어 이곳에서 만물의 모
양새를 다 볼 수 있다고 하여 만물상이라 하였다.
    층층절벽 만 가지 생김새를 가진 기암괴석으로 이루어진 봉우리
들이 줄지어 서 있는 만물상보다 일곱 배 또는 여덟 배 많은 바위
들이 철원 한탄강에 있다. 만물상보다 일곱 배 많아서 칠만암七萬巖
이고, 여덟 배 많아서 팔만암八萬巖이다.
    허목許穆, 1595~1682은 「화적연기禾積淵記」에서 한탄강의 물은 철원

을 지나며 칠담七潭과 팔만암八萬巖이 된다고 하였다. 또 「정군鄭君에게 주는 산수지로기山水指路記」에서 (고석정) 상류에는 칠담七潭과 팔만암八萬巖이 있다고 하였다. 팔만암은 어디를 말하는 것일까? 『강원도지』는 칠만암이 어운면於雲面 양지리에 있다고 알려준다.

칠만암은 한탄강 걷는 길 코스에 포함되어 있다. 계단을 내려가 데크를 걸어가니 강 가운데 커다란 바위가 보인다. 그러나 칠만암이라고 하기에는 바위 갯수가 너무 적다. 현재 장소부터 1㎞정도 상류인, 양지리에서 대위리를 흐르는 한탄강에 있는 바위군을 칠만암으로 보는 것이 맞을 것이다. 이 구간은 1970년대까지 민간인이 자유롭게 출입할 수 없었다. 한국전쟁 이전까지만 해도 철원팔경의 한 곳으로 불릴 만큼 빼어난 풍광을 자랑하던 곳이었으나 민통선 안에 위치해 출입이 어려워지면서 관심을 받지 못하게 되었다.

양지리 칠만암

신면재申冕璉는 칠만암을 유람하고 시를 한 수 남긴다.

옛날부터 칠만암이라 말을 하는데 自古云云七萬岩
자연스럽게 머리 돌려 동남쪽 향하네 天然回首向東南
그 모습 갖가지라 그리기 어려워서 難摸厥像形非一
아름다운 이름 내려 세 글자 새겼네 肇錫嘉名字刻三
선비들 술 안고오니 속세에 매인 일 적고 詩士携樽塵累小
마을 사람 더위 피하니 낮잠이 달콤하네 野人避暑午眠甘
맑은 못 날리는 폭포 아름다움 더하는데 澄潭飛瀑仍添景
온갖 풍상 훑어본 사람 몇이나 될까 閱覽風霜幾個男

　양지리에서 강으로 내려가니 온갖 형상의 바위들이 날카로운 기상을 드러낸 채 물결 속에서 제각각 늠름함을 자랑한다. 금강산의 축소판이다. 바위 사이를 흐르는 물이 하얗게 물보라를 일으키며 세차게 흐르기도 하고 잠시 멈추기도 한다. 이곳은 철원에서 출생한 김응하金應河, 1580~1619 장군의 전설이 있는 곳이기도 하다. 김응하 장군이 수만 개의 기암괴석에서 무예를 연마하면서 호연지기를 길렀다고 하는데 참말로 수긍이 간다.
　광해군 10년인 1618년에 명나라가 후금後金을 치면서 조선에 원병을 청한다. 출병을 거절했지만 명나라의 압박과 의리를 지켜야 한다는 대신들의 의견에 따라 도원수 강홍립姜弘立과 부원수 김경서金景瑞를 따라 김응하는 좌영장으로 출정하게 된다. 심하深河 전투에서 명나라 군대는 대패하고 조선의 원군도 후금 군대에 항복했을 때, 김응하 장군은 홀로 3천 명 군사를 이끌고 수만 명의 적군을 상대로 고군분투하다가 장렬히 전사하였다. 군사들이 전몰한 상황에서 김응하 장군은 말에서 내려 버드나무 밑[柳下]에 몸을 기대고 활을 쏘아 적을 사살하다가 화살이 떨어지자 칼을 빼 들고 적을 무수히 격살하였다. 그가 전사한 뒤에 적들이 버드나무 밑의 장군이 가장 용감하여 범접할 수 없었다면서 유하장군柳下將軍이라고 찬양하였다. 1620년에 명나라 신종神宗이 그를 요동백遼東伯에 봉하고 그의 처자에게 백금百金을 하사하였다. 조선에서는 그를 영의정에 추증하고, 충무忠武의 시호를 내렸으며, 충혼비를 의주에 세웠다. 고향 철원에는 포충사褒忠祠를 건립하여 후손들이 제향을 올리도록 했고, 묘정비와 신도비를 세워 장군의 공을 오래 기억하도록 했다. 문인들은 시를 지어 장군을 추모하였다.

성해응은 철원을 유람하다가 김응하 장군이 무예를 연마하던 곳에 들러 「칠만암」을 남겼다.

물은 시커멓게 검고  慘慘潭水黑
바위는 새하얗게 희네  皚皚石面白
협곡의 강 깊고 깊은데  峽江深復深
해 저물자 바람이 부네  日暮虛籟作

칠만암에 대한 첫인상이 이렇지 않을까. 한눈에 들어오지 않는 천태만상의 바위들을 어떻게 묘사할 수 있겠는가. 칠만 개나 되는 바위는 햇살에 하얗게 빛나고 바위 사이로 흐르는 물은 검게 보일 뿐이다. 바위 구경에 좀처럼 발길을 돌릴 수 없다. 거기다 김응하 장군의 비장한 최후를 떠올리니 강물 소리는 우는 듯하다. 바람 소리는 전쟁터에서 오고가는 화살소리 같다. 강개한 마음으로 시를 지었을 것이다.

여울소리 매우 장하구나
# 검흘곶

문명이 발달할수록 더 편리하고 더 빠르게 돌아가지만 더 많은 것들이 사라져 간다. 그리고 잊혀간다. 자본주의 경제논리와 편리함이 우리 곁에 있던 소중한 것들을 망각의 지대로 빠르게 몰아간다.

빠름에 익숙해져 버린 시대다. 빠르지 않으면 안 되는 조급증에 시달리는 현대인에게 빠름은 선이다. 무엇이든 빠른 것을 좋아한다. 빠름은 경제적 가치이고, 심리적 만족감이며 노동의 효율성이다. 느림은 게으른 자들, 패배자들의 핑계거리다.

길은 장소와 장소를 연결해 주는 통로다. 길은 단순히 이동수단에 그치지 않는다. 관의 명령체계와 통치가 이루어지는 핵심이다. 침략과 방어, 문화의 전파와 상업을 매개하는 역할을 한다. 길을

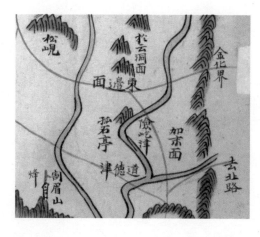

해동지도 속 검흘곶.
지도에는 험흘진으로 표기되었다

따라 사람들이 왕래하면서 문화가 전파되었고, 농업기술이 보급되었으며, 산업이 발전하였다. 단순히 사람과 물건이 이동하는 교통로의 의미를 넘어, 문화를 소통하고 교류하는 장이기도 했다. 길은 인류 역사의 발전과 문화의 생성, 소멸과정에서 매우 중요한 위치를 차지한다. 우리가 걷는 길은 역사적인 현장과 결코 동떨어져 있지 않음을 보여준다.

길은 빠르게 도달하기 위해 직선화한다. 강을 만나면 다리를 놓고 산을 만나면 터널을 뚫는다. 강이 아니더라도 들판 위에 다리를 놓아 직선으로 달리게 한다. 직선이 아닌 길은 사라져 가고 있다. 그리고 잊혀가고 있다. '검흘곶'도 빠름을 맹신하는 현대인들에 의해 잊혀가고 있다. 선인들의 시문 속에서나 만날 수 있다.

협곡의 강은 너른 들판 자르고　峽江橫野斷
푸른 소나무는 깊고도 깊네　蒼梧深復深
평평하고 먼 곳 문득 지나다　忽度平遠境
이처럼 맑고 푸른 물 만나니　有此澄碧潯
강가에는 흰 바위가 많아서　江上多白石
앉아 거문고 연주할 수 있네　可坐彈鳴琴
서풍이 바로 쓸쓸히 불어오자　西風正蕭瑟
나무들 모두 휘파람 부는 듯　羣木皆嘯吟
빈 골짜기 절로 청량해지니　空峽自泠泠
맑고 얕아 소리 끊이질 않네　淸淺無斷音
들판 다해서 막 산으로 드니　野盡方入山
구름 낀 나무만 뚜렷하구나　歷歷雲樹岑

성해응成海應, 1760~1839의 「검흘곶檢屹串을 건너며」이다. 검흘곶은 검흘천, 검흘진, 검흘관, 검진곶, 금월동 등 다양한 이름을 갖고 있다. 철원 부사 조태억趙泰億, 1675~1728은 검흘곶나루[檢訖串津]에 가장 높은 봉우리가 있는데 북쪽으로 평강을 임하고 남쪽으로 영평을 바라보고 있어 봉화를 설치하기에 가장 적절하다는 상소를 올리기도 했다. 예전엔 검흘곶이 많이 쓰였다는 것을 보여준다.

검흘곶은 어디에 있는가. 취수장이 위치한 동송읍 오덕리에 있다. 건너편 마을인 상사리로 건너는 나루가 있던 곳이다. 이곳은 한탄강에서 드물게 백사장이 있는 곳이라 지역주민들이 자주 찾던 곳이었다. 그러나 나루가 사라지고 취수장이 들어서면서 일반인의 출입이 자유롭지 못한 상태가 되었다. 성해응은 「철성산수기鐵城山

상사리에서 바라본 검흘곶

水記」에서 '검흘곶에 이르자 여울소리가 매우 장하다'고 기록했지만 물을 가두는 보 때문에 여울은 사라진지 오래다. 나루의 기능을 상실하면서 잊혀진 '검흘곶'은 취수장 때문에 원형을 잃었다. 나루터에서 배를 타고 상사리와 오덕리를 오고가던 그 때는 다시 오지 않는다. 느리지만 여유를 선사해주는 아날로그가 그리운 빠름의 시대에, 바라보기만 해도 위안을 주는 검흘곶이다. 검흘곶을 향하는 길은 출입을 통제하는 문이 설치되었다. 상사리 논둑에서 바라봐야 그나마 제대로 볼 수 있다.

군자를 생각하다
# 직탕폭포

성해응成海應, 1760~1839은 1799년 8월에 이한진李漢鎭, 박제가朴齊家와 함께 철원을 유람하고 「철성산수기鐵城山水記」를 짓는다. 이때 순담, 고석정, 칠만암, 삼부연과 함께 직연直淵을 노래한다.

옛 현인 맑은 물 좋아해  昔賢好淸流
남악(南嶽) 염계(濂溪)에서 살았네  愛居南嶽濂
나 또한 고결한 행동 생각하며  我亦思高擧
폭포에 의지해 살고 싶네  栖息依水簾

직연直淵은 어디를 가리키는 걸까? 순담, 고석정 등과 함께 읊었으니 철원에 있는 것은 분명하다. 문헌자료를 살펴봐도 직연을 설명하는 곳을 찾을 길 없다. 시의 내용을 자세히 살피는 수밖에 없다. 두 번째 구절에서 남악南嶽은 중국 5악 중의 하나인 형산衡山의 다른 이름이다. 염濂은 염계濂溪다. 주돈이周敦頤의 출생지는 호남성 영도현이다. 주돈이는 마을에 있는 염계濂溪라는 시냇가에서 자랐다. 그는 은퇴 후 이곳에 돌아오고 싶었지만, 돈이 없어서 어쩔 수 없이 강서성 여산盧山에 옮겨 살면서, 그곳에 있는 시냇물을 똑같이 염계濂溪라고 하였다. 그렇다면 첫 구절의 옛 현인은 주돈이를 의미한다.

주돈이는 북송의 유학자로, 송학宋學의 개조로 불린다. 태극을 우주의 본체라 하고 「태극도설太極圖說」을 저술하여 성리학의 이론적 기초를 쌓았다. 주돈이의 이론은 정호程顥·정이程頤 형제를 거쳐

주희朱熹에 의해 집대성되었다. 주돈이는 유학의 고전 중에서 『중용』의 내용을 근간으로 우주와 인간을 아우르는 방대한 사상체계를 수립했다. 인간의 마음에는 성誠이 갖춰져 있기 때문에, 그것을 드러내 밝히면 누구나 성인이 될 수 있다고 이야기했다. 이는 인간의 거대화를 시도한 유학의 이상에 부합한다. 우주론을 인간적 가치 속에 끌어들였다는 점에서 새로운 사상을 제기했다고 평가받는다. 황정견黃庭堅은 주돈이의 인품이 고상하고 마음이 대범한 것이 마치 맑은 날의 바람과 비 갠 날의 달과 같다는 '광풍제월光風霽月'로 요약하여 칭송했다.

세 번째 구절은 중의적으로 읽을 수 있다. 고결한 행동[高擧]는 '광풍제월'로 묘사되는 주돈이의 인품이다. 그는 1036년 처음으로 문서를 담당하는 말단 관리에 임명된 것을 시작으로 관리의 길을 걷기 시작했는데, 형벌을 집행할 때 너그럽고 공정한 판결로 이름 높았다. 1044년 상관이었던 전운사 왕규가 죄목을 엄격하게 적용하여 사형에 해당하지 않는 죄인에게 사형을 선고하는 일이 일어났을 때, 그는 사람을 죽여 아첨하는 일을 하면서 관리가 될 수는 없다며 관직을 버리면서까지 사형의 부당함을 항변하여 죄인의 목숨을 구했다. 이후 부임하는 곳마다 공정한 판결로 백성의 사랑을 얻었지만 스스로 이름이 드러나기를 바라지 않았다. 신종이 즉위한 뒤에는 광동전운판관으로 발탁되어 백성을 돌보는 일에 몸을 아끼지 않다가 병을 얻게 된다. 여산廬山 연화봉 아래에 집을 짓고 그곳을 염계濂溪라 부르며 은거하다가 57세로 세상을 떠났다. 또 하나는 「어부사漁父辭」를 지은 굴원屈原을 떠올렸을 가능성을 배제할 수 없다. 굴원은 초나라 회왕을 도와 눈부신 정치 활동을 하였으나, 간신의 참소로 호남성의 상수로 추방을 당하였다. 방랑 생활을 하다가 울분을 참지 못해 물에 몸을 던진 것으로 유명하며, 충군애국의 대표적 인물로 평가받는 사람이다. 어부가 굴원에게 말한다. "세상 사람들이 모두 흐리다면 어찌하여 함께 진흙을 휘저어서 흙탕물을 일으키지 않으며, 여러 사람들이 모두 취했다면 어찌하여 함께 술지게미를 먹거나 박주를 마시지 않고서, 무슨 까닭으로 깊이 생각하고 고상하게 행동하여 스스로 추방을 당하게 한단 말인가."라고 충고하고 빙긋이 웃으면서 '창랑가滄浪歌'를 부르며 떠나갔다는 내용이 굴원의 「어부사」에 나온다. 여하튼 성해응은 주돈이든 굴원이든 그들과 같이 고결하게 살고 싶다는 의지를 보여준다.

네 번째 구절은 성해응의 바람으로 독해해야할 것 같다. 수렴水簾은 '물로 된 발'로 폭포를 의미한다. 설악산의 수렴동은 골짜기에 폭포가 많아서 수렴동이라는 이름을 얻게 되었다. 철원 어디에 폭포가 있는가? 직연直淵이라고 제목을 달았으나 '직탕폭포'를 가리키는 것으로 보인다. 결국 성해응은 시에서 직탕폭포를 의미하는 수렴水簾을 시에 넣어 짓기 위해서 남악南嶽과 염계濂溪를 포진시킨 것 같다. 성해응이 직탕폭포 근처에 살았다는 기록이 없으니 네 번째 구절을 성해응의 바람으로 읽는 것이 가능할 것 같다.

직탕폭포에서 폭포의 장대함만, 주상절리의 기묘함만 보고 떠나면 뭔가 허전하다. 하천 침식 형태의 하나로 하천이 상류 쪽으로 그 길이를 증가해 가는 침식현상인 두부침식만 확인하는 것도 뭔가 부족하다. 주돈이나 굴원을 떠올리며 우리의 삶을 점검해보아야 한다. 하나 더, 우주의 근원과 인간의 본질을 탐구했던 주돈이는 연꽃을 사랑하여 「애련설愛蓮說」을 지었는데, 직탕폭포가 보이

직탕폭포

는 한탄강가에 앉아 그의 작품을 감상하는 것이 마지막으로 할 일이다. 연꽃과 같은 군자가 되지는 못하더라도 잠깐 군자를 떠올리는 것은 누구나 할 수 있는 일 아닌가.

물과 뭍의 초목 중에서 아낄 만한 꽃이 매우 많지만 진의 도연명은 유독 국화를 사랑했고, 당나라 이래로 세상 사람들은 모란을 아주 좋아했다. 나는 홀로 연꽃을 아끼니 진흙 속에서 자라지만 더럽혀지지 않고, 맑은 물에 몸을 씻어도 요염하지 않으며, 속은 비어 있고 겉은 곧으며, 덩굴을 뻗지 않고 가지 치지도 않으며, 멀어질수록 향기가 더욱 맑으며, 당당하고 깨끗하게 서 있어서 멀리서 감상할 수는 있어도 가까이서 함부로 가지고 놀 수는 없다. 나는 생각건대 국화는 꽃 중의 은일이고, 모란은 꽃 중에서 부귀한 자이며, 연꽃은 꽃 중의 군자(君子)이다. 아, 국화를 사랑하는 이는 도연명 이후에 있다는 말을 들은 적이 거의 없다. 모란을 좋아하는 이는 의당 많을 테지만, 연꽃을 나만큼 사랑하는 이가 얼마나 되겠는가.

비길 데 또 있는가
# 송대소

三釜瀑(삼부폭) 積禾潭(적화담)도 奇特(긔특)다 ᄒ려니와
漆潭(칠담) 高石亭(고석뎡) 비길 듸 쏘 잇ᄂ가?

조우인曺友仁, 1561~1625이 지은 「관동속별곡關東續別曲」 중 철원 지
역에 해당되는 부분이다. 작자가 만년에 정철의 「관동별곡」을 읽
고 느낀 바 있어, 젊었을 때에 관동지방에서 노닐던 기억을 떠올리
며 이 가사를 지었다고 한다. 三釜瀑(삼부폭)은 삼부연폭포를, 積
禾潭(적화담)은 화적연, 高石亭(고석뎡)은 고석정이다. 漆潭(칠담)
은 어디를 가리키는 것일까? 양지리와 동막리 사이에 있는 칠담을
말하는 것일까?

조우인은 가사 작품만 지은 것이 아니라 한시로 「동주잡영東州雜
詠」을 남겼다. 궁왕구도弓王舊都, 북관정北關亭, 칠담漆潭, 삼부연三釜
瀑, 고석정高石亭, 여조구저麗祖舊邸, 적탄賊灘을 소재로 하여 시를 지
었다. 그 중에 칠담漆潭에 해당하는 시다.

깊은 못 검게 괴어 두려워 다가갈 수 없고 深潭淨黑慢難臨
푸른 절벽 하늘과 나란하고 물을 끼고 있네 翠壁天齊夾水潯
늦게야 피리 불자 못 아래서 응하니 橫吹晩來泓下應
이 사이에 독룡(毒龍)이 있다는 걸 알겠네 此間知有毒龍潛

물이 깊어 옻처럼 검다는 것은 양지리에 있는 칠담과 같다. 두

번째 구절은 양지리에 있는 칠담과 다른 곳임을 보여준다. 절벽이 하늘과 나란하며 양 절벽이 물을 끼고 있다는 표현은 양지리에 있는 칠담과 다른 특징적인 모습이다. 독룡毒龍에서 칠담이 위치한 곳의 실마리를 찾을 수 있다. 송대소 절벽 중간 바위에 구멍이 뚫려 물이 흘러내리는 곳이 있다. 그 바위구멍을 통해 용이 승천했다고 해서 용굴이라 부른다. 용굴은 또 다른 전설을 만들었다. 옛날 송도에 사는 송씨 성의 포수 3형제가 이곳에 이무기가 살고 있다는 소문을 듣고 와서 이무기를 잡으러 물속에 들어갔다. 둘은 이무기에 물려 죽고 살아남은 한 사람이 이무기를 잡아서 송도포松都浦라 불리게 되었고, 일명 송대소라고 부르게 되었다고 한다. 사람을 해쳤기 때문에 독룡이라고 표현한 것이다. 조우인의 「관동속별곡」과 「동주잡영」 속 칠담은 송대소를 가리킨다. 조우인은 칠담과 관련된 시를 한 수 더 짓는다. 「칠담에서 노닐 때 철원부사와 기생을 데리고 함께 완상했다」를 지었으니 조우인에게 송대소는 무척이나 인상적이었고 유람하기에 적당한 곳이었다.

구사맹具思孟, 1531~1604은 「동주십영東州十詠」을 남겼다. 동주東州는 철원의 옛 지명으로 철원의 대표적인 명소 10군데를 노래한 것이다. 「북관정에서 멀리 조망하기」, 「풍천원에서 궁예고도 방문하기」, 「고석정에서 비문 어루만지기」, 「삼부연에서 폭포 바라보기」, 「빙구氷口에서 잔 띄우기」, 「거북바위에서 낚시질」, 「재송평에서 사냥하기」, 「적석사에서 달 구경」, 「보개산에서 스님 찾아가기」, 「칠담에서 꽃구경」이 철원의 명승인 셈이다. 그 중 「칠담에서 꽃구경」은 송대소를 읊은 것이다. 제목 옆에 칠담은 부의 남쪽 20리 되는 곳에 있으며 고석정의 상류라고 알려준다. 또한 옆에 구

송대소

멍 하나가 있으며 문처럼 활짝 열렸다고 묘사한다. 그곳은 용이 나오는 곳이라는 전설을 함께 기록했다.

철벽이 갈라지자 물 깊어 검은색　鐵壁坼開漆色深
맑은 못 잔물결은 아름다운 새 같네　澄潭細皺浮文禽
한창 봄이라 바위에 온갖 꽃 피고　岩縫雜花十分春
그윽한 곳 찾아오니 꽃향기 옷에 배네　芳香襲人宜幽尋
바람에 조각조각 차가운 물에 떨어지니　風飄片片落寒鏡
아스라한 것이 도원경(桃源境) 아닌가　依俙莫是桃源境
용문(龍門)처럼 기괴하여 감상할 만하니　龍門奇怪亦堪賞
솔 그림자 옮겨가는 줄 모르고 술 마시네　舍杯不覺移松影

약 55만 년 전부터 시작되어 15만 년 전까지 계속된 화산 분출에 의해 흘러나온 용암이 만든 현무암 절벽은 높이가 20~30m에 이른 다. 좌우가 절벽인 협곡형태를 보이고 있어 '한국의 그랜드 캐넌' 이라고 부르기도 한다. 부채꼴 모양의 주상절리 패턴도 눈에 띈다. 일반적으로는 주상절리로 표현하고 있지만 이 경우에는 꽃처럼 펴진 모양이라 '방사상 또는 화형절리'라고도 부른다. 송대소에서 눈길을 끄는 곳은 단연 절벽이다. 문외한이 보아도 주상절리는 특이한 아름다움이다. 협곡 사이에 푸르다 못해 검게 고여 있는 물도 두려움을 주는 아름다움이다. 여기에 하나를 추가한다면 봄날 꽃구경과 가을 단풍구경이다. 구사맹은 철원의 대표적인 명소 10군데 중 하나로 '송대소에서 꽃구경'을 꼽을 정도였다.

이민구李敏求, 1589~1670는 철원을 노래한 「용호산 12영龍護山十二詠」에서 '칠담漆潭'을 포함시켰는데, 구사맹처럼 송대소를 읊은 것이다.

소나무 아래 널찍한 바위 盤盤松下石
물결 속 깎아지른 절벽 削削波心壁
초가집 지을 것도 없이 不用結茅茨
무심하게 조석으로 마주하네 忘機對朝夕

뛰어난 풍경에 매혹된 이들은 이곳에 집을 짓고 살고 싶어 했다. 그러나 일부러 집까지 지을 필요는 없다. 송대소를 조망할 수 있는 곳에 넓은 바위가 마침 있다. 게다가 옆에 소나무가 그늘을 만들어 준다. 솔잎 사이로 바람이라도 불면 시원한 솔바람이 사심私心을 모두 날려 보낸다. 송대소에선 절로 신선이 된다.

이름 나쁘다 싫어 말라

# 도덕탄

철원을 대표하는 명소는 시기마다 달라져왔다. 철원군에서는 2017년에 기존 5경인 고석정, 삼부연폭포, 직탕폭포, 매월대폭포, 순담에 소이산 재송평, 용양늪, 송대소 주상절리, 학저수지 여명을 합하여 철원9경으로 확정했다. 이전에는 신철원8경에 고석정, 삼부연폭포, 순담계곡, 도피안사, 제2땅굴, 직탕폭포, 토교저수지, 매월대폭포가 포함되었다.

조선시대 사람들은 철원의 명소를 어떻게 선정했을지 궁금하다. 구사맹具思孟, 1531~1604은 철원의 대표적인 명소 10군데를 노래한 「동주십영東州十詠」을 남겼다. 북관정에서 멀리 조망하기[北寬望遠], 풍천원에서 궁예고도 방문하기[楓川訪古], 고석정에서 비문 어루만지기[孤石摩碑], 삼부연에서 폭포 바라보기[釜淵看瀑], 칠담에서 꽃구경하기[漆潭賞花], 빙구砯口에서 잔 띄우기[砯口流觴], 거북바위에서 낚시질[龜巖釣魚], 재송평에서 사냥하기[裁松放獵], 적석사에서 달 구경하기[積石翫月], 보개산에서 스님 찾아가기[寶蓋尋僧]가 그것이다. 조우인曺友仁, 1561~1625은 대표적인 명소를 「동주잡영東州雜詠」에 그렸다. 궁왕구도弓王舊都, 북관정北關亭, 칠담漆潭, 삼부연三釜瀑, 고석정高石亭, 여조구저麗祖舊邸, 적탄賊灘 등 일곱 장소에 대하여 작품을 남겼다. 이민구李敏求, 1589~1670는 용호산12영龍護山十二詠을 남겼으니, 용호산龍護山, 금학산金鶴山, 남산南山, 봉산烽山, 고석정孤石亭, 고석산성孤石山城, 체천砌川, 운음산雲陰山, 석용퇴石龍堆, 문점文帖, 표암豹巖, 칠담漆潭이 여기에 해당된다. 조태억趙泰億, 1675~1728은 여덟 곳을 꼽아 시를 지었다. 삼부락三釜落, 고석정孤石亭, 보개산寶盖山, 도덕탄道德灘, 북관정北寬亭, 궁왕허弓王墟, 천양각穿楊閣, 군자정지君子亭池, 호석산성弧石山城이 포함되는 영광을 얻었다. 지금과 같은 듯 다른 시선을 보여준다. 선인들이 꼽은 것 중 조우인의 적탄賊灘과 조태억의 도덕탄道德灘은 상류에 있는 검흘곳처럼 우리들의 기억에서 거의 잊혀진 독특한 공간이다.

조우인의 「적탄賊灘」을 먼저 살펴본다.

구슬 쏟는 듯 세찬 물 번뇌를 씻어주니  飛湍瀉玉滌煩襟
위에 맑은 못은 깊은 곳까지 보이네  上有澄潭撤底深
나그네 여울 이름 나쁜 것 싫어 말길  過客莫嫌灘號惡
탐천(貪泉)도 오은지(吳隱之) 더럽히지 못했네  貪泉難浣隱之心

철원을 찾은 조우인은 한탄강에 있는 적탄賊灘을 건너야 했다. 세찬 물살을 건너느라 옷이 흠뻑 젖는다. 그러나 물방울이 깨끗한 구슬처럼 보인다. 단순히 옷을 적시는 것이 아니라 세파 속에 일어나는 번뇌를 씻어주는 정화수였다. 사람들은 여울의 이름에 도적이라는 뜻의 '적賊' 자가 있어서 싫어했던 것 같다. 조우인은 중국에 있는 '탐천貪泉'을 떠올린다. 탐욕이라는 의미를 가진 '탐貪'자도 기피해야 될 단어 중의 하나 아닌가? 중국 양자강 남쪽에 탐천貪泉이란 샘이 있다. 한 모금 마시기만 하면 끝없는 욕심이 생긴다는 샘물이다. 진나라 때 광주자사로 부임한 오은지吳隱之는 이 샘물을 마시고 "옛사람은 이 물 한 모금 마시면 천금만 생각한다지만 백이·숙제에게 시험해 보면 끝내 그 마음 바꾸지 않을 걸세."라는 시를 남졌다. 자신도 물을 마시고도 마음이 변치 않겠다는 다짐이며, 실제로 변치 않아 이름을 떨쳤다. 명칭이 중요한 것이 아니라, 그것을 대하는 마음이 더 중요하다는 것이다. 조우인은 적탄이라 꺼린 것이 아니라 도리어 자신의 번뇌를 씻어주는 정화수로 여겼다. 엉뚱하게 왜 적탄이란 이름이 생겼을까 궁금해진다. 혹 가까이 있는 고석정의 임꺽정 전설과 연결되는 것은 아닐까?

이민구의 시에선 도자탄桃子灘으로 바뀌어 등장한다.

한 길 거친 여울 가에 있으니  一丈危灘上
요란한 소리에 건너기 어렵구나  喧呼欲濟難
용은 쌓인 돌 깊숙한데 살고  龍居深積石
사람은 미친 물결과 싸우네  人力鬪狂瀾
까마귀 까치가 난들 어찌 미치랴  烏鵲飛何及
자라와 악어도 오기 어려워라  龜鼉勢未安
길 잃고 흐르는 물에 탄식하는데  迷津兼歎逝
해는 지고 옷은 가득 차갑구나  西日滿衣寒

험한 여울 앞에서 주저하는 나그네의 모습이 보인다. 마지막 연이 중요하다. 미진迷津은 길을 잃고 어느 나루를 건너야 할지 몰라서 헤맨다는 말이다. 번뇌에 얽매인 삼계三界를 이르는 말로 쓰이기도 한다. 세상살이의 어려움을 말하는 것 같기도 하다. 그러나 공자와 관련하여 이해하는 것이 뒤에 나오는 '탄서歎逝'와 호응이 될 것 같다.

장저와 걸익이 나란히 밭을 갈고 있었는데, 공자가 지나가다가 자로를 시켜 나루터를 물어보게 한다. 장저는 공자가 알 것이라고

하며 대답을 하지 않는다. 걸익에게 물으니 "천하의 도도한 물결이 다 그러한데 누가 바꾼단 말이오. 사람을 피해 다니는 선비를 따르기보다는 세상을 피해 사는 선비를 따르는 것이 나을 것이오." 하고 김을 맸다. 자로가 공자에게 고하니 공자가 서글픈 표정으로 말하기를 "새와 짐승과는 함께 살 수 없는 법이다. 내가 이 백성들을 버리고 어디로 간단 말인가. 천하에 도가 있다면 내가 바꾸려고 하지도 않을 것이다"고 하였다. 이 일화는 '나루터를 묻다問津'로 널리 알려지게 되었다. 나루터는 강이라는 자연적인 난관을 건너가는 출발점이라면, 나루터를 찾는다는 것은 이 세상 사람들이 편안하고 의미 있게 사는 방법을 물어보는 것이다. 장저와 걸익 두 사람은 공자가 왜 그렇게 세상의 혼탁함 속에 들어가 애를 쓰려고 하느냐, 세상을 떠나서 조용히 사는 것을 보여주면 그것으로서 세상이 좋아지지 않겠느냐고 되묻는 것이고, 공자는 세상 속에서 사람들과 부딪치면서 그 세상을 바꿔가야 좋은 세상이 오지 않겠느냐, 그저 자기 한 몸의 평안만을 추구하는 것은 진정한 길이 아니라고 말하는 것이다. 이민구는 공자와 같이 세상을 바꾸려는 자신의 의지가 퇴색되었음을 자책하고 있는 것으로 보아야 하지 않을까.

'탄서歎逝'는 세월이 덧없이 흘러감을 탄식하는 것으로 보통 해석한다. 그러면서 중국 육기陸機의 「탄서부歎逝賦」를 인용한다. 작품 중 시는 이렇다. "세월은 하염없이 치달리고 계절은 놀랍도록 빨리 돌아오네 /오호라 인생의 짧음이여! /누가 능히 오래 살 수 있나 /시간은 홀연히 다시 오지 않고 /노년은 점차 다가와 저물려 하네."

공자가 시냇가에서 "흘러가는 것이 이와 같구나. 밤이고 낮이고 멈추는 법이 없도다.[逝者如斯夫 不舍晝夜]"라고 탄식한 것을 말한다.

한순간도 멈추지 않고 이어지는 도체道體의 본연을 감탄한 데서 인용한 것이다. 맹자는 "샘이 깊은 물은 퐁퐁 솟아올라 밤낮을 쉬지 않고 흘러간다. 구덩이를 채우고 난 뒤에야 흘러가 바다에 이른다.[原泉混混 不舍晝夜 盈科而後進 放乎四海]"는 영과盈科의 뜻으로 풀이했다. 세월의 흐름이나 도가 무너진 시대에 대한 탄식이라고 본 사람들도 있다. 한탄 차원을 넘어 인류의 미래에 대한 희망을 버리지 말고 정진하라는 뜻으로 해석하기도 한다. 이 경우는 '냇물이 쉬지 않고 흐르듯 그렇게 노력하라.'는 천류불식川流不息과 같은 뜻이다. 세월에 대한 탄식이라는 해석이 더 와 닿는다.

조태억은 도덕탄에 대해 시를 지으며 도덕탄의 처음 이름은 도적탄이라고 주를 단다.

도적의 물이라 마시질 않는데 盜水人無飮
여울의 신은 부끄러워하질 않네 灘神能不愧
벼랑에 새겨 착한 이름 걸으니 鐫崖揭善名
너는 나의 뜻을 알 수 있으리 爾可知吾意

적탄 또는 도적탄에서 도덕탄으로 이름이 바뀌었다. 조우인이 이름에 얽매이지 않는 자세였다면 후대에 내려올수록 융통성이 사라졌다. 유학이 심화되면서 지명을 바꾸는 작업이 진행되었던 것이 아닐까? '도천지수盜泉之水'란 아무리 목이 말라도 도둑 '도盜' 자가 들어 있는 이름의 샘물은 마시지 않는다는 말이다. 아무리 형편이 어렵더라도 결코 부정한 짓은 할 수 없다는 뜻으로 '갈불음도천수渴不飮盜泉水'의 줄임말이다. 도천盜泉은 지금도 산동성 사수현에 있는데, 『설원』이란 책에는 이런 얘기도 있다. 공자가 어느 날 목

도덕탄

이 몹시 말랐으나 그 샘물을 떠먹지 않았고, 또 승모勝母라는 마을
에는 날이 저물어 도착했지만 머물지 않고 곧장 떠났다. 승모勝母
란 자식이 어머니를 이긴다는 뜻인데, 그런 이름이 붙은 마을에서
는 하룻밤도 자고 싶지 않았다는 거다.

장흥리와 갈말읍 문혜리 사이를 가르는 한탄강 여울을 도덕탄으
로 불렀다. 여울 위 배가 다니던 곳은 '도덕진道德津'이다. 철원 옛
지도에 어김없이 등장한다. 1872년 지방지도를 보면 고석정 위에
도덕탄이 표기되어 있고, 그 위에 검흘곶이 보인다. 463번 지방도
가 도덕탄을 건너 북으로 갔고, 1940년엔 철선을 만들어 사람과 우
마차, 자동차를 실어 날랐다. 도덕진은 더 이상 기능을 잃었지만
도덕탄은 여울이니 아직도 남아 있다. 승일교 위에 있는 여울은 처
음에 도적탄이었다가 뒤에 도덕탄이 되었다.

비밀을 여는 열 개 키워드

# 고석정

한탄강 지질공원은 고석정에 대해 이렇게 설명한다. "고석孤石은 철원군 동송읍 장흥리 일대의 한탄강 협곡 내에서 관찰되는 높이 약 15m의 화강암 바위다. 주변에 고석정이라는 누각이 있어 일대의 협곡을 총칭하여 고석정이라 부르기도 한다. 일대는 현무암 용암대지 형성 이전의 지형과 함께 현무암질 용암이 기반암 위로 흘러 용암대지를 형성한 사실을 확인할 수 있는 중요한 지질·지형 학습장으로 높은 가치를 지니고 있다." 지질이라는 시각으로 보면 이러하지만 고석정은 다양한 의미를 지닌 장소다. 열 개의 단어로 고석정을 바라보는 것도 빙산의 일각일 것이다.

## 오래되다[古]

고석정을 이해하는 첫 번째 열쇠는 오랜 시간이다. 고석孤石은 철원 땅이 용암으로 덮이기 이전에 있던 기반암으로 약 1억 1천만 년 전(백악기 중기)에 지하에서 형성된 화강암이다. 오랜 기간의 작용에 의하여 지표에 드러난 이후 약 55만 년 전에서부터 15만 년 전 사이에 일어난 화산활동에 의하여 분출된 현무암 용암류에 뒤덮이게 된다. 뒤에 한탄강에 의해 침식작용이 일어나 지표에 다시 드러나게 되었다. 나이가 약 1억 1천만 년이라는 것은 고석孤石의 가장 큰 특징이다.

고석을 중심으로 우측과 좌측의 모습이 비대칭을 이룬다. 이는 메워진 한탄강이 새롭게 형성되는 과정에서 주로 두 암석의 경계를 따라서 침식작용이 서로 다르게 이루어졌기 때문이다. 서로 다른 종류의 암석이 만나는 곳은 다른 곳에 비해 경계면을 따라 침식작용이 비교적 빠르게 일어나 오랜 시간이 지나면서 깊은 계곡으로 변하였다. 고석 일대는 기존에 있었던 화강암이 위치한 쪽으로는 비교적 완만한 산지를 이룬다. 반면, 용암대지를 구성하는 현무암이 위치한 쪽은 주상절리를 따라 침식되고 무너져 수직의 절벽을 형성했다. 고석정에서는 양쪽의 지형이 비대칭을 이루고 있는 것을 뚜렷하게 살필 수 있다.(한탄강 지질공원 해설 참조 인용)

## 높다[高]

고석정을 보면 제일 먼저 떠오르는 단어가 '높다'이다. 부분 침식으로 인해 고석정은 수면으로부터 20미터 정도 우뚝 솟아오른 것처럼 보인다. 『신증동국여지승람』은 바윗돌이 우뚝이 서서 동쪽으로 못물을 굽어본다고 고석정을 설명한다. 『대동지지』는 조금 과장해서 거의 3백 척이나 우뚝 솟았다고 보았다.

이민구李敏求, 1589~1670는 용호산 12영 중에서 고석정을 이렇게 노래했다.

높이 솟아 기세 우뚝하니 　嵓嶢勢傲兀
물에서 솟구쳐 구름을 찌르네 　出水復穿雲
외롭고 높은 꼭대기에 오르면 　擬上孤高頂
우레 소리 한낮에도 들릴 듯 　風雷白日聞

고석정

　한탄강 물에서 솟아오른 바위는 하늘을 향해 우뚝하다. 마치 구름을 찌르고 올라갈 기세다. 이러한 고석정 정상에 오르면 구름이 발아래 놓여 있을 테니 천둥 소리를 들을 수 있을 것이라 묘사한다. 그 정도로 고석정이 높이 솟았다는 말이다. 고석정孤石亭을 고석정高石亭이라 기록한 사람이 많을 정도로 고석정은 높은 이미지로 각인되었다.

## 외롭다[孤]

고석정의 대표적인 이미지는 외로움이다. 외로울 '고孤'자가 이름에 들어갈 정도로 강 가운데 홀로 서 있지만 외로움보다는 당당함이라고 보는 것이 더 어울린다. 푸른 소나무와 함께 바위는 한탄강 거센 물에도 흔들리지 않는 변치 않는 굳은 의지와 절개를 보여준다.

조선 초기에 성현成俔, 1439~1504은 강원도를 순찰하다가 이곳에 들러 시를 남긴다.

들 넓으니 하늘 낮고 길 반쯤 묵었는데　野闊天低路半蕪
거울 같은 푸른 못 산모퉁이 자리했네　碧潭如鏡傍山隅
계곡은 천 겹 험준한 절벽 열어 놓고　峽開絶壁千重峻
바위는 백 척 외로운 봉우리가 되었네　石作奇峯百尺孤
작은 굴로 절벽 따라 구불구불 가 보니　小穴緣崖穿嶕嶢
오래된 비석은 글자 마멸되어 흐릿하네　古碑沒字已模糊
목왕(穆王) 수레 타고 순행한 지 오래　穆王轍跡巡遊遠
말 세우고 강가에서 한번 탄식하노라　立馬溪頭付一吁

## 비석[碑]

지금은 사라졌지만 고석정에 비석이 있었다. 고려 시대 스님 무외無畏는 「고석정기」에서 신라 진솔왕眞率王이 남긴 비석이 있다고 기록하였다. 의견이 분분하지만 진솔왕을 진흥왕으로 보기도 한다. 비석의 성격도 마찬가지다. 순수비로 보기도 하지만 당시의 신라의 국경과 일치하지 않는다는 지적도 있다. 그렇다면 다른 왕일 가능성도 있다. 여하튼 신라왕이 이곳에 비석을 세웠다는 것은 비석의 내용과는 별개로 고석정이 경치가 빼어날 뿐만 아니라 철원 지역을 상징하는 장소임을 보여준다.

구사맹具思孟, 1531~1604이 이곳을 찾았을 때 비석이 남아 있었다. 「고석정에서 비를 어루만지다[孤石摩碑]」란 시에 "전 왕조의 옛 유적 모두 없어지지 않았으나, 모호하여 겨우 신라왕 이름 구분하였네[前朝舊迹未全亡, 糢糊僅辨新羅王]"라는 구절이 보인다. 그는 주석에서 신라 진평왕이 일찍이 고석정에 행차했었고 비석이 있다고 설명한다.


## 신선[仙]

다른 곳에 비해 유달리 독특한 풍경으로 인해 이곳을 인간이 사는 세계가 아닌 신선의 세계로 인식하였다. 무외無畏의 기문에 의하면 이곳은 신선의 경계[神仙之區]다. 언덕에서 바라봐도 선경이지만 직접 고석정에 오르면 온몸으로 체험하게 된다. 강가 모래에서 쳐다봐도 또한 독특한 풍경을 연출한다. 최익현崔益鉉, 1833~1907은 "바다와 산의 남은 흥취 다시 어디서 찾으리, 철원의 고석정이 그윽한 별천지라네"라고 읊었다.

허진동許震童, 1525~1610은 이렇게 노래했다.

백 척 기이한 바위 물에서 솟아오르니  百尺奇巖聳水中
푸른 여울 빗소리 내고 찬 바람 부네  碧灘鳴雨灑寒風
말 달리다 잠시 선계(仙界)에 올라  驅馳暫得登仙界
번뇌 한바탕 씻고 소나무에 기대네  一滌煩襟獨倚松

허진동에게 고석정은 단순히 속세를 떠난 선계가 아니었다. 속세의 번뇌를 씻어주는 정화의 기능을 하는 장소다. 고석정을 감싸고 흐르는 푸른 물과 찬바람은 그저 고석정의 배경으로만 존재하는 것이 아니다. 고석정과 함께 있어야 진정한 선계가 된다. 이곳에 올라 번뇌와 욕심을 한탄강 물에 씻고 바람에 날려 보내야 진짜 이곳을 유람한 것이 된다.

## 왕(王)

특별한 경치를 지닌 곳이라 예부터 수많은 이들이 이곳을 방문했다. 그중 눈길을 끄는 것이 임금의 행차다. 삼국시대부터 자취가 발견된다. 『신증동국여지승람』은 신라 진평왕과 고려 충숙왕이 일찍이 이 정자에서 노닐었다고 알려준다. 진평왕은 비석까지 세울 정도로 특별한 방문이었다. 『고려사절요』는 충숙왕이 철원에서 사냥하고 고석정에 이르렀다고 더 자세하게 기록하였다. 조선시대 들어와서도 비슷한 이유로 고석정을 찾았다. 세종이 태종과 함께 고석정에서 사냥한 일이 『세종실록』에 실렸다. 이후에도 여러 차례 사냥을 위해 고석정을 찾았다. 1425년에는 다야잔평多也盞平과 고석정관高石亭串 일대에서 사냥을 하고, 점심참에 고석정 냇가에서 술자리를 벌이기도 했다. 고석정 일대가 사냥터로 유명했다는 것을 보여준다.

사냥은 왕이 친히 수렵을 통해 군사를 훈련시키는 강무講武를 하는 과정에서 실시되었다. 농한기를 이용해 만약의 사태에 대비한 군사훈련과 군사동원 체제를 점검하는 데 의의가 있는데 조선 초기에 많이 시행되었다. 강무장으로 선정되면 그곳에서의 수렵·경작·벌목 등은 일체 금지되었다. 사냥해서 잡은 큰 짐승은 관에서 갖고 작은 짐승은 개인이 가졌는데, 잡은 짐승으로 종묘에 제사를 지낸 후, 그 자리에서 잔치를 베풀었다.


## 경계[戒]

임금의 사냥 활동으로 인해 민폐가 상당했다. 사냥 규모가 커지기라도 하면 사냥터로 정해진 지역의 백성들은 곡식을 미리 수확해야 했다. 미처 거두지 못한 곡식은 말과 짐승 몰이꾼들의 발에 상하기도 했다. 말에게 먹일 꼴을 백성들이 준비해야 하는 경우도 있었다. 이러했으니 신하들은 임금의 사냥을 부정적으로 바라봤다.

이곡은 충숙왕이 철원에서 사냥할 적에 고석정에 올라 절구 한 수를 남기자 신하들이 운에 의거해서 시를 지었다.

누가 앞 사람 잘못을 보고 후일 경계하겠나 覆轍誰能後戒前
이곳은 태봉(泰封)의 유적인 옛 산천이라네 泰封遺跡舊山川
임금께 권하니 먼 사냥은 좋은 계책 아니오니 勸王遠狩非良策
간신들이 하늘을 두려워하지 않기 때문입니다 只爲姦臣不畏天

전거복철前車覆轍은 앞 수레가 엎어진 바퀴 자국, 곧 앞사람의 실패와 전례를 거울삼아 주의하라는 뜻이다. 전국시대 위나라 왕이 어느 날 중신들을 불러 주연을 베풀 때, 스스로 실수하여 벌주를 받게 되자, 주연을 주관하는 관리가 말하길, "'전거복철은 후차지계'란 속담이 있는데, 이는 전례를 거울삼아 주의하라는 교훈입니다. 지금 전하께서 규약을 만들어 놓으시고 그 규약을 지키지 않는 전례를 남기신다면 누가 그 규약을 지키려 하겠습니까?"라고 했다. 옛 태봉 땅에서 궁예의 일을 보고 교훈을 얻어야 하는데, 그렇지 못함을 경계한 것이다. 사냥으로 인한 백성들의 고통에 대한 경계이며, 이것으로 인한 나라의 혼란을 경계한 것이기도 하다.

## 의리[義]

고석정 앞에 세워진 임꺽정 동상은 임꺽정이 고석정과 인연이 있다는 것을 보여준다. 경기도 양주에서 백정의 아들로 태어난 임꺽정은 주로 황해도 봉산과 재령 일대에서 의적 활동을 했다. 구월산을 근거지로 삼기도 했다. 주된 활동무대였던 황해도와 떨어져 있지만 고석정은 그가 피신했다고 전해진다. 『대동지지』에 의하면 '고석정 위에는 구멍이 있는데 기어서 들어가면 마치 집과 같아 10여 명이 앉을 수 있다'고 되어 있다. 임꺽정이 숨었다는 굴은 거의 꼭대기 부근에 위치한다. 고석정뿐만 아니라 주변에 바위 동굴이 많다. 실지로 임꺽정이 활동했는지 증언해줄 문헌 자료는 없다. 그럼에도 의적으로 알려진 임꺽정 이야기가 전해져 내려온다는 것은 의적의 출현을 열망하는 백성들이 만들어낸 것인지도 모른다. 그만큼 백성들의 삶이 고단하였음을 반증해준다.

## 유람[遊]

뭐니 뭐니 해도 고석정은 놀기에 좋은 장소다. 보기만 해도 좋지만 배를 타고 주변의 깎아지른 협곡을 완상하는 것도 고석정을 즐기는 방법 중 하나다. 옛사람들도 여행길에 또는 공무 중에 철원에 들리면 이곳을 찾곤 했다. 이민구李敏求도 모든 잡념 잊고 고석정에서 한바탕 놀았다.

> 말고삐 매어 두고 언덕에 올라  總轡上原陸
> 나막신 신고 산밑으로 내려간다  步屐下山根
> 알지 못했네 여러 물 모이는 곳에  不知衆水會
> 외로운 바위 웅크리고 있을 줄을  乃有孤石蹲
> (중략)
> 평생 산천을 즐기는 흥취 있었는데  平生川藪趣
> 여기에 이르러 마음이 맑아진다  及茲淸心魂
> 다른 날 상장(尙長)의 유람은  他日尙長游
> 장관을 여기로부터 논하리라  壯觀從此論

이민구가 금강산을 유람하러 출발한 뒤에 본 장관 가운데 고석정이 가장 뛰어나다는 말이다. 상장尙長은 후한 때 은사로, 자녀들을 모두 출가시킨 뒤에 집안일에서 일체 손을 떼고, 친구와 함께 삼산三山과 오악五岳을 두루 노닐면서 일생을 마쳤다고 한다. 여기서는 이민구 자신을 비유한 말이다.

## 읊조리다[吟]

고석정을 찾는 시인묵객들은 단순히 유람에만 그치지 않았다. 흥이 나면 시를 짓곤 했다. 한시뿐만 아니라 가사 작품을 짓기도 했다. 조우인曺友仁, 1561~1625은 「관동속별곡」에서 "三釜瀑(삼부폭) 積禾潭(적화담)도 奇特(긔특)다 ᄒ려니와, 漆潭(칠담) 高石亭(고석뎡) 비길 듸 쏘 잇ᄂᆞᆫ가?"라고 노래했다. 이미 무외는 「고석정기」에서 산문을 짓고도 넘치는 흥을 어찌할 수 없어 시를 지었다.

> 나는 무자년 가을에 산인(山人) 만행(萬行) 등과 함께 가서 보고는 멍하니 무아의 경지에 들어 해가 지는 것도 느끼지 못하였다. 그리하여 늦게야 놀러 온 것을 한탄하였다. 이미 형상을 기술하고, 또 시로 기록한다. "푸른 바위가 물 옆에 높다랗게 솟았는데, 양쪽 언덕에는 가을 산이 비단 병풍을 펼쳤네. 저녁때의 솔바람 소리 맑아서, 신선이 『황정경(黃庭經)』 읽는 소리를 듣는 듯하네."

고석정은 시와 산문을 읊조리는 문학 창작의 장소였다. 철원의 대표적인 문화공간이었음을 많은 선인들의 시문들이 증명해준다.

표일하게 노닐다

# 순담계곡

허적許積, 1610~1680은 신철원에 있던 풍전역에서 하룻밤을 보내고 새벽에 고석정으로 향하였다. 오리 쯤 가니 기암절벽 사이로 강물이 흐른다. 고색창연한 바위와 붉은 색 어린 골짜기가 마치 선경같다. 강물은 흘러가다가 홍건하게 고여 깊은 못을 만들기도 한다. 말에서 내려 둘러봤다. 바위들은 맑게 빛나며 붉은 꽃은 은은히 비친다. 경치는 상쾌하고 깨끗하며[灑落] 흥취는 표일飄逸하다. 내려다보기도 하고 거슬러 올라가기도 하며 오랫동안 떠나질 못했다. 이곳을 '만석담萬石潭'이라 하고 시를 지었다.

새벽에 말 타고 고석정 향하다  曉來跨馬向孤石
우연히 변두리서 만석담 만났네  偶得遞邊萬石潭
들쑥날쑥 높고 낮게 경각(瓊閣) 두르고  錯落高低瓊閣繞
위아래 깊은 못물 푸른 하늘 머금었네  淵淪上下碧天涵
경사진 절벽에 붉은 꽃은 화장한 구슬  傾崖丹蕚粧群玉
절벽의 푸른 솔에 그늘진 두 감실  絶壁蒼松陰兩龕
경치 탐하며 늦도록 가는 걸 잊노라니  耽勝不知歸去晚
반짝이는 물결 바위 절벽 비치네  坐看波日映山嵐

고석정을 구경하러 가다가 만난 선경은 강 양쪽이 모두 바위 절벽이다. 그 사이로 흘러오던 물은 잠시 멈추며 커다란 못을 만들었다. 만석萬石 정도로 넓다. 넓을 뿐만 아니라 먹을 풀어놓은 것처럼

순담계곡

검푸른색이라 깊이를 헤아리기 어렵다. 바위 사이에는 진달래가
점점이 피었다. 마치 구슬을 뿌려놓은 것 같다. 상쾌하고 깨끗한[灑
落] 경치를 완상하다 보니 어느덧 표일[飄逸]한 흥이 난다. 표일은 성
품이나 기상 따위가 뛰어나게 훌륭하거나, 세상일을 마음에 두지
않고 태평하다는 뜻이다. 이곳에서 노닐다 보니 매인 데 없이 자유
롭고 활달해진다. 마음이 표일해지니 향하던 곳도 잊은 채 경치를
탐하게 된 것 아닌가. 시간이 얼마나 흘렀는지도 모를 정도의 망아
[忘我]의 상태가 되었다. 느닷없이 만난 선경, 그곳에 발을 들이면 나
를 잊고 표일한 상태가 된다. 이곳이 어딜까. 순담계곡 아닐까.

허적이 들렀을 때는 순담尊潭이 만들어지기 전이었던 것 같다. 허적은 '만석담萬石潭'이라 명명하고 고석정으로 향했다. 영조 때 영의정을 지낸 유척기兪拓基, 1691~1767가 이곳을 찾아 한동안 요양을 하였다. 이후 순조 때 우의정을 지낸 김관주金觀柱, 1743~1806가 이곳의 주인이 되었다. 그는 20평 정도의 연못을 파고 순채를 옮겨다 심고서 '순담尊潭'이라 불렀다.

순갱노회尊羹鱸膾란 고사가 있다. 진나라의 재상이었던 장한이 고향에서 먹던 순챗국과 농어가 생각난다며 벼슬을 버리고 고향으로 가버린 것에서 유래한다. 고향을 그리워하거나 벼슬과 권력에 연연하지 않고 자신의 뜻대로 산다는 의미로 쓰이는 말이다. 순나물이라고도 불리는 순채는 순尊, 수채水菜, 금대金帶 등 여러 이름으로 불리는 다년생 수초다. 연蓮과 비슷하고 자생하는 곳 또한 얕은 물이나 방죽이다. 은은한 향과 매끄러운 식감의 순채는 왕의 수라상에 오르고 선비들의 사랑을 받던 고급 식재료다. 산에서 나는 송이, 밭에서 나는 인삼과 더불어 물에서 나는 순채가 으뜸이라는 찬사를 듣던 신비로운 식물이다.

유척기와 김관주가 발자취를 남기면서 순담은 본격적으로 외부에 알려지기 시작했다. 철원을 찾은 시인 묵객의 발길이 잇달았다. 성해응成海應, 1760~1839은 1799년 8월에 이한진李漢鎭, 박제가朴齊家와 함께 철원을 유람하고 「철성산수기鐵城山水記」를 남겼다.

> 순담으로 향하는데 좁은 길이 가파르다. 가을비가 새로 지나가니 돌부리
> 가 모두 드러났다. 말은 절며 몇 번이나 넘어졌다. 순담에 이르니 매우 배
> 가 고팠다. 주인인 황노인이 배를 따서 40여 개를 주어 마음껏 먹고 나머

지는 자루에 담았다. 집을 보니 무너져 거처할 수 없다. 집 앞 조그만 못에 순채와 물고기 회의 아름다움이 있으나 관리하지 않아 황폐해졌다. 벼랑을 따라 앞으로 가 청간정(聽澗亭)에 이르렀다. 정자는 네 칸으로 벽에 임하였는데 벽은 수십 길이다. 시냇물이 그 아래로 지나가고 푸른 소나무는 길을 끼고 있는데 사이에 몇 그루 은행나무가 있다. 뒤쪽은 또한 가파르게 끊겼다. 비탈진 골짜기는 깊고 그윽하다. 시내는 곧 정연(亭淵)의 하류로 감청색으로 탁하며 검다. 좌우가 모두 깎아지른 절벽이다. 소나무 전나무 진달래 철쭉 등이 많다. 잎은 가을에 아름답고 꽃은 봄에 아름답다. 봄가을이 교체하는 때에 유람하는 이들이 모여든다. 때마침 노을이 산에 있어 비스듬히 내려가 한서정(閒栖亭)으로 향하였다. 정자는 동쪽 절벽 험한 곳에 있다. 청간정을 지나 바위 뒤를 따라 올라갔다가 벼랑을 따라 내려가니 계단 몇 개가 있다. 건물 두 칸이 바위 밑에 기대고 있다. 난간은 깎아지른 절벽에 임하고 있기 때문에 자세히 볼 수 없어 동문(洞門)으로 되돌아왔다.

성해응이 찾았을 때 순담 주변은 많이 달라졌다. 집은 무너져서 거처할 수 없을 정도였다. 순담도 관리를 제대로 하지 않아 황폐해졌다. 벼랑을 따라 강으로 향하니 정자가 보인다. 수십 길 절벽 위에 네 칸짜리 청간정聽澗亭이 보인다. 정자에 앉으니 한탄강의 승경이 한눈에 들어온다. 비탈진 골짜기는 깊고 그윽하다. 탁하고 검은 감청색 물이 발아래로 흐른다. 강 좌우로 모두 깎아지른 절벽이다. 바위 사이로 소나무 진달래 등이 촘촘하다. 절벽 험한 곳에 정자가 보인다. 두 칸짜리 한서정閒栖亭이 바위를 기대고 있다. 난간은 깎아지른 절벽에 임하고 있다. 협곡 하류를 보니 보기 힘든 백사장이 햇살에 반짝인다. 그 앞에 흘러오던 물이 가쁜 숨을 쉬며 넓게 고여 있다. 뱃놀이하기에 적당해 보인다. 성해응은 시를 한 수 짓는다.

내 청간정을 사랑하나니  我愛聽澗亭
순채와 물고기 있어서네  有蓴兼有魚
어느 때나 초가집 짓고서  何時一茅屋
무심하게 숲속에서 살까  儵然入林居


진인眞人은 사는 것[生]을 기뻐할 줄도 몰랐으며 죽는 것[死]을 싫어할 줄도 몰랐다. 태어남[出]을 기뻐하지도 않았으며 죽음[死]을 거스르지도 않았다. 무심하게[儵然] 가고 무심하게 올 뿐이다. 시작되는 바를 잊지도 않았으며 끝나는 바를 알려고도 하지 않았다. (삶을) 받으면 기뻐하고 죽으면 (자연으로) 돌아갈 뿐이다. 『장자』의 한 구절을 떠올리게 한다. 성해응은 이곳에서 무심하게[儵然] 살고 싶었다.
동행한 박제가朴齊家, 1750~1805도 「순담 물가 별장에서」를 짓는다.


옛사람 마음과 몸 씩씩해  古人心脚壯
깊은 물 임하여 집을 지었네  結屋敢臨深
취하나 깨나 늘 물소리 들으며  醒醉俱泉響
의관은 모두 나무 그늘에 있네  衣冠總樹陰
춤추자 머물던 사안(謝安) 돌아오고  舞迴留謝妓
말 타고 해금 연주하는 이 데려오네  騎導夏奚琴
부끄러울 뿐이니 동도에서 번거롭게  多愧煩東道
음식과 말 계곡 속에서 찾은 것이  廚傳谷裏尋


강가에 집이 있으니 늘 물소리가 들린다. 청간정聽澗亭이라 명명한 이유를 이제야 알겠다. 바위 주변은 온통 소나무라 솔바람 소리도 들리고 바람을 타고 온 솔향에 취한다. 솔 그늘 속에서 늘 한가롭다. 잠깐 사이에 동진東晉 사람 사안謝安이 된다. 그는 기생을 데

순담

리고 동산東山에 살면서 나라에서 불러도 응하지 않으며 마흔이 될 때까지 밖으로 나가지 않았다고 한다. 관청의 일로 바삐 지냈던 일들이 부끄러워진다. 박제가는 당시에 옆 고을인 영평현永平縣의 현령으로 나라의 녹을 먹고 있었다. 순담은 우리나라 최초의 수도원인 기독교대한수도원 안에 있다.

순담에서 협곡과 물을 봤으면 이제는 산에 올라야 한다. 『신증동국여지승람』은 철원의 '고석성孤石城'에 대해 "동남쪽 30리에 있는데, 둘레가 2천 8백 92척이다."라고 알려준다. 이 성은 지역에선 '임꺽정산성'으로 알려져 있다. 지형 상 수비하기에 최적인 고석정 맞은편에 성을 쌓아 본거지로 삼았다고 한다. 읍지는 높이는 3미터이고, 길이 870미터가 된다고 기록하기도 했다. 임꺽정이 산성에 있다가 함경도에서 조정으로 가는 곡물을 약탈해 백성들에게 나누어주었다는 전설이 아직도 전해진다.

이민구가 노래한 용호산 12영 중 하나인 고석산성孤石山城이 임꺽정산성이다.

거센 도자탄(桃子灘) 위에 있는 桃子鷟灘上
외로운 성의 기세 구름에 잠겼네 孤城勢沒雲
상산(常山)에 팔진(八陣)을 펼친 듯 常山開八陣
지수(泜水)에 삼군(三軍)을 펼친 듯 泜水張三軍

도자탄桃子灘은 고석정 상류에 있는 여울이다. 도덕탄으로 더 알려진 곳이다. 이민구는 도자탄의 공간을 더 넓게 보았다. 현재 승일교 위부터 고석정 일대까지를 도자탄으로 본 듯하다. 고석산성은 천연의 해자인 도자탄을 끼고 축성했음을 보여준다. 여울에서 보면 성은 까마득한 절벽 위에 있다. 상산常山은 머리와 꼬리가 상응한다는 전설상의 뱀인 솔연率然이 사는 곳을 가리킨다. 『손자』에 "솔연은 상산에서 나는 뱀으로 머리를 치면 꼬리가 응원하고, 꼬리를 치면 머리가 응원하며, 중앙을 치면 머리와 꼬리가 응원한다."라는 말이 있다. 지수泜水는 한신韓信이 배수진을 치고 조나라와 싸워 진여陳餘를 죽인 물 이름이다. 고석산성의 견고함을 묘사한 것이다.

폐허가 된 산성에 서니 임꺽정이 체포된 후 실록을 쓴 사관의 말이 떠오른다. "도적이 성행하는 것은 수령의 가렴주구 탓이며, 수령의 가렴주구는 재상이 청렴하지 못한 탓이다. 오늘 날 재상들의 탐오한 풍습이 한이 없기 때문에, 수령들은 백성의 고혈을 짜내어 권력자들을 섬겨야 하므로 돼지와 닭을 마구 잡는 등 못하는 짓이

없다. 그런데도 곤궁한 백성들은 하소연 할 곳이 없으니, 도적이
되지 않으면 살아갈 길이 없는 형편이다." 임꺽정은 이런 최후 변
론을 남겼다고 한다.

처음부터 도적이 되고 싶었던 자가 누가 있겠소.
추위와 굶주림에 지쳐 살기 위해 도적이 되었을 뿐.
백성을 도적으로 만든 자가 과연 누구란 말인가.

# 2

## 철원 대교천

# 2

## 철원
## 대교천

철원평화전망대

샘통
(용출수)

철원읍

소이산

464

근북면

김화읍

87

47

고대산
자연휴양림

▲
고대산

동송시외버스
공용터미널

직탕폭포

갈말읍

▲
금학산

고석정

대교천
현무암 협곡

철원공설
운동장

서5

철원군정

시외버스
터미널

관인면

43

▲
명성산

거침없이 펼쳐지다

# 소이산(철원 용암대지)


고려 시대엔 봉수대에 봉화를 올리기 위해 소이산에 올랐다. 조선시대도 봉수를 올리던 중요한 장소였다. 『신증동국여지승람』은 소이산봉수所伊山烽燧가 부의 서쪽으로 8리에 있어서 동쪽으로 평강현의 토빙산과 진촌산에 응하고, 남쪽으로 적골산에 응한다고 알려준다.

이민구李敏求, 1589~1670는 철원의 대표적인 명소를 노래한 용호산 12영에 봉산烽山을 포함시켰다.


밤낮으로 오르는 평안하다는 불  日夕平安火
성근 구름 봉우리와 함께 밝네  疏雲帶岫明
응당 걱정 어린 눈빛으로 가서  應將愁眼去
백 리 밖 도성에 도달하리  百里達神京


평안화平安火는 당나라 때 30리마다 후堠를 설치하고 무사할 때 올리게 했던 봉화를 말한다. 소이산은 나라의 평안을 책임지는 운명을 타고 났다. 조선시대나 지금이나 늘 나라의 안위를 위해 노심초사하는 최전선이다.

한국전쟁 당시 이곳에서 치열한 전투가 있었다. 수복 후에는 발칸포 기지와 레이더 기지가 들어섰다. 북녘의 평강고원, 백마고지, 김일성고지 등이 한눈에 들어오는 탁월한 조망과 시야 때문에 군부대가 들어섰고, 아무나 오르지 못하는 통제구역이 되었다.

통제구역은 해제됐고 군부대도 물러났다. 자유롭게 오를 수 있지만 빨간색 바탕의 '지뢰' 팻말 너머는 아직도 출입을 절대 금하는 통제된 땅이다. 드넓은 철원평야를 철조망 너머로 언뜻언뜻 보며 둘레길을 걷는다. 분단을 노래하고 평화를 갈망하는 시를 찬찬히 읽기도 하고 의자에 앉아 땀을 식히기도 한다. 마지막엔 용암대지를 보려고 가파른 고갯길을 오른다. 평화마루공원이 보인다. 미군과 한국군이 번갈아 주둔했던 군사적 요지로, 산 밑에서부터 정상까지 지하 교통호가 다 뚫려 있고, 그 안에는 물탱크, 화장실, 탄약고, 발전실 등 수많은 진지와 벙커가 들어서 있다.

정상에 오르자 일망무제—望無際다. 한눈에 바라볼 수 없을 정도로 아득히 멀고 넓어서 끝이 없다. 철원평야는 남한의 내륙지역에서 관찰할 수 있는 유일한 용암대지다. 3만5000ha에 이르는 철원평야는 '대야잔평'과 '재송평' 둘로 나뉘는데 이 일대가 2만5000ha 넓이의 재송평이다. 군데군데 자그마한 구릉이 보인다. 용암이 지표를 메워 평탄한 철원 용암대지를 형성할 때, 기존의 산지가 용암에 완전히 매몰되지 않고 섬처럼 돌출된 것이다. 스텝토steptoe라고 부르는데, 대표적인 것이 아이스크림 고지(219m)다.

조선시대에는 북쪽을 조망하기 위해 소이산을 오른 것이 아니라 북관정北寬亭에 올랐다. 윤휴尹鑴, 1617~1680의 「풍악록楓岳錄」을 따라 북관정에 올라가 보자.

소이산에서 바라본 철원평야

28일(신축) 맑음. 아침에 주수가 와서 함께 북관정에 올랐다. 펑퍼짐한 넓은 평야가 백 리 멀리 뻗쳐 있다. 서쪽에 우뚝 솟아 있는 것은 금학산(琴鶴山)인데 그것이 뻗어 가서 보개산(寶蓋山)이 되었다. 들 가운데 서너 개 옹기종기 언덕이 있는데 그것은 보개산이 뻗어 나온 종적이라고 한다. 간단히 술 한 잔 나누고 작별했는데, 그때 마침 시원한 바람이 잠시 스치고 지나가는데 높은 산 가파른 절벽 위에는 이미 가을빛이 역력하다. 정자가 큰 평야를 내려다보고 있어 동으로는 궁예(弓裔)의 유허가 보이고 서북으로는 보개산·숭암산(嵩岩山) 등을 바라볼 수 있어 사람으로 하여금 높은 데 오르면 시상이 떠오른다는 생각을 갖게 한다.

내 봉래산 구경의 꿈을 안고  我夢蓬萊好
가다가 북관정에 올라 보니  行行登北觀
중간에 산들이 확 트이고  萬山忽中闢
감돌아 물이 흐르는 곳  一水何縈灣
저리 광활한 곳 궁예의 옛터인가  曠蕩弓王宅
우뚝 솟아 있는 보개산이로세  穹隆寶蓋山
비옥한 들판도 천만 주나 되어  沃野千萬疇
함곡관 같은 천연의 요새로세  天府猶函關
(생략)


북관정은 공무로 철원을 찾은 관리나, 금강산으로 유람 가던 시인묵객들이 철원을 찾으면 으레 제일 먼저 오른 곳이다. 이곳에 올라 넓은 철원평야와 태봉국의 흥망성쇠를 생각하며 시 한 수를 남기던 곳이다. 정철鄭澈은 관동별곡關東別曲에서 "동주東州 : 철원에서 밤을 겨우 지새고 북관정에 오르니, 임금이 계신 한양의 삼각산 제일 높은 봉우리가 보일 것만 같구나. 태봉국 궁예왕의 대궐터에서 지저귀는 무심한 까막까치는 나라의 흥망을 알고 우는가, 모르고

우는가"라고 읊은 곳이다. 북관정은 철원도호부 관아에서 북으로
200보 거리에 있다는 철원읍지의 기록처럼 관전리 뒷산에 있었다.
주춧돌만 남아 북관정이 있었다는 것을 알려준다.

재송평에서 사냥하기
# 샘통(용출수)


민통선 안 내포리를 향한다. 강원도 안 광활한 대지라 신기할 따름이다. 이따금씩 무리를 지어 하늘을 덮는 새떼가 또 하나의 장관이다. 철새가 많아 철새도래지로 유명한 이곳에는 또 하나의 장관이 있다. 끊임없이 솟아 나오는 물이 그것이다. 비가 내리면 현무암의 절리를 따라 지하로 내려가던 물이 기반암(화강암)에 의해 막혀 지하로 더는 내려가지 못하고 현무암층과 현무암층 사이, 또는 기반암과 현무암층 사이에 흐르다가 지표로 나오는 물이다. 사시사철 물의 온도가 13~15도로 유지되는 신기한 물이다. 이곳을 샘통이라 한다. 화산지대에서 솟아 나오는 샘통 물을 이용해 최근에는 고추냉이를 재배하는 것으로 유명해졌다.

예전엔 이곳 너른 들판을 재송평栽松坪이라고 불렀다. 동쪽에 펼쳐진 대야잔평大也盞坪과 함께 철원의 평야를 양분해왔다. 지금은 곡창지대로 널리 알려졌지만 예전에는 관개시설의 부족으로 농사짓기에 불편한 메마른 땅이었다. 『세종실록지리지』는 땅이 넓고 사람이 드물어서 새와 짐승이 함께 있으므로, 강무講武하는 곳으로 삼았다고 기록한다. 강무장講武場이 이곳에 있었던 것이다.

구사맹具思孟, 1531~1604은 철원 지역의 대표적인 경관 열 가지를 읊으면서 '재송평에서 사냥하기[栽松放獵]'를 포함시켰다.

긴 숲 울창한 풀이라 노루 토끼 많아　長林茂草饒麞兎
매년 사냥하여 물건과 세금 충당했네　每年獵取充貢賦
활을 메고 화살을 차고 옷을 짧게 입고　臂弓腰箭短後衣
건장한 말 허공을 차니 매와 개 모여드네　健馬跑空鷹犬聚
언덕과 습지 에워싸서 날뛰는 걸 막으니　合圍原隰掩跳梁
모두 궁지에 빠져 날고 달리냐 바쁘네　窮蹙遍及飛走忙
수신은 경계를 맡았으니 사냥을 폐하고　獸臣司戒蒐狩廢
강무장은 미친 산우(山虞)에게 맡겨야 하리　講武場屬山虞狂

구사맹은 재송평이 부 북쪽 40리에 있으며 세종과 성종이 이곳에서 사냥을 했다고 설명한다. 실록에도 철원에서 강무講武를 진행했다는 기록을 쉽게 찾아볼 수 있다. 사냥하는 광경이 생동감 있게 펼쳐진다. 강무는 왕의 친림 하에 실시하는 군사 훈련으로서의 사냥을 의미하지만 사냥을 그다지 곱게 바라보지 않았다. 사냥도 자칫하면 미칠[狂] 수 있기에 그렇다. 탐닉을 넘어 탐욕 단계에 이르면 안 된다는 경계다.

상전벽해桑田碧海라는 말이 떠오른다. 땅은 넓었지만 농사하기엔 불편한 메마른 땅이라 새와 짐승의 천국이었다. 사냥이나 하던 곳은 관개시설의 확충으로 농사짓기에 좋은 땅으로 변했다. 변하지 않은 것은 새가 많은 것이다. 이곳은 겨울이면 조선시대로 돌아간다. 철새들의 천국이 된다.

용암대지 위에 성을 세우다

# 철원평화전망대

　두근거리는 마음을 진정하면서 철원평화전망대 2층에 섰다. 왼
쪽 멀리 고원 너머로 김일성고지와 피의 능선이 펼쳐지고, 오른쪽
으로는 6·25전쟁 당시 치열한 전투가 벌어졌다는 낙타고지가 손
에 잡힐 듯하다. 이뿐만이 아니다. 지금부터 약 55만년~15만 년 전
에 생성된 용암대지가 앞에 펼쳐져 있다. 신생대 제4기 용암류가
골짜기를 따라 흘러내리면서 형성된 화산지형이다. 땅속 깊숙한
곳에서 끓고 있던 용암이 철원에서 북쪽으로 5㎞ 정도 떨어진 오
리산과 인근 680m 고지에서 분출되기 시작했다. 흐르던 용암은 추
가령구조곡의 낮은 골짜기를 따라 움직이며 대지를 메웠다. 용암
이 식으면서 눈앞에 보이는 광활한 현무암 대지가 되었다.

김남덕 제공

하나 더 볼 것이 남아 있다. 옛 궁예의 도성이다. 『신증동국여지승람』은 철원의 고적으로 풍천원楓川原을 소개한다. "궁예의 도읍지로 부의 북쪽 27리에 있다. 외성外城의 둘레는 1만 4천 4백 21척이고, 내성內城의 둘레는 1천 9백 5척으로, 모두 흙으로 쌓았다. 지금은 절반이 퇴락하였다. 궁전의 옛터가 뚜렷이 아직도 남아 있다." 풍천원은 철원 용암대지에 해당된다. 조지겸趙持謙, 1639~1685은 1679년에 새로 부임하는 함경감사 이당규李堂揆의 행차를 모시기 위해 고산高山에서 기다리다가 감사의 행차가 연기되자 석왕사釋王寺에 들렀다. 이때 「철원궁씨구도鐵原弓氏舊都」를 짓는다.

옛날 삼한이 봉해지기 전을 생각하니　憶昔三韓未合封
궁예왕은 칼 만지며 영웅이라 칭했네　弓王按劍亦稱雄
강한 혼은 홀연히 오강 물로 쫓겼고　強魂忽逐烏江浪
드높은 기상 마침내 곡령 소나무에 보내졌네　伯氣終輸鵠嶺松
폐허된 성 사람 없고 새 그림자만　廢墟無人惟鳥影
그해 나라 세운 건 잠총과 같네　當年建國似蠶叢
봄바람에 두우는 어찌나 괴롭게 우는지　春風杜宇啼何苦
지팡이 짚고 옛날 조문하며 슬피 읊조리네　弔古悲吟暫任笻

촉나라 초대 임금은 잠총蠶叢이고, 그 뒤에 두우杜宇라는 임금이 있었는데 망제望帝라고 호칭하였다. 망제가 재상 별령鱉令을 시켜 무협巫峽을 뚫어 통하게 하는 대규모 치수공사를 하게 했다. 별령이 현장으로 나가자 망제는 그의 처와 간음하였다. 이후 망제는 이 사실을 부끄러워하고 덕이 별령보다 못하다 하여 별령에게 선위하였다. 일설에는 별령에게 나라를 찬탈당하여 두견새로 변화하여 봄철이면 밤낮으로 피눈물이 흐를 때까지 슬피 운다고 한다. 철원에 있는 태봉의 궁궐터에서 중국의 고사를 생각하며 시를 지었다.

이종휘李種徽, 1731~1797도 철원에 왔다가 「철원회고鐵原懷古」를 남긴다.

> 궁예왕은 스스로 패왕의 재능이라 여겨 弓王亦自霸王才
> 기름진 동주에 힘써 나라를 세웠네 天府東州力刱開
> 손바닥 같은 들은 둥글어 기세를 섞고 掌揉野圓渾氣勢
> 옷깃처럼 산은 둘러싸니 황대와 같네 衣襟山遶似隍臺
> 중원 땅 양변으로 들어가니 넓고 中原地入襄樊濶
> 동국의 하늘 곤역에 밀치네 東國天排閶闔來
> 험한 요새 먼저 차지하는 게 무슨 이익이랴 先據險要何所益
> 옛 성엔 슬피 우는 새소리만 있네 古城惟有鳥呼哀

철원 지역의 역사를 회고한 「철원회고」에서도 작자의 역사의식이 잘 드러나 있다. 궁예왕은 흙이 매우 기름져서 생산물이 많이 나는 땅인 천부天府에 나라를 세우고, 주변의 지형도 천연 요새와 같았다. 그러나 결국에는 패망하게 되었다고 회고하고 있는데『맹자』에 나오는 전쟁론으로 계절, 기후보다 지리적 조건이 좋고, 그것보다 인심을 얻어 민심을 화합하는 것을 으뜸으로 친다는 것을 넌지시 알려주고 있다.

군사분계선이 보이는 전망대는 남북 분단의 현실을 일깨워주기도 하고, 시뻘건 용암이 대지를 만들던 수십만 년 전으로 이끌고 가기도 한다. 다시 용암대지 위에 세웠던 궁예의 도성으로 되돌아온다.

궁예가 구경하던 곳

# 대교천 현무암 협곡

　1750년대 초 전국의 군현을 회화식으로 그린 해동지도를 펼치고 한동안 바라본다. 한탄강을 뜻하는 체천 왼쪽 옆 물길은 무얼 그린 것일까? 1872년 지방지도를 보면 이곳에 대교大橋가 표시되어 있다. 『관동지』는 대교大橋가 부의 동쪽 3리 양천凉川 하류에 있다고 알려준다. 양천凉川을 찾아보았다. "부의 서쪽 20리에 있는데, 원류는 평강현 저동猪洞에서 흘러 나와 체천砥川으로 들어간다. 큰 들 중간에 웅덩이가 있어 큰 못을 이루는데 세간에는 궁예가 놀러와 구경하던 곳이라 한다." 부의 서쪽 20리에 있다는 말에 갸우뚱했지

해동지도 속
대교천

만 체천으로 들어간다고 하니 끄떡여진다. 해동지도에 표시된 체천 옆 물길을 예전엔 양천凉川이라 했으며, 대교大橋가 있었다는 것을 알 수 있다. 언제부터인지 양천은 대교천大橋川이 되었다. 아마도 대교大橋가 있어서일 것이다.

예전에 대교는 섶다리였다. 큰물이 나가면 떠내려갔기 때문에 그때마다 다리를 다시 놓아야 했다. 음력 정월 대보름날이면 철원읍과 동송면 주민들이 양편으로 갈라 횃불싸움과 투석전을 벌이고 지는 쪽에서 대교천에 다리를 놓고, 이기는 쪽에서 술과 음식을 장만해 다리가 완성되는 날에 잔치를 벌였다고 한다. 일제강점기인 1934년에 섶다리 대신 콘크리트다리가 준공되었다. 준공식 행사에 3만 명 주민들이 모여들어 대성황을 이뤘다고 한다.

철원의 평야 지대 한가운데를 흐르는 대교천은 농토를 적셔주는 젖줄로, 다리로 주목을 받아왔다. 지금도 철원의 중요한 하천이다. 최근에 현무암 협곡으로 주목을 받는다. 동송읍 장흥리와 포천시 관인면 냉정리에 걸쳐 있는 대교천 협곡은 지질과 지형 발달을 이해하는데 매우 중요한 비중을 차지한다. 협곡 양측절벽 현무암은 약 55만 년 전부터 최초 분출한 용암을 포함하여 그 이후 세 차례 이상 분출한 추가령 현무암으로 구성되며, 협곡 곡벽 곳곳에 현무암의 주상절리가 아름답게 분포한다. 주상절리는 협곡의 하상뿐만이 아니라 협곡의 양측 절벽에도 발달하며, 국지적으로서는 단순한 수직절리가 발달하기도 한다. 현무암 협곡의 총 길이는 약 1.5Km이고 깊이는 20~30m이다. 아름다운 주상절리라고 하지만 쉽게 아름다움을 관찰할 수 없다. 우거진 수풀이 시야를 가린다. 조망하기 좋은 곳은 접근하기 어렵다. 쉽게 얻어지는 아름다움은 없다.

대교천 현무암 협곡

# 3

## 철원 화강

# 철원
# 화강

유곡리

충렬사 ●

암정리

생창리

철원DMZ
생태평화공원 ○ ● 화강

읍내리

용양리

양지리

5

운장리

김화읍

43

학사리

사곡리

풍암리

56

철원김화
농공단지

와수터미널

근남면

대성산

육단리

47

복계산

매월대

죽음을 각오한 의지를 그리다

# 화강백전

　김화읍에서 남쪽으로 2리쯤 떨어진 곳에서 조선군과 청군이 싸우기 시작했다. 평지에 진을 친 평안감사 홍명구洪命耉는 2천명의 병사와 함께 전사했다. 평안도 병마절도사 유림柳琳의 군대는 잣나무 숲 언덕에 진을 치고 적을 향해 포를 쏘았다. 청군은 조선군 진지를 향해 진격하고, 조선군은 그때마다 적을 모두 죽여 시체가 성책에 가득히 쌓였다. 아군은 굽어보고 청군은 우러러보는 지형에다가 잣나무 숲이 빽빽하여 적군의 기병들이 돌격할 수 없었다. 적이 쏜 화살도 대부분 나무에 맞아 사람에게 미치지 못했다. 적의 시체를 모두 거두어 태웠는데 3일이 걸릴 정도였다. 후에 전쟁터에 충렬사를 건립하여 홍명구와 유림을 모셨고, 사당 옆 전각에 홍명구 충렬비와 유림 대첩비를 세웠다.

　김화를 지나던 문인들은 사당에 들리곤 했다. 송시열宋時烈, 1607~1689은 금강산을 구경하고 돌아가다가 충렬사에 들러 「김화현에서 나재 홍공懶齋洪公의 사당에 절하다」를 지어 먼저 간 영혼을 위로하였다.

> 본래의 뜻 벼슬할 때부터 결정했으니　元來志決佩符時
> 오랑캐 구름처럼 와도 담담히 웃었네　虜騎雲屯談笑之
> 조용한 충렬사 옛 잣나무와 어울렸는데　窈窕徽祠依古柏
> 청산은 많으나 봉우리 하나가 기이하네　青山無數一峯奇

단에 오르니 독서인인 줄 누가 알까　登壇誰識讀書人
흰 칼날 삼대 같아도 안 보이는 듯　白刃如麻視若無
한 번 죽어 임금에 보답하고 넋 올라갔으니　一死報君魂上去
향불 피워 술 한 잔 그대에게 올리노라　謾將香火薦離壺

　선비가 나라의 녹을 먹게 되면 나라를 위해 목숨을 바쳐야 한다.
평화로울 때는 백성들을 다스리는데 매진해야겠지만, 나라가 위급
할 때는 자신의 목숨을 내놓고 싸워야한다. 홍명구는 감화 벌판을
채운 적을 보고서도 추호의 흔들림이 없었다. 단상에 올라 병사들
에게 명령 내리는 모습은 서생의 모습이 아니라 용맹한 장수의 기
상이었다. 적군의 칼날이 벌판을 가득 채웠어도 마치 없는 것처럼
초연하였다. 2천명 병사와 함께 김화를 지키다 쓰러진 홍명구는
전형적인 조선의 벼슬아치였다. 사당 뒤편의 잣나무는 홍명구와
함께 산화한 병사들처럼 보였다. 이후 수많은 문인들이 이곳에 들
려 술을 따르고 시를 지었다.
　숙종 36년인 1710년에 이병연李秉淵, 1671~1751은 김화현감이 되면
서 김화와 인연을 맺게 되었다. 그는 한시에 뛰어나 영조시대 최고
의 시인으로 일컬어졌다. 문인 김익겸金益謙이 그의 시를 뽑아 적은
책을 가지고 중국에 갔을 때 중국 문사들이 "명나라 이후의 시는 이
시에 비교가 안 된다."라고 극찬하였다. 일생 동안 무려 10,300여
수에 달하는 많은 시를 썼다고 하나, 현재 시집에 전하는 것은 『사
천시초槎川詩抄』에 실린 500여 수뿐이다. 그는 부임하자 스승 김창
흡과 친구 정선을 초대하여 금강산 여행을 하게 된다. 정선은 첫 번
째 금강산 여행을 하고 『신묘년풍악도첩』을 남겼으니 정선의 그림

에 끼친 그의 영향은 적지 않았다. 이병연은 5살 아래인 정선과 일생에 걸친 예술적 동반자 관계를 맺었는데, 함께 금강산을 여행뿐만 아니라 서울 주변의 경관을 함께 그림과 시로 남기기도 하였다.

정선은 금강산 여행을 통해 우리 산천의 아름다운 모습을 화폭에 담았고, 이후 진경산수화에 매진하게 된다. 정선은 금강산과 금강산으로 오고 가는 도중에 있는 뛰어난 경치를 그린 30여 폭의 그림을 친구인 이병연에게 보답으로 주었고, 이병연은 스승인 김창흡에게 제화시를 부탁하였

정선, 화강백전

다. 김창흡의 「이일원李一源의 해악도海嶽圖 뒤에 짓는다」는 이러한 상황 속에서 나온 것이다. 일원一源은 이병연의 자字이다. 정선의 그림과 김창흡의 시가 어우러지게 된 것은 중간에 이병연이 있었기 때문이었다. 여기에 철원과 관련된 그림이 포함되어 있으니 예술 작품 속에 철원의 풍광이 남게 된 것은 이병연이 김화 현감을 지내며 맺은 인연의 역할이 컸다.

겸재 정선은 전쟁터에 들러 「화강백전花江栢田」을 그리고, 김창흡은 제화시를 지었다.

소나무여! 잣나무여! 松耶栢耶
울창하게 숲을 이루었네 鬱然成林

그 아래를 오고가노라니 來往其下
옛날과 지금 되었지만 自爲古今
진도(陳陶)의 일과 같아 陳陶之事
마음에 슬픔이 이는구나 有慨于心

진도陳陶는 지명이다. 두보杜甫의 「비진도悲陳陶」 시에, "한겨울에
열 고을의 양가집 자제들 죽어가서 피가 진도 연못의 물이 되었네
[孟冬十郡良家子 血作陳陶澤中水]."라는 구절이 있다. 이곳 김화에서 군사
들의 죽음이 마치 중국 진도에서의 일 같아 슬퍼한 것이다.

김화를 휘도는 강물이 화강花江이다. 백전栢田은 잣나무밭이다.
경치가 빼어나게 아름다워 그린 것이 아니라, 장렬하게 순국한 넋
을 기리기 위해 전쟁터를 화폭에 담았다. 짙은 먹으로 꾹꾹 눌러
표현한 잣나무 잎은 적을 향해 부릅뜬 눈이다. 죽음을 각오한 병사
들의 굳센 의지다. 물샐 틈 없이 빽빽한 수직의 나무는 뚫리지 않
으려는 병사들의 몸짓이다.

김화읍 생창리에 있는 DMZ 생태평화공원은 트레킹코스를 두 개
개발했는데, 그중 제2코스는 충렬사를 경유한다. 용양보와 암정교
등도 함께 걸을 수 있다.

어느 날 문득
# 생창리

아무 생각 없이, 무료하게 지나치곤 했다. 무미하던 공간이 그런데 느닷없이 뛰어 들어왔다. 순식간에 그 공간은 다른 공간이 되었다. 어제의 그 공간이 아니다. 집, 길, 나무, 강 하나하나가 새로운 의미로 다가왔다. 사람도 그렇지 않은가. 어느 날 갑자기 새로운 모습으로 다가온 사람. 나의 시선이 바뀌자 오늘의 그는 어제의 그가 아니다.

김화읍 생창리가 어느 날 문득 '툭' 다가왔다. 허봉許篈, 1551~1588의 죽음 때문이었다. 아무리 생각해도 억울한 서른여덟에 그는 눈을 감아야했다. 그가 김화현의 생창역에서 파란만장한 생을 마쳤다는 글을 읽는 순간 '쿵' 소리가 났다. 생창역은 지금의 생창리에 있었다.

여동생이 허난설헌許蘭雪軒, 1563~1589이고, 남동생이 허균許筠, 1569~1618이라고 소개해야 할 정도로 동생들의 명성이 자자하지만, 그는 동생들에게 자리를 양보할 정도가 아니었다. 스물둘에 문과에 급제하였고, 총명한 자만 선발하여 학문에 전념할 수 있도록 여가를 주는 사가독서에 뽑혔고 승진을 계속하였다. 승승장구하다가 병조판서 이이李珥의 직무상 과실을 들어 탄핵하였다가 유배되었고, 해배된 이후 방랑하다가 생창리에서 최후를 맞이하였다.

윤국형尹國馨, 1543~1611은 『문소만록聞詔漫錄』에서 허봉의 모습을 생생하게 알려준다.

허엽의 둘째 아들인 그는 총명하고 민첩함이 남보다 뛰어나 열 살 전에 빛나는 재주가 나타나기 시작하여 소문이 자자하였다. 용모와 행동은 청일(淸逸)하고 의론이 초월하여 예리한 비판을 숨기지 못하였다. 그를 아는 자는 비상한 격조를 사랑했고, 알지 못하는 자는 지나치게 재주를 드러내는 것을 병통으로 여겼다. 심한 자는 흠을 꼬집어 배척하기도 하였다. 그는 손에서 책을 놓지 않고 한 번 보기만 하면 문득 외어서 고금의 일을 꿰뚫어 조금도 빠뜨리지 않았다. 또 시와 문장을 바로바로 지었으며, 비록 술을 마시고 크게 취했어도 문득 등불을 켜놓고 글을 읽은 뒤에야 잠자리에 들었다.

전형적인 타고난 천재일 뿐만 아니라 늘 노력하던 허봉이었다. 양경우梁慶遇, 1568~미상는 장유張維가 우리나라 사람의 시를 논하면서 '근래의 문인재자 중에 허봉의 시가 으뜸이다'라고 한 말을 인용하였다. 허봉의 『하곡유고荷谷遺稿』 한 권을 구하여 늘 손에 들고 탐독하였는데 진실로 뛰어난 시재였다고 탄복한다. 격조가 높기는 허난설헌과 같았지만 허탄한 병통은 없고, 아우 허균은 재주가 넉넉하여 다함이 없지만 격률은 몹시 비루하니 같이 말할 수 없다고 평하였다. 사람마다 다르겠으나 양경우는 허봉의 시가 두 동생들보다 뛰어났다고 보았다.

귀양에서 풀려났으나 임금의 명령 때문에 서울 안으로 들어올 수 없었던 허봉은 세상과 어긋나기만 하자 불교에서 위안을 찾았다. 사명당과 교리를 논하기도 했다. 금강산 대명암에서 한동안 머무르기도 했다. 1585년 풀려나와 인천·춘천 등에서 방랑하다가 1588년에 금강산으로 들어갔다. 술을 좋아하였던 그는 병이 나자 치료하려고 서울로 향하던 길에 생창역에 들렀다. 그의 나이 서른여덟 살 때였다. 숨을 거두자 친구인 김화현감 서인원이 그를 거두어 아버지 곁에 묻었다. 무심히 지나치던 생창리에서 허봉이 생을

마감했다는 것을 알게 되었으니 어찌 생창리가 예전의 생창리겠는
가. 숱한 접경지 마을 중 한 마을이 아니라 허봉의 이야기를 지닌
공간이 되었다.

　허봉의 쓸쓸한 죽음을 애도하며 지었을까. 신익전申翊全, 1605~1660
의 「생창역 정자에서 잠시 쉬다」는 적막하고 쓸쓸하다.

　　오래된 역 차가운 시냇가에 있는데　古驛寒溪畔
　　저물어가는 하늘 아득도 하여라　蒼茫欲暮天
　　배고픈 까마귀 고목에 모여 있고　飢鴉集枯柳
　　여윈 말은 산밭에 풀어 놓았으며　羸馬放山田
　　마을에는 밥 짓는 연기 끊어졌고　墟落人煙斷
　　방안 농에는 거미줄이 걸려 있네　房櫳蛛網懸
　　시름 젖어 나 홀로 앉아 있자니　悄然成獨坐
　　나그네 심사 하루가 일 년 같네　羈緒日如年

　"옳은 생각을 가지게 되면 굳게 잡고서 흔들리지 않았다. 비록
임금 앞에 섰더라도 굽힘이 없었다. 때때로 임금의 얼굴빛을 찌푸
리게 할 정도로 힘껏 아뢰었다. 임금께서 어쩌다 진노하시면 옆 사
람들까지도 땀을 흘렸지만, 선생은 그래도 흔들리지 않았다." 동생
허균이 형의 문집을 엮으면서 연보에 강직한 성격에 직언을 서슴
지 않았음을 기록하였다. 선조 임금이 자신의 친할머니인 명종의
후궁 안빈安嬪의 사당을 대궐 안에 봉안하려고 하자, 임금의 친할
머니를 첩이라며 힘껏 반대한 것이 대표적이다. 그의 앞길이 순탄
치 않을 것임을 짐작하게 하는 일화다. 이이를 탄핵하여 당파 싸움
으로 이어지게 된 것도 그의 성격이 한 원인이 되었다.

철원의 최북단에 위치한 생창리는 옛 김화군의 중심지였고 금강산 가는 길목이어서 사람들의 행렬이 끊이지 않았다. 일제강점기에는 국도가 만나고 금강산전철이 지나가는 등 교통의 요지였다. 6.25전쟁으로 시가지는 완전히 폐허가 되었다. 설상가상으로 전쟁이 끝난 후에는 마을 대부분이 DMZ에 편입되거나 민통선에 묶이게 되었다. 1970년 재향군인 100가구의 이주로 재건촌을 건립하면서 마을이 조성되었다. 머지않아 금강산을 오고가는 사람들에게 생창리와 허봉은 어느 날 문득 다가올 것이다.

꽃이 흐르는 강
# 화강

    생창리 마을 앞 강둑에 섰다. 강물이 북동쪽에서 암정리와 용양리, 운장리와 생창리의 뜰을 적시며 느릿느릿 흘러온다. 북한의 오성산에서 발원하여 비무장지대를 지나 김화 평야 지대를 통과해 남쪽으로 흘러 한탄강으로 향한다. 『신증동국여지승람』은 김화현 남쪽 5리에 남대천南大川이 있다고 설명한다. 이민구李敏求, 1589~1670가 지은 「남대천에서」는 생창리 앞을 흐르는 강을 바라보며 지은 것이다.

> 몇 번 바람 부는 강 건넜던가   幾度涉風水
> 외로운 배로 또 여울 올라가네   孤舟又上灘
> 돌 사이 흐르는 물 맑게 울리고   石流淸碡碡
> 구름 그림자 하얗게 번져 가네   雲影白漫漫
> 갈수록 구불구불 거친 물길 나오니   轉去歷阻折
> 어찌 험난한 곳 지났다 말하랴   何言經險難
> 신선과의 기약 다만 내일이니   仙期只明日
> 한 번 웃으며 가을 산 바라보네   一笑望秋巒

    철원을 거쳐 김화에 온 이민구는 김화에 와서 「김화 동헌에서 차운하다」를 짓는다. 이후에 금성에서 지은 시가 실려 있고 금강산을 노래한 시들이 계속 이어진다. 이민구가 시에서 말한 신선과의 약속은 금강산 유람일 것이다. 비록 고난의 연속이고 험난한 여정

이지만 때마침 가을이라 금강산 유람이 더 기대된다. 절로 미소가
번진다. 이곳 생창리는 금강산으로 가는 길목이라 많은 유람객들
이 잠시 쉬며 시문을 남겼다.

이민구보다 먼저 김성일金誠一, 1538~1593은 강가에서 「한낮에 김
화의 시냇가에서 쉬다」를 짓는다.

> 가을 해는 황량한 언덕 비추고 秋日照荒丘
> 찬 시내는 울먹이며 흐르지 못하네 寒川咽不流
> 외로운 혼 어느 곳에 흩어졌는가 孤魂散何處
> 모든 일 여기에서 끝이 났구나 萬事此中休

김화에 오자 김성일은 지난해 이 고을 김화에서 갑자기 운명을
달리한 친구 노전盧坤이 떠오른다. 모든 것이 쓸쓸하게 보인다. 마
침 늦가을이라 주변은 썰렁하고 언덕은 황량하다. 강물은 차갑다.
느릿느릿 흐르는 마을 앞 강은 목이 메여 흐르지 못한다.

김성일은 시내라고 표현하고 이민구는 남대천이라고 했지만 화
강花江으로 더 알려져 왔다. 화강은 김화읍을 지나 정연리에서 한탄
강 본류와 합쳐진다. 상류 쪽으로 'DMZ생태평화공원 탐방로'가 개
설되었다. 화강을 따라 마련된 코스가 용양보 코스다. 암정교와 금
강산 전철의 도로원표에 전쟁의 흔적이 아직도 남아 있다. 용양보는
일제강점기에 건설된 금강산 전철 교각을 둑으로 삼아 지어진 저수
지다. 전쟁 이후 60여 년 동안 사람의 발길이 닿지 않은 용양보 저수
지는 왕버들 군락이 습지를 이뤘다. 최근에는 식생과 생물서식 환경
이 뛰어난 점이 인정되어 용양보습지가 습지보호지역으로 지정됐
다. 멸종위기 야생생물이 서식하고 있으며, 한탄강 수계에서 확인되

화강과 암정교

지 않았던 멸종위기 야생생물인 수달도 서식하는 것으로 조사됐다. 용양보습지는 호수·하천·논 등 다양한 유형의 습지가 혼재된 보전가치가 높은 습지로 평가받는다. 탐방로는 용양보까지 걷다가 군부대를 차로 통과해 철책 아래 통문까지 이어진다.

용양보에서 더 올라가면 임진왜란 때 전투를 벌인 곳이다. 김화 현감 이병연李秉淵, 1671~1751은 김화 지역을 순찰하다가 임진왜란 때 왜군과 싸우다 순국한 원호元豪, 1533~1592의 자취가 남아 있는 곳에 이르렀다. 그는 1567년(명종 22) 무과에 급제하였는데, 1592년에 임진왜란이 일어나자 강원도조방장으로서 패잔병과 의병을 규합하여 여주의 신륵사에서 적병을 크게 무찔렀다. 또한 패주하는 적병을 구미포龜尾浦에서 섬멸하였다. 그 공으로 경기·강원 방어사 겸 여주목사로 임명되었다. 얼마 뒤 강원감사 유영길柳永吉의 격문을 보고 병사와 함께 김화에 이르렀다. 적의 복병을 맞아 분전하다가 패색이 짙어지자 낭떠러지 아래로 투신하였다. 왜군과 싸우다 순국한 원호를 제향하기 위해 1656년에 충장사를 건립했다. 이병연은 「갈동葛洞 전쟁터」란 시로 원호의 죽음을 애도했다.

이곳은 원호 장군 죽은 곳 此地元豪死
일찍이 여러 고을 무너진 걸 들었네 曾聞覆數州
바람은 제단의 풀에 불어오고 風吹祭壇草
시내는 전장으로 들어와 흐르네 溪入戰場流
서덜[磧] 안에 사는 사람 적고 磧裏居人少
모래 안에 해 지니 근심스럽네 沙中落日愁
당시 국운(國運)에 관련되었으니 當時關國運
장군이 도모한 걸 묻지를 말라 莫問將臣謀

김육金堉, 1580~1658은 「원호元豪를 포상하여 녹공錄功하기를 청하는 차자」에서 김화에서의 싸움을 자세하게 기록하였다. 공이 군사를 이끌고 춘천을 경유하여 가다가 김화에 이르러서 갑자기 적과 맞닥뜨렸다. 형세가 비교가 안 되었으므로 즉시 군사를 거두어 산 위로 올라갔다. 왜적들이 공격하고 군사들이 죽을힘을 다해 종일토록 싸워 죽인 왜적이 매우 많았다. 그러나 공의 군사 역시 다 죽고 단지 휘하의 이돈李暾 등 6, 7명만이 공의 곁에 남아 있었다. 공은 더욱더 기운을 떨쳐 직접 왜적 수십 명을 쏘아 죽였다. 왜적들이 조금 물러났으나 얼마 있다가 다시 대거 진격해 왔다. 공은 화살이 다 떨어지고 힘이 다하여 어찌할 도리가 없다는 것을 알고 돌아보며 말하기를, "일이 이미 이 지경에 이르렀다. 나는 명을 받아 왜적을 토벌하니, 힘을 다하고서 죽는 것이 당연한 의리다. 너희들은 나와 함께 죽을 필요가 없다. 각자가 흩어져 도망가라."라고 하였다. 드디어 천 길 낭떠러지 아래로 몸을 던져 죽으니 바로 6월 19일이었다. 그 곳은 김화읍에서 10리쯤 떨어진 비무장지대다.

김화 지역은 교통의 요지라 나라가 위험에 처하면 큰 전쟁이 벌어지곤 했다. 홍명구와 유림이 청군과 싸운 곳이 김화다. 청군에게 승리를 거뒀으나 우리의 피해도 만만치 않았다. 그 이전에 일어난 임진왜란 때도 김화에서 전쟁이 벌어졌다. 원호는 갈동에서 몸을 던져야 했다. 한국전쟁 때도 꽃 같은 젊은이들이 피를 흘렸다. 이전의 화강花江이 꽃 같은 이들이 피를 흘린 곳이었다면 지금은 꽃이 흐드러지게 핀, 꽃이 흐르는 강이 되어야 한다.

김시습, 절의를 지키다

# 매월대

김시습金時習, 1435~1493이 다섯 살 때 천재란 소문을 듣고 정승이 찾아온다. 허조가 늙을 '노老'자로 시구를 지어보라 하자, '늙은 나무에 꽃이 피니 마음은 늙지 않다[老木開花心不老]'라고 읊었다. 후에 세종도 김시습을 시험하고 비단을 내렸다는 일화가 전해져온다.

1452년 12세의 단종이 즉위했을 때, 김시습은 과거 공부를 위해 삼각산 중흥사로 들어간다. 그해 10월 10일에 수양대군이 김종서 등을 죽인 '계유정난'이 일어나고, 1455년 6월 수양대군의 위협을 견디다 못한 단종은 수양대군에게 옥새를 넘겨준다. 중흥사에서 김시습은 수양대군이 왕위를 찬탈했다는 소식을 듣는다. 이 세상에 도가 실현될 수 없음을 알고 방랑길에 나선다. 가치가 전도된 세상에서 왕도정치는 더 실현될 수 없다는 것을 직감했기 때문이다. 중흥사에서 나와 방랑길에 나선 김시습의 발길은 강원도 김화 복계산 자락의 사곡촌에 닿았다.

김화현 관아에서 남쪽 10리에 위치한 사곡촌 골짜기에 세조 정권이 싫어 서울을 떠난 영해 박씨 일가 일곱 명이 초막을 짓고 은거하고 있었다. 세조가 예조참판에 임명했으나 이를 거부한 조상치曺尙治도 이곳으로 왔다. 김시습은 이들과 함께 은거하면서 시대를 거부하고 새로운 길을 모색했다.

최익현은 「발탁영재유고跋濯纓齋遺稿」에서 탁영재濯纓齋 박규손朴奎孫은 김시습과 조상치, 부친 박도朴渡 등 영해 박씨 일가와 화강花江의 초막동草幕洞에 자리 잡고 자규사子規詞에 화답하며 30여 년 숨어 살았다고 기록한다. 나중에 형제와 사촌들이 모두 궁벽한 곳을 찾아서 은둔하였으나 탁영재는 떠나지 않고 말하기를, "이곳은 우리 부모의 고향이다. 산소가 가까이 있는데 차마 버리고 멀리 가겠는가"라 하였다. 최익현은 이 말을 인용하며 공의 충효 대절은 여기에서 갖추어졌다고 평가한다.

단종이 영월에 유폐되어 자규의 울음소리를 듣고 지은 시가 두 편 있는데, 자기 신세를 자규의 울음에 비겨 원한에 찬 삶을 슬프게 호소했다. 이 시를 읽은 조상치는 임금의 시에 화답하여 자규사子規詞를 짓는다.

자규가 우네, 자규가 우네  子規啼子規啼
달밤 빈 산에 무얼 호소하려는가  夜月空山何所訴
'돌아감만 못하다, 돌아감만 못하다' 우니  不如歸不如歸
고향 파촉 땅 날아서 가려는가  望裡巴岑飛欲度
다른 새들 모두 둥지에 편히 있건만  看他衆鳥摠安巢
홀로 꽃가지 향해 피나게 우는구나  獨向花枝血謾吐
몸도 그림자도 홀로인 모습 초췌하니  形單影孤貌憔悴
누가 너를 돌아보며 존숭(尊崇)하리  不肯尊崇誰爾顧
아아, 인간 세상의 원한 너뿐이겠는가  嗚呼人間冤恨豈獨爾
의사 충신 더욱 원통하고 슬펐나니  義士忠臣增慷慨激不平
억울한 일 손가락으로 셀 수 없네  屈指難盡數

중국 촉나라 망제는 위기에서 구해준 신하에게 왕위를 빼앗기고 국외로 추방당한다. 하루아침에 나라를 빼앗기고 타국으로 쫓겨난 망제는 촉나라로 돌아가지 못하는 자기의 신세를 한탄하며 온종일 울기만 했다. 마침내 망제는 울다가 지쳐서 죽는다. 한 맺힌 그의 영혼은 두견새가 되어 밤마다 목에서 피가 나도록 울었고, 피가 떨어져 진달래꽃이 되었다. 훗날 사람들은 망제의 죽은 넋이 변해서 된 두견새를 자규子規, 귀촉도歸蜀道, 불여귀不如歸 등으로 불렀다.

초막동에 내려와 은거하며 단종의 복위를 도모했으나 뜻을 이루지 못한 지 3백 50여 년이 지난 1818년(순조 18년), 영해 박씨 후손들과 관내 사림들이 뜨거운 충절을 후세에 전하기 위해 '구은사九隱祠'를 건립했다. 이후 흥선대원군의 서원 철폐령에 의해 1864년에 철거되었다가, 1894년에 단을 설치하고 다시 배향하였다. 1921년에 중건되었으나 한국 전쟁의 와중에 사우가 소실되었고, 1977년에 중건되었다.

사곡리에 있는 신사곡교차로를 지나니 우측에 신도비가 우뚝 서 있다. 망부석 설화로 유명한 박제상朴堤上의 후손인 박창령朴昌齡 신도비다. 세종으로부터 총애를 받던 평양서윤 박창령과 집 안 사람들은 세조의 정변에 항거해 벼슬을 버리고 김화로 내려온다. 김시습과 조상치를 포함하여 영해 박씨 일가인 박도朴渡, 박제朴濟, 박규손朴奎孫, 박효손朴孝孫, 박천손朴千孫, 박인손朴璘孫, 박계손朴季孫 등 일곱 명을 합하여 '구은九隱'으로 부르는데, 영해 박씨 일곱 명은 박창령의 아들과 손자다. 이들은 사육신이 처형당했다는 소식을 듣자 신변에 위협을 느끼고 각자 흩어진다. 박규손의 가족은 김화에 남고, 박효손의 가족은 금강산으로, 박천손은 백천으로, 박제의 가족은 곽산 광림산으로, 박도의 가족은 함경도 문천으로 향했다.

교차로에서 화천 산양리 쪽으로 가니 왼쪽에 서 있는 안내판이 구은사를 가리킨다. 야트막한 산 아래 자리 잡은 건물에 들린 최익현崔益鉉, 1833~1906은 고유문을 올린다.

> 훌륭하도다 선생이여, 해동의 백이숙제로  猗歟先生 海東伯夷
> 수염 기른 맑은 모습, 여기서 은거하셨네  存髯清標 考槃于兹
> 이때 정재(靜齋) 선생과, 박씨 문중 일곱 분이  時惟靜翁 朴門七賢
> 좋아하며 함께 돌아가서, 우뚝 서셨으니  惠好同歸 所立卓然
> 성산처럼 우뚝하고, 영월에 읍하는 것 같네  聖山峨峨 如拱越中
> 문수는 넘실넘실 흘러, 청령포와 통하니  汶水湯湯 冷浦與通
> 장릉의 충의공과, 생사에 이름을 함께해  莊陵純臣 生死齊名
> 자규가를 화답하며, 한 소리로 주고받으니  子規賡章 唱酬同聲
> 높은 풍모와 절개를, 영원토록 못 잊겠네  高風峻節 百世不忘

백이와 숙제는 상나라 말기에 끝까지 군주에 대한 충성을 지킨 의인으로 알려졌다. 문왕의 명성을 듣고 주나라로 갔는데 문왕은 이미 죽고 아들인 무왕이 문왕의 위패를 수레에 싣고 은의 주왕을 정벌하러 가려는 참이었다. 두 사람은 "아버지의 장례가 끝나기도 전에 병사를 일으키는 것은 불효이며, 신하로서 군주를 치는 것은 불인不仁이다"라며 말렸지만 무왕은 듣지 않고 출정해 은을 멸망시킨다. 두 사람은 주나라의 녹을 받는 것을 부끄럽게 여겨 수양산에 숨어 살며 고사리를 캐 먹고 지내다 굶어 죽는다. 정재靜齋는 조상치를 말한다. 문수汶水는 김화에 있는 개울이다. 넘실넘실 흘러 청령포와 통한다는 것은 임금에 대한 충성이 같다는 것을 말한다. 충의공은 동강에 버려진 단종의 시신을 수습한 엄홍도다. 구은사 뒤를 보니 잣나무가 빽빽하게 서 있다. "날씨가 추워진 뒤에야 소나무와 잣나무가 늦게 시듦을 알 수 있다."고 했듯이 세상이 어려워진 뒤에야 참된 선비의 진면목이 드러나는 것을 알려주는 것 같다.

매월당의 자취를 찾기 위해 사곡리에서 육단리를 지나 잠곡리로 향한다. 잠곡1리에 이르자 이정표가 매월대를 알려준다. 매월대폭포로 향하자 바로 깊은 산속이다. 등산로는 조그만 계곡과 나란하다. 푸르고 무성한 나무들이 반긴다. 사람의 발걸음이 없어서인지

매월대

원시림에 가까운 자연환경이다. 15분 정도 오르자 매월대폭포가 나타난다. 철원 8경 중 하나에 꼽히는 매월대폭포는 기암절벽 사이로 물이 떨어지는 아름다운 풍광을 자랑한다. 폭포 옆 등산로를 따라 오르니 바로 나무 계단이다. 한참 오르다 서쪽 능선을 바라보니 소나무 가지 사이로 우뚝 솟아있는 바위 봉우리가 늠름하다. 약 40m 높이의 바위에서 매월당은 시를 읊거나 바둑을 두며 세상 이야기를 하고 단종의 복귀를 논하였다고 한다. 뒤에 바위 봉우리를 매월대라 불렀다. 등산로 입구로 내려오니 안내판에 김시습이 은거하던 동굴이 표시되어 있다. 한참 오르니 바위 벼랑이 앞을 가로막고 아래에 동굴이 보인다. 김시습이 은거하던 동굴이다.

매월대를 옛 문헌들은 '창암蒼嚴'으로 기록하였다. 『여지도서』는 '창암'을 "현의 남쪽 20리에 있다. 옛날 매월당 김시습이 오고 갈 때 바위 아래에 조그만 집을 짓고 몇 년 소요하였다. 지금도 옛터가 남아 있다."고 알려준다. 1830년대 전후에 만들어진 『관동지』에도 '창암'이 실려 있는데 설명은 이렇다. "현의 남쪽으로 20리 떨어진 곳에 있다. 옛날 매월당 김시습이 초당을 짓고 바위산 아래에서 수년간 소요하다가 다른 곳으로 떠났다고 한다. 지금도 옛터가 남아 있다." 1940년에 출간된 『강원도지』도 '창암'에 대해 설명을 한다. "초막동 남쪽 1리쯤 문수汶水가에 있다. 매월당 김시습이 바위 아래에 작은 집을 짓고 소요하며 누어 쉬었다. 뒷날 사람들이 그곳을 매월대라고 불렀다. 깨진 솥의 흔적이 있다."라고 알려준다. 문수汶水는 복주산에서 발원하여 육단리와 사곡리를 거쳐 한탄강 지류인 화강으로 흘러간다.

# 4

철원 용화천

# 4

## 철원
## 용화천

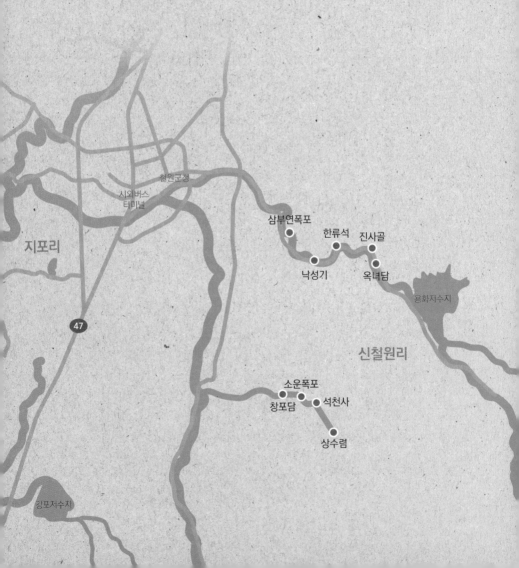

지포리

철원군청

시외버스
터미널

삼부연폭포

한류석

진사골

낙성기

옥녀담

용화저수지

47

신철원리

소운폭포

창포담

석천사

상수렴

강포저수지

용화천의 승경 태화오곡

# 삼부연폭포

신철원 군탄리 일대에 풍전역豊田驛이 있었다. 풍전역을 지나 김화를 거쳐 금강산으로 향하거나, 반대로 포천으로 향하던 사람들은 인근에 있는 삼부연폭포를 자연스럽게 찾게 되었다. 삼부연폭포가 외지 사람들에게 널리 알려지기 시작한 것은 17세기 들어서면서부터다.

1631년에 김상헌金尙憲, 1570~1652은 삼부연의 발원지에 난리를 피할 만한 마을이 있다는 말을 들었다. 길이 험하여 갈 수가 없자 시를 지어 아쉬움을 달랜다.

들건대 신령스러운 연못 주변에 聞道靈湫上
세상 피한 마을 깊이 숨어 있다네 深藏避世村
평생토록 농사짓고 샘물 마시며 生涯自耕鑿
마을 깊어 별도로 천지 이루었다네 洞府別乾坤
황기(黃綺) 신선 높은 풍모 아득히 머나 黃綺高風遠
주진촌(朱陳村)의 예전 풍속 남아 있다네 朱陳舊俗存
집 한 채를 내주어서 날 살게 하면 一廛容我住
무릉도원 물을 필요 뭐가 있으랴 何必問桃源

황기黃綺는 진나라 말에 상산商山에 은거한 네 명 가운데 하황공夏黃公과 기리계綺里季를 말한다. 주진촌朱陳村은 중국 서주徐州에 있는 마을이다. 주씨와 진씨 두 성만이 살면서 세상과 통하지 않고 대대로 서로 혼인하며 살아가는데, 무릉도원처럼 깊숙하고 평화로운 마을이라 알려진 곳이다. 김상헌은 용화동을 주진촌으로 동일시한 것이다. 삼부연과 무릉도원으로 인식된 용화동에 대한 시는, 이후 풍전역을 지나는 사람들이 삼부연을 찾게 하는 동인이 되었다. 수많은 시와 여행기가 창작되기 시작하면서 삼부연폭포와 용화동의 이야기는 풍성해졌다.

삼부연三釜淵에 매료되어 자신의 호를 삼연三淵이라 한 사람이 있었다. 바로 김창흡金昌翕, 1653~1722이다. 그는 숙종 5년인 1679년에 삼연을 호로 삼았다. 그러고 보니 삼부연은 김창흡의 집안과 인연이 있다. 할아버지인 김상헌은 1631년 삼부연의 발원지에 난리를 피할만한 마을이 있는데, 길이 험하여 갈 수가 없다면서 시를 남겼다. 이후 김창흡의 아버지인 김수항은 전라도 영암으로 귀양을 갔다가, 1678년 철원으로 유배지를 옮기며 인연을 맺었다. 김창흡은 이듬해 삼부연 상류 용화촌에 거처를 정하였다. 김창흡은 삼부연부터 시작하여 자신이 살던 용화동까지 이어지는 계곡의 구비마다 뛰어난 승경을 찾아 '태화오곡太華五曲'이라 명명했다. 용화천에 위치한 태화오곡을 따라 여행을 시작한다.

## 1곡. 기이하구나 삼부연이여

삼부연에서 제일 먼저 눈에 들어오는 것은 폭포다. 시원스럽게 직선으로 쏟아지는 물은 장쾌하다는 표현이 제일 적절하다. 이하진李夏鎭은 삼부연폭포를 보면서 바로 여산폭포를 떠올린다. 중국 당나라 때 이태백이 지은 「여산폭포를 바라보면서」란 시는 폭포를 읊은 최고의 시 중에 하나로 꼽힌다. "햇빛이 향로봉을 비추니 자주빛 안개가 일어나고, 멀리서 폭포를 바라보니 긴 시냇물을 하늘에 걸쳐 놓은 듯하네. 날아서 바로 떨어지는 물이 삼천척이나 되니, 혹시나 하늘에서 은하수가 쏟아지는 것이 아닐까"

용연과 폭포를 감상하였다. 연못이 깊어 바닥을 볼 수 없다. 산의 좌우는 모두 큰 바위인데, 두루 쳐다보아도 틈이 없다. 높이는 수백 척이며, 병풍처럼 용연을 에워싼 형세. 폭포는 그 위에 걸려 있다. 달아나는 용의 형세와 같이 굽어진 것이 서너 길이고, 곧바로 내려오는 것이 수십 길이다. 흐르는 물거품은 날아다니는 구슬의 모습과 같다. 이태백의 여산시(廬山詩)에서 이미 자세하게 묘사하였으니, 지금 다시 말하지 않는다. 폭포 위 몇 자 정도 되는 것은 중연(中淵)이다. 연못은 겨우 십여 아름이다. 사방이 매끄럽고 깨끗하다. 모양은 큰 단지를 가른 것 같으며, 물이 그 가운데 고여 있다. 지금까지 깊이를 잰 사람이 없다. 가운데 폭포가 여기에 떨어지는데, 두세 길 남짓하다. 또 가운데 폭포 위에 몇 길 쯤 되는 곳에 상연(上淵)이 있다. 연못의 크기는 7~8 아름이 채 되지 않는다. 깊이는 7~8 아름보다 더

깊다. 폭포는 4~5 길 정도다. 두 물줄기가 교차하는 것이 새끼를 꼬는 것 같다. 양쪽에 이끼가 있어 매끄러워 사람이 발을 붙일 수 없고, 다만 짙은 검은색을 바라볼 뿐이다. 가까이 보지 못한 것도 있다. 종합해서 말하자면 상·중·하 세 개의 연못은 그 형세가 서로 이어져 있어서 매우 가깝다. 또 양쪽의 푸른 절벽을 아우르면 온전히 하나의 바위인데 구멍 뚫린 것이 세 개의 기이한 경관이 된다. 조물주의 뜻을 과연 헤아려 알기 어렵다. 가장 아래 연못의 바닥에서 점차 오른쪽으로 가까이 가서 옆으로 보면 구멍이 있는데, 큰 손톱자국이 있다. 민간에 전해지길 신룡(神龍)이 붙잡고 노닐던 곳이라고 한다. 또 말하길, 때때로 번개와 안개가 끼는 것은 매년 박연폭포의 용과 만나기 때문이라고 한다. 양쪽의 신령스런 동물이 아니면 누가 오고 갔겠는가? 아! 괴이하구나. 나는 두 종형(從兄)과 함께 벽에 이름을 쓰고 시로 기록했다. (이하진(李夏鎭), 「금강도로기(金剛途路記)」)

삼부연은 세 개의 가마솥처럼 생긴 연못이란 뜻이다. 폭포 군데군데 형성된 연못을 지칭할 때 쓰는 말이다. 그러면 폭포를 가리킬 때 쓰는 말은 무엇일까? 예전엔 이 지역 사람들은 폭포를 '락落'이라 하였기 때문에 '삼부락三釜落'이라고 불렀다.

폭포만 보이다가 시간이 조금 지나면서 그 위에 굽이치는 조그만 폭포가 보이기 시작한다. 조그만 폭포 밑에 조그만 솥 모양의 연못도 보인다. 폭포 위에 또 조그마한 폭포와 솥 모양의 연못이 또 있다. 제일 위에 있는 폭포는 자세히 보아야지만 볼 수 있다. 장쾌하게 낙하하는 폭포 위에 있는 두 개의 폭포와 연못은 단조로울 것 같은 삼부연폭포에 변화를 주는 곳이다.

폭포에 조금씩 익숙해지면서 주변의 바위 절벽들이 눈에 들어온다. 폭포 좌우에 있는 바위는 산이라고 부르는 것이 적절하리라. 힘을 느낄 수 있는 커다란 바위는 주변을 압도할 만큼 기를 발산한다. 울퉁불퉁한 근육질의 바위는 검은색과 붉은색이 거칠게 덧칠

해져있다. 건장한 이미지뿐만 아니다. 폭포수가 떨어지는 곳에서 왼쪽으로 시선을 돌리면 매끄럽게 곡선으로 파여 있다. 인위적으로 판 것이 아니다. 이 흔적은 예전에 폭포수가 이곳으로 흘렀다는 것을 보여준다. 삼부연폭포가 언제부터 형성되었는지는 알 수 없지만, 예전의 물길이 지금과 같지 않았다는 것을 보여준다. 후대의 물길도 지금의 물길과는 다를 것이다. 폭포 왼쪽에 매끄럽게 파여진 바위는 삼부연폭포의 또 다른 모습이다.

폭포 오른쪽의 바위는 더 많은 이야기를 전해준다. 이현익은 「동유기東遊記」에서 오른쪽 벽 위에 조그만 굴이 있다고 알려준다. 전체적으로 둥그렇게 파인 바위의 윗부분에 짙은 그림자를 드리운 곳이 보인다. 이하진은 손톱자국이 있다고 했는데, 바로 굴 주변의 주름진 바위를 묘사한 것이다.

철원 지역에서 중요한 의미를 지녔던 것은 '삼부연'이다. 전통적으로 농사를 주요한 업으로 삼았던 철원지역 사람들에게 풍부한 물을 제공해 주는 삼부연은 범상한 연못 그 이상의 존재였다. 세 개의 솥단지 모양의 연못 중에 아래에 있는 가장 큰 연못을 용연龍淵이라 하여 용이 사는 곳이라 여겼다. 가뭄이 들었을 때 이곳에서 기우제를 지내곤 했으며, 감응이 있었다는 기록을 여기저기서 찾아볼 수 있다. 폭포가 생긴 유래를 말해주는 전설에도 용이 등장한다. 전설에 따르면 이곳에서 도를 닦던 네 마리의 이무기가 있었는데, 세 마리가 폭포의 바위를 하나씩 뚫고 용으로 승천하였다고 한다. 그때 생긴 세 곳의 구멍에 물이 고인 것이 삼부연이다. 마을 이름도 이무기가 용으로 변했다는 의미로 용화동龍華洞이라 불리게 되었다고 한다.

삼부연폭포

　수많은 시인과 묵객들은 폭포와 암벽과 연못을 소재로 끊임없이
시를 읊조렸으며, 그림으로도 남겼다. 특히 시는 한 권의 시집을
낼 정도로 넘친다. 추사 김정희도 한 자리를 차지했다.

높고 낮은 산 속에 발 괴고 앉아　跌坐亂山裏
한가로이 폭포를 구경하누나　閒看瀑布流
세 웅덩이 나무 끝에 연이어 있고　三窪連木末
두 벼랑 구름 위에 솟아났구나　雙壁起雲頭
들이고 뱉는 것은 용의 기운인데　吐納惟龍氣
문득 비 내리니 시름에 젖네　尋常便雨愁
삼연 선생은 정말 탁월도 하네　淵翁眞卓絶
이와 같이 그윽한 곳을 가려냈으니　能辦此居幽

　지금은 폭포 옆에 터널이 생겼지만, 예전에는 터널 위의 좁은 오솔길을 통과해야만 용화동으로 갈 수 있었다. 용화동뿐만 아니라 폭포 위를 구경하려는 호기심 많은 사람들은 위험하면서도 짜릿한 오솔길을 조마조마하며 통과하곤 했다. 성해응은 오솔길을 걷는 사람들이 줄지어 가는 것을 물고기에 비유했으며, 올라온 곳을 내려다보며 혼비백산하였다고 적었다.

　신익성申翊聖, 1588~1644은 『낙전당집樂全堂集』에서 "삼부연폭포는 박연폭포에 비해 더욱 기이하고 장엄하다. 골짜기는 그윽하고 깊어 대낮에도 어둑어둑해 오래 앉아있을 수 없다."고 삼부연폭포에 대하여 평가를 내린다. 다른 선인들의 기록들도 늘 박연폭포와 비교하곤 했다. 양쪽에 있는 용들이 서로 어울려 놀았다는 이야기가 오래전부터 전해져온다. 삼부연폭포는 송도삼절松都三絶의 하나인 박연폭포와 어깨를 나란히 해왔다.

　대부분 장쾌하게 쏟아지는 폭포를 바라보며 감탄을 하지만 폭포를 감상하는 또 하나의 방법은 폭포 위에서 내려다보는 것이다. 터널을 지나 오솔길을 따라 가면 폭포 상류에 도착한다. 예전에 이곳에 상가가 있어서 많은 사람들이 찾았으나, 지금은 모두 철거되고 흔적만이 남아있다. 개울을 건너지른 조그만 다리도 이 때 설치되었다. 이곳을 찾은 사람들은 유흥뿐만 아니라 피부병을 치료하기 위해서 찾곤 했고, 이곳의 맑은 바람을 쐬고 효험을 본 사람들이 많았다. 주변의 나무들이 뿜어내는 피톤치드가 치유해 주었으니 삼림욕을 하기에 적당한 곳이 삼부연폭포다.

폭포 위에서 내려다보니 솥 모양의 연못이 또렷하게 보인다. 제일 위에 있는 폭포는 두 갈래로 하얗게 떨어지는데, 이하진은 새끼를 꼬는 것 같다고 묘사하였다. 폭포 주변은 오랜 세월 동안 물에 마모되어 반들반들하다. 멀리 폭포를 바라보는 사람들이 까만 점으로 보인다. 완전히 저 세상과 단절된 무릉도원에 있는 느낌이다.

일곡이라 기이한 삼부연이여 一曲奇哉三釜淵
푸른 양쪽 절벽에서 물이 떨어지며 휘날리네 碧靑雙壁墜飛泉
금가루 뿜어내며 만든 연못은 끝이 없고 金沙噴作潭無極
돌 문 열고 보니 계곡엔 하늘이 닿았네 石扃開看洞有天
흰 안개 자욱하게 늘 폭포 밑에 끼어 있고 素霧溶溶常在下
소나무 빽빽하여 산꼭대기 볼 수 없구나 寒松疊疊不知巓
신룡(神龍)아! 몇 년이나 쉬고 있느냐 神龍問爾何年臥
바람과 우레 마음에 들어 자연스레 산다 하네 快意風雷合自然

## 2곡. 용 비늘 사이로 흐르는 비룡뢰

협소한 다리를 건너서 상류로 조금 올라면 왼쪽으로 바위가 늘어서 있고, 바위 사이로 물이 세차게 흐르며 급한 구비를 만든다. 바위들은 용의 비늘처럼 촘촘히 여기저기 박혀있다. 바로그 바위들이 비룡석이고, 그 사이에 형성된 여울이 비룡뢰飛龍瀨다. 이곳을 흐르는 여울은 마치 북두칠성 별자리 모양으로 내달린다. 북두칠성을 둘러싼 산들은 온통 바위산이다.

중국 초나라의 충신으로 유명한 굴원은 추방당해 강호를 떠돌아다니다가 초나라 사람들의 제사 의식과 가무를 접하고 「구가九歌」를 지었다. 중국 남방 지역의 무속적 분위기를 흠씬 느끼게 하는 구가는, 아홉 신을 불러내서 제사를 지내는 형식으로 되어 있다.

비룡뢰

마치 남녀가 연애하는 듯한 모습으로 표현되어 있어 매우 낭만적
이라 평가된다. 김창흡은 삼부연의 용과 비룡뢰의 용을 생각하면
서 굴원을 생각했을까? 김창흡은 자신을 엄자릉嚴子陵에 빗대었다.
중국 후한시대의 엄자릉은 칠리탄七里灘에서 양가죽 옷을 입고 낚
시질하며 왕의 부름에 응하지 않았다. 김창흡은 비룡뢰를 엄자릉
이 낚시하던 칠리탄보다 더 낫다고 읊조린다.

> 이곡이라 비룡석(飛龍石)에 여울이 우는데　二曲飛龍石瀨鳴
> 용 비늘 같은 괴이한 돌 여기저기 늘어섰네　龍鱗恠石列縱橫
> 끝임 없이 내달리는 물결 협곡을 품고 있으니　馳波不息長懷勢
> 옆 언덕이 참으로 북두칠성처럼 흐르네　近岸眞成斗折行
> 굴원의 구가(九歌)처럼 문득 지어지니　楚老九歌聊有取
> 엄자릉의 칠리탄(七里灘)이 어찌 이름을 같이하랴　嚴陵七里豈同名
> 그대 함부로 물 따라 지나지 말라　勸君莫謾緣流過
> 머리 돌리니 기이한 봉우리가 또 만들어졌네　回首奇峯又削成

## 3곡. 별이 떨어져 생긴 낙성기

하늘에 있던 별이 떨어져 낙성기落星磯가 되었다. 김창흡은 낙성
기를 매개로 엄자릉을 빗대 자신의 입장을 말한다. 엄자릉은 어릴
적 후한의 광무제와 함께 뛰놀며 공부한 사이였다. 광무제가 왕망
의 신나라를 제압하고 제위에 오르자 그는 모습을 감췄다. 광무제
는 세 번이나 사람을 보내 그를 조정으로 불러들였다. 광무제를 알
현하는 자리에서 그는 예전 친구사이처럼 대하며 황제에 대한 예
를 갖추지 않았다. 그는 광무제와 함께 밤새 얘기를 나누다 임금

의 침상에서 함께 잠이 들었는데, 예전의 버릇대로 광무제의 배 위에 다리를 걸친 채 잤다. 광무제가 그에게 간의대부의 벼슬을 내리자 엄자릉은 벼슬을 받지 않고 부춘산으로 들어가 몸을 숨겼다. 엄자릉이 은둔한 곳의 지명을 엄릉산 또는 엄릉뢰라 하며, 낚시질하던 곳을 엄릉조대라 부른다. 김창흡은 1673년에 진사가 되었으며, 1684년 장악원주부에 임명되었으나 취임하지 않고 여기저기에 은거하며 시문을 남겼다.

삼곡이라 외론 별 물가에 바위 되니  三曲孤星水上磯
흰 느릅나무 빛나는데 찾는 사람 드물구나  白楡光影見來稀
나무 빛이 신선의 손바닥 같은 돌 비추니  可宜映發仙人掌
직녀의 베틀을 고였던 돌 같구나  恐似撑支織女機
많은 물 흐를 때 잠겼다가 드러나고  高浪蕩時從出沒
엷은 안개 에워싸서 희미하기만 하네  輕霞籠處與依俙
시내에 달 뜰 때 한밤에 나가 보면  若携溪月中宵往
두우성(斗牛星) 범하고 가는 것과 어찌 다르리  何異天河犯斗歸

위 시는 한무제와 관련된 고사를 이해해야 한다. 선인장은 하늘에서 내려온다는 감로를 받기 위한 그릇으로, 선인이 손바닥으로 쟁반을 바치고 있는 모습이다. 한나라 무제 때, 건장궁에 높은 구리기둥을 만들고, 그 위에 이를 두어서 감로를 받았다고 전해진다. 김창흡은 물가의 바위를 감로수를 받는 그릇으로 형상화 한 것이다.

한무제 때 장건이 임금의 명을 받들고 서역에 나갔던 길에 뗏목을 타고 황하의 근원을 한없이 거슬러 올라가다가 어느 성시에 이르렀다. 한 여인은 방 안에서 베를 짜고, 한 남자는 소를 끌고 은하의 물을 먹이고 있었다. 그들에게 "여기가 어느 곳인가?"라고 묻자, 여인이 베틀을 괴던 돌 하나를 장건에게 주면서 말하길 "성도의 엄군평에게 가서 물어보라."고 하였다. 돌아와서 엄군평을 찾아가 돌을 보이자, 엄군평이 말하기를 "이것은 직녀의 베틀을 괴던 돌이다. 예전에 객성이 견우·직녀를 범했는데, 지금 헤아려보니, 그때가 바로 이 사람이 은하에 당도한 때였다."라는 전설이 전해진다. 김창흡은 낙성기가 직녀의 베틀을 괴던 돌이라 보았으니, 계곡을 흐르는 물은 은하수인 셈이다.


## 4곡. 차가운 물 흐르는 한류석

속세의 욕망에 물들지 않고 고결한 삶을 살아가려는 의지를 보여주는 것이 세이洗耳다. 허유의 성품을 높이 평가한 요 임금은 자신의 자리를 그에게 물려주려고 사신을 보냈다. 허유는 제위에는 전혀 관심이 없었다. 더욱이 임금이 그를 구주九州의 수장으로 삼으려 한다는 사신의 말을 듣자, 들으려 하지 않고 물가에서 귀를 씻었다. 때마침 친구 소부가 송아지를 끌고 와 물을 먹이려다가 허유가 귀 씻는 것을 보고 이상하게 여겨 그 까닭을 물었다. 소부는 허유의 대답을 듣고 허유에게 다음과 같이 말한다. "자네가 만일 높은 언덕과 깊은 계곡에만 거처한다면 사람 다니는 길과는 통하지 않았을 테니 누가 자네를 볼 수 있었겠는가. 자네가 일부러 떠돌며 그 명예를 듣기를 구한 것이니, 내 송아지의 입을 더럽혔네." 김창흡은 자신도 허유와 소부처럼 속세의 욕망에 물들지 않고 고

한류석

결하게 살고 싶다는 의지를 시를 통해 보여준다.

중국 진나라의 손작은 「유천태산부遊天台山賦」를 지었다. 본문은 다음의 유명한 구절로 시작된다. "태허는 아득히 넓어 이름도 없으나, 자연의 오묘한 이치를 운행하게 하도다." 이 시기 산수 유람의 대표적 부賦가 「유천태산부」이다. 김창흡은 손작의 「유천태산부」를 읽다가 갑자기 산수에 대한 흥이 일어 금강산으로 떠났다는 일화가 있을 정도로 산수벽이 있었다.

용화2교 바로 아래에 있는 바위가 한류석寒流石이다. 암벽을 휘돌아 흐르면서 너럭바위 위를 내달리던 물은 조그만 폭포 두 개를 만든다. 붓끝으로 점점이 찍은 듯한 바위와 개울 옆의 암벽, 그 위의 푸른 하늘은 김창흡이 소요하던 시절로 이끌고 간다.

사곡이라 너럭바위 위로 차가운 물 흐르는데 四曲寒流盤石上
한 그루 소나무 절묘하게 짝 이루네 一株松樹巧相宜
텅 비어 맑은 그림자 맑은 그늘 드리우고 空心澄影涵淸樾
내키는대로 살랑 바람 따라 푸른 물결 일렁거리네 隨意輕風漾綠漪
소나무 그늘에 홀로 앉았기 좋으니 蔭映只須孤坐好
반드시 바깥사람 불러야만 하나 招呼何必外人期
모자 벗고 귀 씻으며 즐겁게 오고가니 脫巾洗耳逍遙樂
손공(孫公)만이 스스로 알 뿐이네 終是孫公只自知

## 5곡. 선녀바위 아래의 옥녀담

옥녀담玉女潭은 김창흡의 다른 시에도 등장한다. 「하산下山」이란 시에 "평생 산수에서 살고자 한 마음, 이에 자주 나그네로 찾게 되네. 옥녀담과 낙성기는 훤하여 마음이 지겹지 않구나. 가엽다 삼부연아, 아쉽다 용화오곡이여, 한 해가 저물어 산조차 소슬한데, 용은 맑은 개울에 잠겨 있구나."라고 노래했다. 「모입용화暮入龍華」란 시에서는 '부끄러이 옥녀담에게 묻네'라는 구절을 찾을 수 있다.

도로 옆 바위 밑으로 제법 깊은 못이 반긴다. 바위 위에는 커다란 소나무 한 그루가 선녀바위를 지킨다. 선녀바위는 물가에 우뚝하다. 바위꼭대기에 돌출된 부분은 선녀의 얼굴처럼 보인다.

> 오곡이라 온화하고 화기 도는 옥녀담　五曲沖融玉女潭
> 푸르고 맑은 물동이에 머리를 씻네　洗頭盆水綠湛湛
> 외론 봉우리 물결 가운데서 절로 어른거리고　孤峯自動波心影
> 여러 봉우리 서로 서로 비온 후 안개 끼네　列岫交通雨後嵐
> 붉은 해 뜨자 피라미 붕어 헤엄치고　丹旭初光散鰷鯉
> 가을날 단풍나무 녹나무가 비치니 아름답구나　素秋佳色雜楓楠
> 삼부연부터 여기까지 모두 영험한 경계이나　三淵竟此皆靈境
> 노니는 사람 한가히 찾지 못할까 두렵네　多恐遊人不暇探

김창흡이 용화동에서 살았다는 기록은 쉽게 찾을 수 있다. 동생 김창즙은 폭포 위에 형이 살던 집이 있는데 버려진 지 오래라고 「동유기」에서 말한다. 성해응은 석문부터 6~7리쯤에 있는데 주민들은 진사곡이라 부른다고 적고 있다.

삼연의 은거지는 석문 안쪽 6~7리쯤에 있다. 세속에서 진사곡(進士谷)
이라 부른다고 한다. 옛터는 잡초가 우거져 사라져버렸다. 지금은 산 속 사
람들이 경작을 하여 상세하게 알 수 없다. 권상사가 말하길, 삼연은 부인을
데리고 은거했는데 몸소 물을 긷고 나무를 했다고 한다. (성해응, 「철성산
수기」)

다른 기록들도 정확한 거리를 밝히지 않았으나, 폭포와 은거지
가 어느 정도 떨어져있음을 보여준다. 이현익李顯益은 「동유기東
遊記」에서 '몇 리 올라가면 김삼연이 살던 집이 있으나 지금은 폐
허가 되었다.'고 알려준다. 오희상의 『노주집老洲集』은 '삼부연에
서 몇 리를 가면 땅은 더욱 멀고 단절되었으나 십여 울타리가 은은
하게 풀 속에 있으니, 용화촌이며 삼연옹이 일찍이 숨어살던 곳이
다.'라고 적고 있다.

이명환李明煥은 폭포를 거쳐 용화동으로 향한 것이 아니었다. 강
포리에서 증령을 넘어 용화촌으로 들어왔다. 증령은 진사골과 느
치계곡을 연결해주는 고개로 마을 사람들은 아리랑고개라고 부른
다. 그가 목격한 삼연의 은거지는 정자만 남아있었다. 정자는 두
계곡이 만나는 지점의 산자락이었다.

날아가듯 가서 고개를 올라갔다. 증판(甑坂) 동쪽으로 용화동으로 넘어
들어갔다. 용화는 동주(東州)의 큰 산기슭이어서 큰 나무와 커다란 풀이
많아 낙야(樂野)이며, 사람이 기르는 것 중에 좋은 것들이 많아서 우는 소
리가 들린다고 한다. 명성산은 용화동의 높은 산이다. 빽빽이 마주하는 것
이 책상과 같다. 이곳은 연일(延日)씨가 주인으로 있어, 5세 동안 무덤을
지키고 있다. 절은 두 개인데, 오래되어 퇴락 것이 하나이고 터만 남은 것이
하나라고 한다. 들판으로 내려와 연일씨 있는 곳으로 다가섰다. 연일씨는
나와서 맞아들이고 기뻐하며 식사를 내왔다. 산이 많은지라 반찬은 푸른

나물과 살아있는 꿩이다. 밤에 앉아 풍수에 관한 이야기를 들었다. 달이 뜨자 연일씨 세 아들이 인사를 했다.

　3일. 연일씨는 음시(吟矢)를 찾았으니, 시는 용화 연일씨의 아들에게서 나온 것이다. 또 골짜기가 끝나며 두 계곡의 배에 해당되는 곳으로 가니 하나의 밭이 있다. 삼연 거사의 정자를 만났는데, 정자 터는 오성(五星)을 벌려놓은 듯 산에 서 있다. 정자 아래는 용연(龍淵)이 있는데 세 개가 뚫린 것이 가마솥 같아 삼부연이라고 한다. 아래 길게 늘어뜨린 물이 폭포가 된다. 엄숙한 것이 영험스런 분위기가 있다. (이명환, 「동음지행」)

　이명환은 용화동에서 출발하여 삼부연폭포 쪽으로 내려갔다. 용화동이 끝나는 곳에 한 뙈기 정도의 밭을 만났다고 했는데, 그 곳이 삼연이 거처하던 진사골이다. 진사골 주변의 모습은 김창흡이 지은 「삼연신구三淵新構」에서 도움을 받을 수 있다.

　　폭포 동쪽 닭 울음 개 짖는 소리 밥 짓는 연기　雞犬人煙瀑布東
　　초라한 초가집이 높다란 곳에 솟아 있네　白茅爲屋據穹崇
　　가을과 겨울 사이 천 겹 바위는 어른어른　千巖映發秋冬際
　　운무 속으로 길 하나 얼기설기 얽혀 있다　一逕盤紆雲霧中
　　옥을 깎은 듯한 연화봉이 빼어나게 솟았고　削玉蓮花峰秀出
　　거문고 소리인 양 귀곡(鬼谷)의 물이 휘돌아 흐르네　彈琴鬼谷水回通
　　이 속에서 약초 씻고 맑은 바람소리 들으리니　此中洗藥兼風珮
　　신선이 사는 땅 갈홍(葛洪)에게 양보할 것 없다네　未必僊居讓葛翁

　여기서 말하는 연화봉은 용화동 뒷산인 각흘봉을 말하는 것 같다. 완만한 산 능선과 가운데 솟은 봉우리는 연꽃을 연상시킨다. 마을 안에 형성된 골짜기들은 서너 개 쯤 된다. 골짜기 물이 합쳐지면서 진사골 앞으로 흘러간다. 삼연은 물이 흐르는 골짜기를 귀곡이라고 부른다.

김창흡의 아버지는 아들의 은거지에 대해 다음의 시를 남겼다.


천 겹 만 겹 바위와 골짜기가 동서로 둘렀는데 千巖萬壑繞西東
연꽃봉우리가 우뚝 솟은 별천지가 있구나 別有蓮峯竦處崇
그저 푸른 시내 따라 골짜기 속으로 들어가니 但逐淸溪穿谷口
갑자기 정사가 언덕 위에 나타나네 忽看精舍在丘中
구름 사이 닭 울고 개 짖는 소리 가까워지는데 雲間鷄犬村非遠
저물녘 나무꾼의 산길이 절로 통해 있구나 日暮漁樵路自通
너와 내가 용화산을 나누어 차지하였으니 分占華山吾與爾
녹문산의 방덕공(龐德公)이 부럽지 않네 不應長羨鹿門翁


김창흡의 은거지임을 알려주는 유물과 유적은 없다. 그러나 「석
천곡기」에 증령을 넘어서 집으로 돌아왔다는 기록과, 이명환이 용
화동을 지나 삼부연으로 향하다가 삼연의 정자를 보았다는 것, 그
리고 마을 사람들이 이곳을 진사골이라 부르고, 성해웅의 기록에
도 '진사곡'이란 곳이 등장하는 것 등을 고려한다면 진사골은 바로
삼연 김창흡이 은거하던 곳이다. 진사골은 4곡인 한류석과 5곡인
옥녀담 사이에 있다. 진사골의 주인은 여러 번 바뀌었다. 이곳이
진사골이란 사실을 아는 이도 없다. 난리를 피할만한 곳이었을 만
큼 속세와 절연되었던 태화오곡은 사람들의 기억과도 절연되었다.

김창흡, 계곡을 유람하다
# 명성산 느치계곡

삼연三淵 김창흡金昌翕, 1653~1722은 1673년에 진사가 되었으며, 1684년 장악원주부에 임명되었으나 벼슬길에 나가지 않았다. 이후 여기저기에 은거하며 시문을 남겼는데, 대표적인 은거지 중의 하나가 삼부연폭포 위에 있는 용화동이다. 연보에 의하면 삼연이 용화동으로 들어와 살기 시작했을 때가 27살이다. 그가 살았던 진사곡은 용화저수지 아래에 위치한 마을로 '진사골'이라 부른다. 삼연은 몸소 농사를 지으며 주변 사람들과 격의 없이 생활했을 뿐만 아니라, 이웃 사람들의 억울함을 해결하는 데 적극적이었다. 홀로 고상하게 산속에서 은둔했던 것이 아니라 지역민들과 함께 동고동락했던 것이다. 한편 틈틈이 그는 주변의 산수를 유람하였다. 명성산 자락의 느치계곡을 유람하고 「석천곡기石泉谷記」를 남겼다.

나는 계곡을 세 번 유람하면서 뛰어난 경치를 다 구경하였다. 그 중 한 번은 작년 여름이다. 용화사(龍華寺)의 스님 일행과 폭포가 있는 곳으로 곧바로 갔기 때문에, 위와 아래를 다보지 못하고 돌아왔다. 올 여름에 또 동생 경명(敬明)과 걸어서 서재곡(西齋谷)으로 와서 시내를 거슬러 올라갔다. 그러나 폭포에 이르러서 멈췄기 때문에, 그 근원을 다하지 못하였다. 이틀 뒤에 혼자 다시 앞의 길을 따라가서, 깊숙한 곳까지 도달했다. 그래서 대체적인 것을 모두 기록할 수 있게 되었다. (「석천곡기」)

김창흡은 숙종 6년인 1680년 3월에 석천사를 유람하였다. 동생인 김창즙金昌緝, 1662~1713의 연보에도 이 해에 석천사를 유람했다는

기록이 보인다. 따라서 삼연은 동생과 유람하기 한 해 전인 1679년, 곧 용화촌龍華村에 복거ト居하기 시작한 해에 처음 석천계곡을 유람하였고, 이듬해에 두 번 계곡을 유람한 후 「석천곡기」를 지은 것으로 보인다. 20대 후반의 형과 10대 후반의 동생이 1680년에 석천계곡을 유람하였고, 이틀 뒤 삼연은 홀로 다시 계곡을 샅샅이 유람한 후 「석천곡기」를 남겼다. 「석천곡기」는 명성산 북쪽에 있는 느치계곡의 지형과 경관을 자세하게 관찰하고 조사한 보고서다.

## 검붉은 바위 옆 창포담

> 계곡 입구로 들어갔다. 동쪽으로 수십 보 가지 않아 점차 맑고 깨끗한 시내물이 보인다. 가운데 흰 조약돌이 나란히 있고, 언덕 위엔 소나무가 십여 그루 있다. 모두 곧고 수려하여 매우 맑은 그늘을 만든다. 북쪽 가까이에 모래언덕이 깨끗하게 솟아 있는데, 물을 만나면서 그친다. 바닥이 굽어 들어간 곳은 주사(朱砂)처럼 붉다. 계곡물이 그곳으로 흐르며, 맑은 물이 모여 못을 이룬다. 못 좌우로 석창포가 덮고 있는데, 푸르게 우거져서 사랑스럽다. 그래서 나는 창포담(菖蒲潭)이라고 이름 붙이려 한다. (「석천곡기」)

멀리 계곡 입구가 보인다. 계곡이 시작되는 곳에 다다르자 모래 사이에 성글게 풀이 난 언덕이 드러난다. 이곳이 김창흡이 말하던 모래언덕이다. 언덕 아래 물가의 바위들은 검붉은색을 띠고 있다. 석창포를 볼 수 없으나 돌단풍과 이끼들이 바위 위에 수를 놓는다. 물에 잠긴 바위의 색도 붉은 기운을 머금고 있어서 주변과 확연히 다른 모습이다. 다만 못이라고 부를 정도는 아니다. 김창흡이 다녀간 이후 몇 번의 큰물이 지나가면서 돌로 메워졌을 것이다. 검붉은 바위와 모래언덕만이 창포담임을 알려준다.

## 구슬이 쏟아져 내리는 유주담

　못의 동쪽으로 향하여 가다가 거의 네다섯 구비 돌아가면 물길은 점점
높아지고 계곡은 차츰 좁아져 많은 물이 흐른다. 비스듬히 쏟아져 흐르며
아래위로 돌에 부딪힌다. 그러다가 물길이 바뀌면서 내맡겨져 점점 완만히
흐르고 나중에 길쭉한 못이 된다. 못의 모양은 큰 구유통 같다. 옆의 늙은
나무가 늘어뜨린 넝쿨은 돌 위로 내려와 똬리를 틀고, 물결의 움직임을 따
라 움직인다. 나는 벌써 마음속으로 기뻐하며 유주담(流珠潭)이라고 이름
붙였다.(「석천곡기」)

　물길을 따라 걷기 시작한다. 커다란 돌 사이를 통과하기도 하고,
돌과 돌을 건너뛰기도 한다. 계곡 오른쪽에는 토끼길 같은 길이 계
곡을 계속 따라온다. 조금 지루해졌을 때 울창한 나무 때문에 컴컴
해진 곳에서 하얗게 쏟아지는 물줄기와 제법 깊은 못이 나타난다.
오른쪽 바위는 검은색을 띠고, 그 위에 푸른 이끼가 뒤덮고 있다.
왼쪽은 근래의 홍수 때문인지 밝은 회색을 띠며 뒤엉켜 있다. 못의
대부분은 돌로 메워졌다. 가운데만 깊게 파여 투명한 푸른색을 띤
다. 옥색이 저런 색일까. 아마 김창흡은 구유통 같은 못의 형태보
다 구유통으로 하얗게 쏟아져 내리는 물을 하얀 구슬이라 생각하
고 유주담이라고 이름 붙였으리라.

## 금벽담을 만나다

　여기서부터 시작하여 자주 못과 여울을 만난다. 대부분 거울같이 맑고
깨끗한데, 대개 돌의 색깔 때문이다. 물이 멈춘 곳은 깊으니 어떤 것은 감
청색을 띠기도 하고 옥색을 띠기도 한다. 모두 감상할 만하고 씻을 만하며,

움켜쥘 만하고 손으로 떠서 마실 만하다. 그러나 모두 이름을 지을 수 없다. 제일 마지막에 커다란 못이 있는데, 길이가 50보이고, 너비는 길이의 절반이다. 이 못은 가운데서부터 가장자리까지 물빛이 푸르며 맑은데, 동쪽으로 급한 여울을 받아들인다. 북 같은 돌이 있어 돌을 밟고 바라보니, 돌 하나가 북쪽 언덕에 있다. 산 짐승이 물을 마시는 것 같아서 가까이 가니 바로 못 가운데로 숙이고 있다. 나는 못 색깔을 취해서 금벽담(金碧潭)이라고 이름 붙였다.(「석천곡기」)

유주담과 금벽담 사이는 변화무쌍한 바위와 여울들, 그리고 주변의 울창한 나무들로 정신이 없을 정도다. 오른편은 너럭바위들로 이루어졌고 왼편은 책상만 한 것부터 집채만 한 바위들이 여기저기 자리 잡고 있다. 바로 동양화 한 폭이다. 동양화 같은 곳을 여러 차례 지나자 금벽담이 나타난다. 금벽담도 이전의 창포담과 유주담처럼 규모에 차이가 있다. 너럭바위는 금빛이고, 물은 푸른색이다.

금벽담

## 도의 세계로 통하는 통현교

> 얼마 안 가서 바위를 돌아가자 길이 끊어졌다. 비스듬한 돌 하나가 인접
> 해 있는데, 칼등처럼 날카롭다. 오가는 스님들이 가로 누운 나무 하나를
> 덧대었다. 허공교(虛空橋)라 불렀으나, 나는 통현교(通玄橋)라 바꾼다.(「
> 석천곡기」)

금벽담부터 연이은 커다란 바위와 양옆의 가파른 절벽은 뛰어난
풍경을 연출하여 감탄사를 연발하게 한다. 왼쪽 산은 바위로 이루
어졌고, 오른쪽은 나무 그늘로 컴컴하다. 스님들은 왜 이렇게 험한
곳을 지나 석천사를 지었을까? 스스로 자신을 험한 곳에 유폐시키
고 용맹정진하기 위해서였을까? 기암절벽으로 이루어진 난코스인
지라 몇 번이나 미끄러지며 물에 빠지곤 한다. 계곡을 따라가다가
더 앞으로 나갈 수 없게 되었다. 갑자기 길이 없어졌다. 왼쪽 언덕
으로 올라가서 오른쪽 언덕으로 건너가는 방법밖에 없을 것 같다.
스님들도 여기서 곤란함을 겪었을 것이다.

속세와 멀어지는 첫 번째 관문 역할을 한 것이 통현교다. 속세의
인연을 끊고 이곳을 통과하면 도를 구할 수 있을까? 통현교通玄橋
에서 현玄은 모든 색을 버무려 만든 검은색이다. 그래서 도를 상징
한다. 그렇다면 통현通玄은 도를 꿰뚫은 상태를 의미하는 것이 아
닐까?

## 미화석에 취하다

　다리를 건너 조금 북쪽으로 가면 넓은 돌이 비탈져 있다. 뒤는 높고 앞은 낮은데, 앞쪽이 맑게 흐르는 물에 닿아있다. 자리를 펼쳐놓고 앉을 만하다. 사방을 둘러보니 산이 둘러싸고 있고, 온갖 풀과 나무가 구불구불하다. 사이에 기이한 꽃이 섞여 있고 울창한 숲이 어지러이 펼쳐져 있어, 이상한 향기가 나는 것 같다. 마음을 취하게 만들기 때문에, 그 돌을 미화석(迷花石)이라 부른다.(「석천곡기」)

　다리를 건너고도 도에 대한 깨달음이 없다. 단지 풍경에 취하고 험한 길에 놀랄 뿐이다. 다리를 건너서 위로 몇 발자국 옮기자 푸른 못이 왼편으로 보인다. 못과 맞닿은 것은 커다란 바위다. 비스듬히 서 있는 바위가 미화석이다. 김창흡은 기이한 꽃의 향기에 취해 어질어질할 정도였다. 눈으로만 경치를 감상하는 것이 아니라 코로도 경치를 감상하는 경지가 있다는 것을 미화석에서 깨닫는다.


## 까마득한 구첩병을 마주하다

　북쪽으로 바라보자 큰 돌 병풍이 막힘없이 벽처럼 서 있다. 색깔은 푸른색이고 형세는 매우 장엄하다. 아랫부분이 땅에 들어가 있어 몇 백 길인지 알 수 없다. 윗면은 깎아 만든 듯하며 옥같이 기이한 것이 수 십 길 정도쯤 된다. 그 사이엔 많은 나무가 있다. 기세를 믿고 다투어 자라니, 바라볼 때 공중에 나무가 있는 것 같다. 그래서 구첩병(九疊屛)이라 이름 붙인다. 구첩병은 다하면서 남쪽 부분이 꺾어져 들어간다.(「석천곡기」)

　구첩병 밑에 누웠다. 누워야만 온전히 구첩병을 감상할 수 있다.

바로 앞의 미화석은 코로 감상해야 하는 곳이라면, 구첩병은 바위에 누워 감상해야 하는 곳이다. 푸른 하늘을 배경으로 까마득히 솟은 바위벽은 두려움마저 들게 할 정도이다. 전혀 틈이라곤 없을 것 같은 바위에 뿌리를 내리고 사는 나무들을 김창흡은 공중에 있는 것 같다

구첩병

고 표현하였다. 밋밋할 것 같은 거대한 바위는 나무가 있어서 살아 있는 바위가 되었고, 생기 있는 바위는 100폭 병풍이 되어 석천계곡의 바람막이가 되었다.


## 흰 구름이 뒤엉킨 소운폭포

돌길이 여러 번 꺾이자 폭포가 나온다. 하나의 큰 바위로 이루어졌으며, 거의 40~50길이나 서 있는데, 그 위 가파르게 깎인 부분이 3분의 1이나 된다. 폭포는 위로부터 곧바로 떨어져서 가파르게 깎인 곳을 지나게 되면 넓게 퍼지면서 꾸불꾸불 흘러 내려 못으로 천천히 흘러 들어간다. 가랑비가 내리는 것은 어느 곳에 부딪혀 물줄기가 쏟아지기 때문이다. 폭포의 위와 아래에 함께 한 그루 울창한 소나무가 특이하게 자라고 있는데, 엄

숙한 기풍이 있다. 그 사이로 흩어지는 물거품이 바뀌어 회오리바람처럼 뿌린다. 바람이 지나면 흰 구름이 뒤엉킨 것 같아, 소운폭포[素雲瀑]라고 부른다. 돌 비탈길을 따라 올라가다 굽어 돌며 폭포를 내려다보면 더욱 더 특별하고 기이하다. 햇살이 폭포에 비쳐 빛이 나면서 서로 빛을 발하니 표현하기 어렵다. 나는 이곳에 세 번 이르렀는데 매번 또렷하게 보았다.(「석천곡기」)

소운폭포는 직각으로 이루어진 폭포가 아니다. 위는 직폭直瀑이고, 아래는 와폭臥瀑 형태이다. 규모는 삼부연폭포와 맞먹을 정도이다. 물줄기 주변은 흠뻑 젖어 있다. 바람이 불지 않았기 때문에 흰 구름이 엉킨 것과 같은 황홀한 모습을 볼 수 없다. 그러나 높은 곳에서 하얀 천처

소운폭포

럼 펼쳐진 물보라는 고단한 몸을 잊게 해준다. 계곡 입구에서 커다란 바위 위를 기어오르자마자 왼쪽 산비탈로 오르면 소운폭포 위이다. 김창흡은 위에서 내려다본 폭포를 기이하다고 표현하였다.

## 하수렴에서 그림처럼 노닐다

> 폭포 위에서 바라보니 붉은 누대가 솟아 있다. 바로 석천사(石泉寺)다. 절을 왼쪽으로 두고 동쪽으로 가다가 깊은 곳으로 꺾어 들어가면 입을 벌릴 정도로 두 계곡이 갈라진다. 남쪽에 있는 것은 소회곡(小檜谷)이고 북쪽에 있는 것은 대회곡(大檜谷)이다. 계곡은 시냇물이 합쳐져 쏟아지며 두 길 높이의 폭포를 만들고 맑은 못이 이어져 있다. 뛰어난 경치가 더욱 단정하며 좋다. 양옆에 서 있는 돌이 마주하여 우뚝 서 있는데 계곡의 문을 만든 것 같다. 물은 그 사이를 뚫고 흐르며, 사람은 그림처럼 그 가운데서 노닌다.(「석천곡기」)

소운폭포까지의 길이 우락부락한 길이라면, 소운폭포부터 상류의 길은 부드러운 길이다. 여기서부터 산길은 다시 계곡의 좌측으로 계속 이어진다. 조금 지루하다 싶을 때 문득 폭포가 나타난다. 소운폭포가 경외감과 장엄함을 불러일으킨다면, 이 폭포는 예뻐서 어루만지고 싶을 정도의 아담한 폭포다. 김창흡은 단정하다고 표현했다. 곱게 머리를 빗고 비녀를 꽂고 앉아 있는 여인의 모습과 같다. 폭포수는 밑에 깊고 넓은 연못을 만들어 놓았다.

편안함을 느끼게 해 주는 폭포 때문인지, 김창흡은 이곳에서 그림처럼 노닐었다. 그림처럼 노니는 것은 어떤 경지인가. 한 폭 그림 속의 등장인물이 되어도 전혀 이질적으로 보이지 않는 자연스런 모습일 것이다. 이러한 상황이 물아일체物我一體다. 김창흡은 노닐다가 잠시 앉아 참을 수 없는 흥취를 다음과 같이 읊조린다.

새벽 서리 남아 있는 듯 돌은 하얗고 曉霜留白石
맑은 바람에 씻긴 옷엔 먼지 하나 없구나 袖拂清無塵

여전히 시내에서 바람 불어와 猶有溪風颭
빈번히 단풍잎 나부끼누나 飄來紅葉頻

속세의 티끌이 완전히 사라져버려 신선이 된 삼연은 바람에 나부끼는 단풍 속에서 자연의 일부가 되었다. 폭포를 지나자마자 바로 두 개의 계곡이 나타난다. 오른쪽 계곡은 왼쪽에 비해 수량도 적고 규모도 작다. 오른쪽은 소회곡小檜谷이고 왼쪽은 대회곡大檜谷이다. 그리고 김창흡이 노닐었던 폭포의 이름은 하수렴下水簾이다.


## 활연히 막힘없는 상수렴

발걸음 내키는 대로 대회곡(大檜谷)으로 갔다. 잡목이 무성하고 담쟁이 덩굴이 있어 앞에 길이 없는 것 같았으나, 홀연히 폭포와 입석(立石)을 만났다. 크기는 하수렴과 비슷했다. 폭포 위에 두 개의 얕은 못이 더 있다. 맑으면서 빠르게 흘러 즐길 만하다. 입석 중 오른쪽에 있는 것은 겹쳐진 옥처럼 쌓여있어 아래에서 위로 올라갈 수 있다. 또 깎아 만든 것 같아 모서리가 있다. 옆에 아름다운 나무가 자라고 꽃은 활짝 폈다. 앞서 본 것에 비해 더욱 기이하고도 아름답다. 폭포 아래쪽으로 가서 앉았다. 계곡의 형세는 깨달음을 얻어 막힘없이 트인 것 같다. 좌우의 여러 봉우리들은 아름답고 험준하며 수려하고도 곱다. 비록 빙 둘러싸고 있지만 사람을 압박하지 않는다. 나는 둘러보며 즐거워서 떠나려고 하지 않았다. 앞으로 더 가려고 했지만 수원은 점점 얕아져서 위쪽에 더 아름다운 곳이 없다고 생각했다. 두 폭포를 상수렴(上水簾)과 하수렴(下水簾)으로 부르고, 또 입석을 문암(門巖)이라고 이름 붙였다. 위와 아래로써 차례 지은 것이다.(「석천곡기」)

하수렴에서 얼마 올라가지 않으면 상수렴이다. 김창흡은 하수렴 보다 상수렴에 더 높은 점수를 준다. 무엇 때문일까? 먼저 하수렴 에 비해 넓은 공간 때문인 것 같다. 김창흡은 깨달음을 얻어 얽매 임이 없는 경지로 상수렴 주변을 비유하였다. 또 하나는 주변의 경 치 때문이다. 폭포 위의 입석은 얇게 켜낸 널빤지를 수십 장 쌓아 놓은 것 같다. 겹쳐진 옥과 같다고 표현한 문암은 붉은 기운을 머 금고 있다. 문암 주변의 단풍나무와 다래 넝쿨은 고즈넉한 분위기 를 연출한다. 마지막으로 주변의 봉우리들을 들고 있다. 구첩병 주 변의 산들과 달리 상수렴 주변의 산들은 사람의 마음을 편안히 감 싸주는 듯한 편안함이 있다. 이러한 이유 때문에 김창흡은 한참 동 안 머무르며 떠나지 않았다.

## 폭포의 나라로 들어서다

김창흡의 석천계곡 여행은 상수렴까지다. 여기서 석천사로 내려갔다. 당시 계곡물이 얕아서 더 아름다운 곳이 없으리라고 짐작했기 때문이었다. 위로 올라가니 폭포의 계곡이라 불러도 좋을 만큼 많은 폭포가 기다린다.

폭포는 숨 돌릴 틈도 주지 않고 제각각의 아름다움을 뽐낸다. 마주한 폭포의 여운이 채 가시기도 전에 다른 폭포가 나타나곤 한다. 폭포들은 또한 제각각의 못과 짝을 이루며 경연을 펼친다. 사람마다 취향이 다르고 심미안이 다르듯, 답사객들은 이것이 좋다, 저것이 좋다며 자신의 심미안에 따라 품평이 끊이질 않는다.

맨 위에 위치한 것은 규모가 가장 큰 와폭이다. 너럭바위 위를 하얗게 내달리는 물은 하얀 비단이다. 나뭇가지는 물을 두려워하지 않고 최대한으로 가지를 드리운다. 내려오다가 한번 굽이친 물은 이내 사뿐히 얕은 못에 소리 없이 스며든다.


## 석천사와 감로수 석천

절에 도착했다. 석천(石泉)은 바위틈에서 흘러나와 졸졸 흐르며 끊이지 않는 것이 마치 뽑아 당기는 것 같다. 스님이 말하길 이 물은 홍수와 가뭄 때에도 넘치거나 준 적이 없어서, 예로부터 감로(甘露)라 불렸다고 한다. 시험 삼아 따라 마셔보니 무척 차가우면서도 맑다. 비록 제대(帝臺)라는 신선의 음료라고 하더라도 이것보다 낫지 않을 것이다.(「석천곡기」)

석천사는 석천암으로도 불렸다. 언제 창건했는지는 알 수 없으나, 고려시대에 인근 용화사의 승려가 창건했다고 한다. 조선시대에 이르기까지 유명한 수도처의 하나로서 많은 수도승들이 거처했고, 약수가 효험이 있어 요양객들도 즐겨 찾았으나, 조선시대 후기에 폐사가 되었다고 한다.

석천사는 폐사와 관련된 가슴 아픈 전설을 전해준다. 절의 바위틈에서 매일 1인분의 쌀이 나왔다고 한다. 어느 날 욕심 많은 수도승이 쌀을 많이 얻으려고 바위틈을 크게 뚫었으나, 쌀은 나오지 않고 샘이 터지면서 뱀이 몰려나왔다고 한다. 그 뒤 샘물이 흐려지게 됨에 따라 승려들이 모두 떠나게 되었고, 절은 자연히 폐사가 되었다고 한다.

이 전설은 무엇을 이야기하는 것일까? 절이 폐사된 것을 합리화하기 위해서 후대의 사람들이 인위적으로 만든 것이리라. 그러면 왜 폐사가 되었을까? 구체적인 이유를 알 수 없다. 그러나 누구인지는 몰라도 인간의 탐욕이 빚어낸 결말이라는 것은 분명해 보인다.

김창흡은 「석천사감회石泉寺感懷」란 시와 「석천 샘물」에 대한 시를 남겼다.

내 석천(石泉)에 왔다가 吾人到石泉
다시 그대 데리고 남쪽으로 왔네 復携南來子
삼 년 동안 지금까지 여러 번 오니 數往今三霜
단풍나무는 나를 향해 붉은 빛을 띠네 楓樹向我紫
자운대(紫雲臺)에 높이 오르자 高登紫雲臺
샘물 소리 희미하게 들리고 細聆玉乳水

산천(山川)은 늘 그대로 있어　山川每在而
태초적 생각하며 감회에 젖네　我懷感太始
느긋하게 우러르고 굽어보며　悠悠勞俯仰
외로이 기대다가 저물녘에 떠나려다가　孤倚暮將徙
연못 바라보며 백발을 부끄러워하고　窺淵恜二毛
소나무 어루만지며 진수를 찬미하네　撫松美眞髓
천 길이나 되는 칡은 막막(漠漠)하고　千尋葛漠漠
언제나 돌은 줄지어 있네　卒歲石齒齒
계곡 깊으니 배가 어찌 있으랴마는　壑深舟豈存
계곡은 비어있어도 신은 영원하네　谷虛神不死
신선인 왕교(王喬) 날 부르지 않고　王喬不我速
짙은 노을 그윽한 곳까지 자욱하지만　荒靄滯幽履
신령스런 시내 거슬러 오를 수 있다면　靈溪倘可溯
가을 국화 꽃술로 미숫가루 만들리라　糇此晚菊蘂

　석천사에서 주변을 조망하기에 가장 적합한 곳은 소운폭포 위에 있는 자운대이다. 집으로 돌아가기 전에 자운대에 오른 김창흡은 시를 한 수 남기고 집으로 향한다. 그는 늘 우주의 시원에 대해 고민을 하였던 것 같다. 영원한 자연과 그 속에서 스쳐 지나가는 나. 늘 영원을 꿈꾸던 그가 자연을 찾는 것은 당연한 일이었는지 모른다.

세상의 샘물 맛보았지만　天下嘗泉水
명성산(鳴城山)엔 이르지 못했는데　未至鳴城山
제대(帝臺)라는 신인(神人)의 물이　誰謂帝臺漿
멀지 않은 이곳에 있다고 하네　不遠在此間
여러 사람들 보는 일 드물어　衆夫所希見
산승(山僧) 홀로 맛에 감탄하는구나　山僧獨嗟嘆

높다란 물통 영험한 물 받으니  高槽承靈液
맑은 물 부딪치며 가늘게 흘러  淸澍激細湍
멈추지 않고 졸졸 흘러내려  涓涓來不息
오랜 세월 동안 마른 적 없네  千載未始乾
손으로 떠서 창자 씻으니  挹彼漱我腸
시원스레 마음을 차갑게 하네  冷冷徹心寒
만일 신선이 되고자 하거든  人倘欲神僊
이 샘물 마시면 날개 생기리라  因此生羽翰

　석천사의 샘물은 근처 주민들 사이에 유명했다. 영험하다고 소문난 샘물은 제대帝臺라는 신인神人의 물에 비유된다. 이 물을 마시면 신선이 될 수 있다고 샘물을 칭송한다. 신선이 되지 못하더라도 정신이 번쩍 들 정도로 시원하다.


## 명성산을 바라보다

　절의 서쪽에 산등성마루가 남쪽으로 향하여 날면서 내려오다가 소운폭포 위에 이르러서 멈춘다. 올라가니 멀고 가까운 곳을 볼 수 있으나, 때마침 구름과 노을이 끼어 있어서 멀리 볼 수 없다. 오직 구름 낀 나무 사이로 흐릿하게 계곡 가운데를 볼 수 있어 풍성한 물과 돌을 분별할 수 있을 뿐이다. 그래서 올라간 곳을 자운대(紫雲臺)라고 이름 붙였다. 자운대를 떠나 북쪽으로 향했다. 얼마 안 되는 길이 더욱 높아졌다. 절벽을 오르는데 다른 방도가 없으니 구첩병이기 때문이다. 남쪽 봉우리의 폭포를 돌아보니 저 멀리서 사람을 쫓아오는 것 같으며, 은하수가 하늘에 이어진 것 같다. 스님이 말하길 물이 시작하는 곳에 옛날에 절이 있었고, 또 그 위에 고려시대에 쌓은 성벽 흔적이 있는데 명성(鳴城)이라 부른다고 한다.(「석천곡기」)

소운폭포 옆에 있는 바위가 자운대이다. 김창흡은 그곳에 올라가서 계곡 전체의 경치를 감상하였다. 자운대에 오르니 서쪽 계곡 입구로 철원이 보인다. 자운대에서 귀가하는 길은 험난한 길의 연속이었을 것이다. 가파른 산세 때문에 진행이 더뎠을 것이다. 쉴 때마다 머리를 돌려도 비래폭포는 바로 눈앞에 보였을 터. 큰비가 내릴 때 이 산길을 걷는다면 웅장한 폭포의 진면목을 볼 수 있으리라. 폭포 위로 명성산이 보인다. 궁예의 한이 서려 있는 명성산. 산에는 절이 있었고, 명성산 정상 쪽에 성벽이 있노라고 동행하던 스님이 삼연에게 전해 주었다. 김창흡은 석천사에서 용화동으로 돌아오다가 구첩병 위에서 두 수의 시를 남긴다.

봄날에 새는 무리지어 나무에서 날아오르고  春鳥聯翬出樹飛
산승(山僧)은 손님 보내고 꽃을 들고 돌아가네  山僧送客拈花歸
돌아보니 남쪽 봉우리의 폭포 아득히 멀리 보이는데  南峰瀑布歸迢遞
아직도 잔물결 내 옷 털어낼 것 같네  猶恐餘波拂我衣

10일 만에 돌아가니 봄날은 모두 지나가고  十日回筇春盡還
그대와 여기 소나무 사이에서 쉬고 있네  與君申憩此松間
앙상한 늙은 가지 매만지며 오랜 옛날 생각하니  摩挲老幹心千古
온 산에 봄날의 꽃 가득하구나  非不煙花滿四山

봄날이 저만치 가고 있다. 그러나 꽃은 아직 주위에 남이 있다. 스님도 봄날을 잠시나마 붙잡고 싶어서 꽃을 손에 든다. 그의 시에는 짙은 아쉬움이 배어 있다.

## 증령을 넘어 돌아오다

> 구첩병이 다하자 산세는 차츰 평탄해지면서 고개에 이르렀다. 이 고개는
> 용화산의 서쪽 갈래이다. 계곡에 사는 사람들은 증령(甑嶺)이라고 부른다.
> 대체로 여기에 이르러서 보는 것이 끝났다.(「석천곡기」)

험한 절벽을 오르자 이내 평탄한 길이 나타난다. 이곳이 증령이
다. 이 고개를 현재 지역 주민들은 아리랑고개라 부른다. 조금 더
가니 조그만 분지가 보인다. 예전에 화전을 하던 사람들이 살았다
고 한다. 아리랑고개와 분지는 김창흡이 거처하던 진사골과 연결
이 된다.

철원지역에서는 명성산鳴聲山을 궁예의 한이 서린 산으로 바라본
다. 울 명鳴자와 소리 성聲자를 왕건에게 패해 궁예가 운 산이라고
풀이한다. 명성산 북쪽의 느치계곡은 궁예가 흐느끼며 넘었다는
'느치고개눌치'에서 유래한다. 김창흡은 느치계곡에 있는 석천사를
여러 번 유람한 후 「석천곡기」를 지었다. 느치계곡의 지형과 경관
을 자세하게 관찰하고 조사한 최초의 보고서다. 이곳의 지형과 지
질을 이해하는 데 도움을 준다. 단풍이 아름답고 폭포가 뛰어나며
바위 절벽이 기이할 뿐만 아니라 선인들의 시문이 창작된 공간이
라는 것도 알려준다.

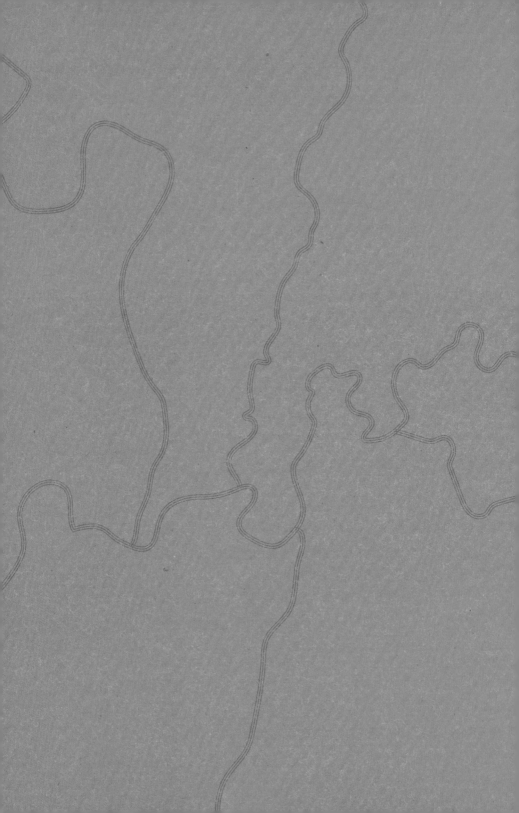

5

포
천
영
평
천

# 5

## 포천
## 영평천

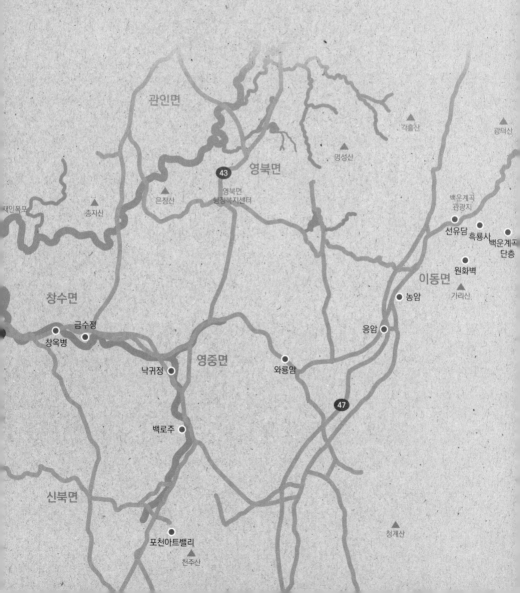

관인면

각흘산

광덕산

명성산

43  영북면

영북면
행정복지센터

재인폭포

은장산

종자산

백운계곡
관광지

선유담  흑룡사

백운계곡
단층

원화벽

이동면

가리산

농암

창수면

금수정

응암

창옥병

낙귀정

영중면

와룡암

47

백로주

신북면

청계산

포천아트밸리

천주산

어찌 비 내려 백성 살리지 않으시나
# 백운계곡과 단층

푸른 산[靑山] 흰 구름[白雲]이라고 말하면서 산 이름을 청산靑山이라고 하는 경우는 적고 백운산白雲山이라고 지은 경우는 많다. 산이 주인이고 구름은 손님인데, 손님을 의지하여 주인을 형용하는 것은 왜일까? 산은 체體이므로 안정되어 움직이지 않고, 구름은 용用이므로 피어나서 다함이 없다. 산은 안정되어 움직이지 않기 때문에 항상 존재하지만 경관이 새롭지 않다는 단점이 있다. 구름은 피어나서 다함이 없기 때문에 항상 변하여 경관이 더욱 아름다운 장점이 있다. 흰 구름[白雲]을 붙여서 백운산白雲山이라 이름을 짓는 것은 이러한 이유 때문이다. 이민구李敏求, 1589~1670가 「백운산백운사중수기白雲山白雲寺重修記」에서 밝힌 백운산의 명칭에 대한 설명이다.

체體는 사물의 본체, 근본적인 것을 가리킨다. 용用은 사물의 작용 또는 현상, 파생적인 것을 가리킨다. 체體는 경상經常으로, 용用은 권변權變으로 이해된다. 경상經常은 원리, 원칙, 도덕 등 변치 않는 도리의 영역이다. 권변權變은 고정불변의 것이 아니라 살아 숨 쉬는 현실에 맞춰 대응하는 일이다. 맹자는 형수가 물에 빠졌을 때 어떻게 해야 하냐고 묻자 이렇게 설명한다. 형수 손을 잡아서는 안 되는 게 원칙인 '경'이지만, 형수가 물에 빠졌을 때 손을 잡아 끌어올리는 행동이 '권'이라고. 원칙과 명분에 앞서 사람을 우선 살려야 한다는 현실의 입장을 말한 셈이다. 이민구는 체體도 중요하지만 현실인 용用도 중요하다는 입장을 취한다. 그렇다면 백운산白雲山은 용用인 흰 구름[白雲]과 체體인 산山이 조화를 이룬 것이 아닌가.

이민구는 이어서 백운산을 칭송한다. 우리나라 산 가운데 백운이란 이름을 가진 곳이 수십 곳인데 오직 영평永平: 포천 북부 지역의 옛명칭에 있는 것이 가장 빼어나고 그윽하다고. 맑은 시내와 우뚝 솟은 바위, 빼어난 경치 등이 눈과 귀를 즐겁게 해주며, 그 속에서 성정을 도야할 수 있다고. 게다가 흰 구름이 아침저녁으로 산봉우리에서 뭉게뭉게 피어나는 자태와, 흐렸다 갰다 하면서 변화하는 모습은 다른 산과 비교되지 않는다고.

백운산 아래 살았던 김창협金昌協에게 백운산은 집안의 특별한 정원이었다. 어느 날 우연히 흥이 나자 소를 타고 백운산을 유람하고「백운산 유람기」를 남기기도 했다. 이밖에 허목許穆, 1595~1682의「백운산수기白雲山水記」, 남유용南有容, 1698~1773의「유동음화악기遊洞陰華嶽記」, 오원吳瑗, 1700~1740의「영협일기永峽日記」에서도 백운산의 자세한 정보를 얻을 수 있다.

백운산에 있는 백운사는 예전부터 유명했다. 이민구의 백운사중수기에 의하면 신라 말 도선국사道詵國師가 내원사內院寺를 창건했다. 이후 1631년에 공사를 시작하여 10년 뒤에 일을 마치고 글을 구하러 온 스님 도휘道徽에게 이민구가 백운사중수기를 써서 주었다. 절이 내원사에서 백운사로 바뀐 것이다. 이후 홍룡사興龍寺로 바꾸었다가, 1922년에 흑룡사黑龍寺로 고쳤고, 다시 홍룡사로 바꾸었다.

허목이 1668년에 지은「백운산수기」를 보면 백운산에 많은 절이 있었다. 백운사에서 개울을 따라 조금 올라가면 조계폭포가 있는데 위에 조계사曹溪寺가 있기 때문이다. 백운사에서 동북쪽으로 5리 되는 거리에 산에서 가장 높은 곳은 상선암上禪庵 차지였다. 바

흥룡사

위 봉우리가 둘러싼 깊은 곳에서 늘어선 봉우리들을 바라보면 자욱한 이내가 절경을 만들곤 했다. 그 아래에 견적사見跡寺가 있었는데 밭으로 개간되었다. 백운사에서 서남쪽으로 5리쯤 가면 보문사普門寺가 나온다. 조계폭포에서 3, 4리를 올라가면 시내가 두 갈래로 갈라지는데, 동북쪽 골짜기를 태평동太平洞이라 하는 것은 물의 근원지에 태평암太平菴이 있었기 때문이다.

절뿐만 아니라 고승의 부도도 여기저기에 있었다. 백운사 동쪽 모퉁이에 서역의 스님 석민釋敏의 부도가 있었으며, 밭으로 개간된 견적사見跡寺 터에 도선道詵의 부도가 있었다. 부도를 기궤하게 아로새겼는데 오랜 세월에 돌이 떨어져 나가고 갈라져서 알아볼 수 없는 상태였다. 상선암上禪庵 아래 암자에 자휴自休와 색름賾凜의 부도도 있었다고 허목은 알려준다. 그 많던 부도는 어디로 갔을까. 아직도 산 중에 쓸쓸히 있는 것은 아닐까. 주차장 옆에 청암당부도

清巖堂浮屠와 묘화당부도妙化堂浮屠만이 백운산을 지키고 있다.

김창협은 은거지에서 지팡이를 끌고 느린 걸음으로 백운사로 향하곤 했다. 아침나절이 다 가기 전에 도착할 정도의 거리였다. 마음이 내키는 대로 혼자 가서 홑이불을 덮고 이삼일쯤 머물다 왔다. 때로는 열흘이 되도록 돌아갈 줄 몰랐다. 그동안 스님들과 시를 주고받았다. 「백운사에서 청장로淸長老의 시에 차운하여 보여주다」는 스님과의 친분을 보여준다.

그윽한 흥취 일어 아침에 산에 드니 幽興朝來入翠微
절 문 앞 흐르는 물 사립문 지나네 寺門流水過荊扉
산중 노승 날 보고 웃으며 묻기를 山中老宿相看笑
그동안 어디 갔다 삼 년 만에 오시오 問我三年始一歸

물 건너 숲 속의 한 가닥 샛길 따라 度水穿林一徑微
흰 나귀에 몸 싣고 산사를 찾아왔네 白騾隨意款僧扉
가을 산 아름다운 흥취 무엇과 같을까 秋山佳興知何似
돌아올 제 두 손 가득 송이버섯 주네 滿把松芝贈我歸

홍이 일면 집을 나선다. 백운산 자락에 있는 백운사에 도착하니 아침나절이다. 삼 년 만에 왔는데 어제 왔었던 것 같다. 노승은 여전히 반가이 웃으며 맞이한다. 오랜 친구를 만나는 듯한 편안함이 전해진다. 문득 홍취가 일어난 이유는 가을이기 때문이다. 들판은 누렇게 산은 붉게 변해가는 중이었다. 흥취를 주체하지 못하고 절로 향한다. 환담을 하다 집으로 향할 때 노승은 손에 가득 버섯을 쥐어 준다. 스님의 마음이 따뜻하게 전해져 온다.

백운사에서 한동안 있으면서 독서를 하고, 그동안에 『오자수언五子粹言』을 엮기도 했다. 산속의 중들과 모두 친해져서 아랫목과 방석을 서로 차지하기 위해 다툴 정도였다. 그러던 차에 의청義淸 스님을 만나 도연명陶淵明과 혜원惠遠처럼 친하게 지내게 된다면 속세 밖에서 노니는 것이 그런대로 쓸쓸하지 않을 것이라고 생각한다. 산속의 후미진 곳에 들어가 누울 만한 작은 암자 하나를 얽고, 그 속에서 양식이나 축내는 중의 행색으로 여생을 마치려는데 대사의 생각은 어떠한지 모르겠다고 묻는다. 그날 밤 대사의 방에서 묵는데 눈이 내린다. 창밖에서 풍경 소리가 들린다. 깜박이는 등불 아래 화로의 재를 뒤적이며 함께 이야기하던 중에, 대사가 종이와 붓을 꺼내자 글을 써서 약속을 한다.

도연명은 고향인 여산의 동림사 주지 혜원 법사와 함께 술을 마시며 시를 짓곤 하였다. 흔히 세속의 명사와 고승이 아름답게 교유하는 것을 표현할 때 도연명과 혜원법사를 언급한다. 김창협과 의청 스님도 도연명과 혜원 법사처럼 아름다운 교유를 지속했다.

백운산에 금강산의 벽하담碧霞潭과 같은 곳이 있다는 것을 아는 사람이 몇이나 될까. 김창협은 1671년에 금강산을 유람하였다. 진주담眞珠潭에서 수백 보 앞으로 가면 벽하담인데, 진주담에 비해 더욱 아름다웠다. 6, 7길쯤 되는 폭포수가 깎아지른 벼랑에서 곧장 떨어진다. 떨어진 물이 사방으로 흩어지자 골짜기가 온통 안개와 흰 눈 속에 휩싸인다. 주위의 바위는 모두 큰 돗자리를 펼친 듯 평평하고 넓다. 가부좌를 하고 앉아 술을 꺼내 마시며 폭포를 올려다보고 못을 내려다보노라니 해가 지는 줄도 몰랐다.

김창협은 금강산의 벽하담 같은 곳을 백운산에서 발견하였다.

백운사에서 시내를 따라 수백 보 올라가니 온통 바위다. 흐르는 물은 지형에 따라 고여 있기도 하고 쏟아져 내리기도 한다. 깊은 곳, 얕은 곳, 굽은 곳, 곧은 곳, 제각각 아름답다. 물줄기를 따라 들어가니 조계사曹溪寺터다. 절터 아래에 있는 폭포가 조계폭포다. 비스듬히 누운 흰 바위가 수십 길이고, 그 위를 따라 냇물 줄기가 두 번 꺾이며 흘러내린다. 꺾이는 곳에 생긴 작은 못은 맑고 얕아 물장난을 할 수 있다. 바위 색깔은 옥처럼 맑고 부드럽다. 계곡 남쪽에 가로로 둘러쳐진 푸른 절벽이 볼만하다. 조계폭포 주변은 기이하고 아름다워[奇麗] 흡사 금강산의 벽하담 같다. 규모가 작으나 백운산에서 가장 아름다운 곳이라 할 수 있다. 그런데도 중들이 숨기고 알려주지 않았기 때문에 유람하는 사람 중에 그곳에 가 본 사람이 전혀 없을 정도다.

김창협은 「조계曹溪」란 시를 남긴다.

온갖 산새 우짖고 석양빛 비쳐들 제　幽禽百囀日斜暉
바위 넝쿨 부여잡고 돌아갈 생각 없어　跂石攀蘿未欲歸
아름다운 조계까지 다시 찾아 와보니　更指曹溪可憐處
기나긴 폭포수 나를 향해 날아오네　水簾千尺向人飛

조계폭포는 자기를 알아주는 사람을 만나기 위해서 오랜 시간을 기다려야 했다. 많은 사람이 백운산 정상으로 향하여 가느라고 폭포 위를 바삐 건너다가 잠깐 쳐다봤을 뿐이다. 절을 찾은 사람들은 이곳까지 산보를 하면서도 무심히 손을 씻거나 발을 담글 뿐이었다. 이곳이 폭포고 조계曹溪라는 이름을 갖고 있다는 것을 알지 못

했다. 직각이거나 높은 곳에서 떨어져야 폭포라는 선입견 때문이
리라. 조계폭포는 비스듬히 누운 와폭臥瀑이다. 마치 발을 드리운
듯 넓게 펼쳐진 폭포다. 조계폭포라 이름을 얻게 된 것은 옆에 조
계사가 있어서였는데 김창협이 찾았을 때 이미 폐찰이 되었다. 조
계사터에 시멘트로 만든 팔각 모양의 건물이 들어섰다.

　백운계곡에서 단층을 비롯한 다양한 지질구조를 관찰할 수 있어서
계곡 일대의 지질이 주목 받는다. 화강암을 관입한 암맥이 관찰되며,
암맥이 서로 어긋나 있는 단층의 흔적을 볼 수 있다. 또한 계곡의 상
류에는 수직 및 수평 방향의 절리들이 발달해 있다. 이러한 지질구조
외에도 침식으로 만들어진 작은 소와 폭포를 쉽게 만날 수 있다.

　과학적인 조사 방법으로 최근 들어 백운산의 지질학적 특성이 주
목받지만, 예전에 백운산은 신령한 산으로 인식되었다. 가뭄이 지속

되면 백운산에서 기우제를 지냈다. 영평 현감 박제가朴齊家는 백운산 기우문白雲山祈雨文을 읽으며 백운산 산신령에게 간절히 빌었다.

영평의 진산은 백운산이로다.
빼어난 정기 머금어 신령하다 알려졌네.
지금에 날 가물어 벼 이삭은 불타는 듯.
나라의 신료 체계 신들에도 적용되니,
산 또한 지킴 있어 그 경계 넘지 않네.
목욕재계한 뒤 제사를 지내려 땅 쓸고 단 쌓네.
여기 사방 백 리 땅이 이 산에 기대거늘,
어찌 한번 비를 내려 우리 백성 살리지 않으시나.
가랑비를 북돋우어 성한 기운 토해내면,
보습 다퉈 나오고 도랑마다 물 흐르리.
그 징조 충만하니 기쁨 벌써 이는도다.
마음을 한데 모아 은덕을 기다리니
바라건대 잘못됨을 바로잡아 주소서.

옛사람들은 봄과 여름이 교차하는 시기에 큰 우레와 번개, 비와 우박이 개성 천마산과 박연폭포에서 시작하여 연천 지장봉과 포천 화적연, 철원 삼부연폭포를 거쳐 백운산 정상에 이어지고 화악산에 이르러 그치기 때문에 이것을 '용의 이동[龍移]'이라고 불렀다. 비를 관장하는 동물이 용이고 용은 항상 구름과 함께 나타난다. 백운산의 흰 구름은 용이 안식처가 되기에 적절하다고 여겼다. 이곳에서 기우제를 지내는 것은 당연하였다. 백운산에 내린 비는 이동 일대를 적시고 영평천을 통해 포천을 풍요롭게 한 후 한탄강으로 흘러간다.

선계로 통하는 문

# 선유담

1723년, 오원吳瑗, 1700~1740은 이의건李義健, 1533~1621과 김수항金壽
恒, 1629~1689, 그리고 김창협金昌協, 1651~1708 등의 발자취가 남아있는
영평永平; 포천 북부 지역 일대와 백운산을 유람한 후 「영협일기永峽日
記」를 남긴다. 지금의 포천군 이동면 연곡리, 노곡리, 장암리, 도평
리 일대가 배경이다. 이곳에 이의건이 터를 잡고 살았다. 후에 김
수항이, 그리고 그의 아들인 김창협이 은거하며 곳곳에 시문을 남
겼고, 문인들이 계속 찾아와 시문을 지으면서 포천의 대표적인 문
화공간이 되었다.

이의건의 자취는 수입리를 지나는 영평천 가운데 위치한 와룡암
臥龍巖 근처에도 남아있었다. 이현익李顯益, 1678~1717은 「동유기東遊記」
에서 이렇게 밝힌다.

> 응봉(鷹峯: 노곡리에 있는 매바위)을 지나 수동(水洞: 지금의 수입리)으로
> 향하는 물가 주변의 수석은 여러 군데 앉아 볼 만하다. 그중 와룡암이 더욱
> 아름답다. 거세게 흘러드는 물줄기에 너럭바위들이 굴곡지게 어지러이 놓여
> 있다. 이곳은 나의 먼 조상 이의건의 별업지로 계곡 가에 유허가 남아있다.

수입리를 관통해 흐르는 영평천의 가운데를 차지한 와룡암 주변
에 이의건의 유허지가 있었다. 이의건이 거처하던 곳은 응봉 옆에
도 있었다. 김창협이 지은 「영령정기泠泠亭記」를 보면, 김수항은 백
운산 주위에서 이의건의 낚시터를 발견하곤 좋아하면서 '풍패동風

珮洞'이라고 이름 짓고, 그곳에 송로암送老菴을 지었다. 이의건의 옛 은거지에 김수항이 터를 잡았다는 기록을 「영협일기」에서도 볼 수 있다. 성해응成海應, 1760~1839은 백운산을 설명하면서 선유담 옆 도리평桃李坪은 이의건이 살던 곳이라 알려준다. 도리평은 지금의 도평리다. 이의건의 흔적이 수입리와 장암리, 도평리에 걸쳐 있었다.

이의건은 세종의 다섯째 아들인 광평대군廣平大君 이여李璵의 5세손이다. 젊어서부터 출세에 뜻이 없었으나 어머니의 간곡한 권유로 사마시에 응시, 합격하였다. 돈령부 직장에 임명되었으나 어머니가 돌아가시자 사직하였다. 1610년(광해군 2) 이항복李恒福의 추천으로 공조 좌랑에 제수되고, 이어 공조정랑으로 승진하였으나 끝내 벼슬에 나아가지 않았다. 이의건은 백운산 아래서 유유자적하면서 후학을 양성하였다. 성혼成渾, 이이李珥, 정철鄭澈, 박순朴淳 등과 막역하게 교유하며 문장과 시로 명성을 떨쳤다.

오원의 발길을 따라 도평리에서 백운계곡을 올라가자 선유담仙遊潭이 보인다. 계곡물이 맑게 부딪쳐 흐르다가 돌면서 커다란 못을 만든다. 정해년의 홍수 때문에 위로 반은 큰 돌이 쌓여서 메워졌고, 아래로 반은 깊고 넓게 되었다. 물은 머리카락을 비칠 정도로 맑다. 못 북쪽으로 비스듬한 바위 위에 앉아 오랫동안 있었다.

이현익도 백운사로 가다가 선유담에 이르렀다. 너럭바위가 넓고 평평하다. 맑은 물이 휘돌면서 연못 두 개를 만든다. 바위는 깨끗하고 반듯하며 물은 맑고 깊다. 물놀이하며 구경하노라니 즐거움이 끝없다. 백운사와 계곡을 구경하고 나오면서 이현익은 이렇게 말한다. "선유담은 이 산에서 가장 아름다운 곳이다."

신선이 노닐 정도로 아름다운 곳에 시가 없을 수 없다. 아랫마을

선유담

에 은거하던 김창협이 백운계곡 어귀에 이르러 선유담을 바라보니 벌써 몇 사람이 기다린다. 도리평의 이생李生과 산사의 스님 승천勝天이다. 이생이 생선국에 밥을 차려왔는데 맛이 매우 좋아서 시를 지어 보여준다. "골짜기 들어서자 흥이 솟는데[入谷已佳興], 선유담서 누가 나를 맞이하나[仙潭誰我迎]" 선유담에서 한참 머물렀던 것 같다. 다시 시를 짓는다.

맑은 여울 굽이굽이 감돌아 흐르는 곳  清湍曲曲自回通
물가 바위에 숨은 꽃 두세 송이 발그레  側石幽花數瓣紅
절로 가는 길 멀건 말건 나 몰라라  不管招提路多少
물소리 속 시 짓고 망연히 앉았네  題詩且坐水聲中

　　백운계곡과 백운산은 예전부터 유명해 많은 문인이 찾았다. 지금도 여름이면 피서객들로 계곡이 몸살을 앓을 정도다.
　　양사언의 글씨라 전해지는 '선유담仙遊潭' 글자가 새겨진 바위 주변은 규모는 작지만 아기자기하여 글자 그대로 신선이 놀기에 적당하다. 신선처럼 놀기에도 제격이다. 오가는 차 소리가 시끄럽지만, 바위 위에 앉아 눈을 감고 있노라면 김창협의 마음을 느낄 수 있다. 물소리에 집중하다 보니 다음 일정을 잊고 망연히 앉아있게 된다. 잠깐 사이에 별세계로 이동한다. 눈으로만 감상해서는 안 된다. 눈을 감고 물소리에 집중해야 선유담을 온전히 즐길 수 있다.

신석우申錫愚, 1805~1865도 선유담을 찾았다.

바위 기운 엄숙하고 골짜기 깊으니 石氣稜稜一壑深
엷은 구름 피어올라 짙은 그늘 만드네 膚雲觸起作重陰
절벽 아래 노닐다 선(仙)자 읽으니 從壁下讀仙字
티끌서 멀리 벗어나 속된 마음 없어지네 迥出塵來無俗心
옛부터 몰래 소유동(小有洞)과 통하였고 萬古潛通小有洞
큰 우레 소리에 봉우리 일제히 울리네 羣峯齊答大雷音
빈산에 꽃 피고 물은 절로 흐르는데 空山花發水流去
푸른 학 날아가니 어디서 찾을 것인가 靑鶴翩然何處尋

신석우도 계곡으로 내려가 바위에 새겨진 '선유담仙遊潭' 글씨를 보았다. 보자마자 속세의 마음이 사라진다. 글씨 때문만은 아니리라. 위에서 쏟아져 내려오는 구슬같이 맑은 물, 바위에부딪치며 내는 청아한 물소리, 바위틈에 붉게 찍혀 있는 꽃들, 하늘을 바라보니 푸른 학이 날아간다. 여기는 바로 소유천小有天으로 통하는 입구다. 소유천은 소유동천小有洞天이다. 도가에서 전해오는 신선들이 사는 곳으로, 작은 별천지란 뜻이다. 신석우는 선유담을 선계로 통하는 입구로 보았다.

군자의 길을 찾다

# 응암과 농암

김창협金昌協, 1651~1708, 그는 척화를 주장하다 심양에 끌려가 억류되었다가 귀환한 좌의정 김상헌金尙憲의 증손자다. 아버지는 송시열과 정치적 동맹을 맺으며 서인 정국을 주도하던 영의정 김수항金壽恒이며, 형은 영의정을 지낸 김창집金昌集이다.

김창협은 1682년(숙종 8) 증광문과에 전시장원으로 급제면서 벼슬길에 올랐다. 동부승지·대사성·대사간 등을 역임하고 청풍부사로 있을 때 기사환국己巳換局*으로 아버지가 진도에서 사사되자, 사직하고 영평永平: 포천의 북쪽 지역에 은거하였다. 1694년 갑술환국甲戌換局* 이후 아버지가 신원됨에 따라 이조참판·대제학·예조판

---

**기사환국己巳換局**

인현왕후가 왕자를 낳지 못한 가운데 1688년 소의 장씨가 아들 균을 낳자, 숙종은 균을 원자로 삼아 명호를 정하고 소의 장씨를 희빈으로 봉했다. 노론의 우두머리 송시열이 이에 반대하자 숙종은 그의 관직을 삭탈하여 제주도로 유배하고, 영의정 김수흥을 비롯한 많은 노론계 인사를 파직·유배했다. 이후 송시열은 제주도에서 정읍으로 유배지를 옮기던 중 사약을 받았고, 김만중·김익훈·김석주 등은 보사공신의 호를 삭탈당하거나 유배당했다. 숙종이 중전 민씨가 원자책봉에 불만을 품고 있다는 이유로 중전을 폐비하려고 하자 이를 반대하던 이들을 유배시키고, 이듬해 중전을 폐했다. 그뒤 6월에 원자를 세자로 책봉하고 10월에 희빈장씨를 왕비로 책립했다. 이렇게 서인이 집권 10년 만에 남인에게 정권을 빼앗긴 국면을 기사환국이라 한다.

**갑술환국甲戌換局**

1694년에 기사환국으로 집권한 남인이 물러나고, 소론과 노론이 다시 장악한 정국.

서・지돈녕부사 등에 임명되었으나, 모두 사직하고 학문에만 전념하였다.

김창협은 학문적으로는 이황과 이이의 설을 절충하였고, 문장은 단아하고 순수하여 구양수의 정수를 얻었으며, 시는 두보의 영향을 받았지만 그대로 모방하지 않고 고상한 시풍을 이루었다는 평가를 받는다.

『조선왕조실록』은 숙종 34년인 1708년 4월 11일에 김창협에 대해 이렇게 기록한다.

> 기사환국의 화를 만나자, 다시는 당시의 세상에 뜻을 두지 않았다. 갑술환국 뒤에 여러 번 불렀으나 나오지 않았다. 궁벽한 산인 백운산에서 굶주림을 참아가면서 굳게 지조를 지키면서 한평생을 마쳤으니, 비록 뜻과 취향이 다른 자라도 또한 높이 우러러 공경하여 미치기 어렵다고 여겼다. 대개 그의 타고난 바탕과 성품의 순수함과 문장의 높음과 학술의 심오함을 논하면, 모두가 남보다 뛰어났다. 진실로 세상에 드문 대학자가 될 만하다.

김창협이 백운산 자락에 들어오게 된 것은 아버지 때문이었다. 1674년 갑인예송甲寅禮訟*에서 서인이 패하여 영의정이던 형 김수흥金壽興이 쫓겨나자, 김수항은 대신 좌의정으로 임명되었다. 숙종이 즉위한 1675년에 김수항은 허적許積, 윤휴尹鑴 등을 배척하고, 추문에 연루된 종실 복창군 이정李楨과 복선군 이남李柟 형제의 처

---

**갑인예송甲寅禮訟**
1674년 효종의 비였던 인선왕후(仁宣王后)가 죽자 자의대비(慈懿大妃)의 복상기간을 기년(만 1년)으로 할 것인가 대공(9개월)으로 할 것인가에 대한 서인과 남인의 2차 대립

벌을 주장하다가 집권파인 남인의 미움을 받아 영암에 유배되고, 1678년에 철원으로 이배되었다. 김창협은 아버지가 유배를 당하며 고생하자 초야에서 은둔할 뜻을 갖기 시작했다. 아버지는 1679년에 백운산 주위에서 이의건의 낚시터를 발견하고 '풍패동風珮洞'이라고 명명하고, 응암鷹巖 옆에 송로암送老菴을 짓고 만년을 보내려고 하였다. 그러나 인생사에 계획대로 되는 것이 어디 있는가. 유배지에서 아들 창흡의 시 풍패동에 차운하여 아쉬움을 달랠 뿐이었다. 그는 끝내 송로암에서 노년을 보내지 못하고 객지에서 불귀의 객이 되고 말았다.

> 송로암(送老菴) 앞에 흰 구름 다하나니 送老菴前盡白雲
> 모산(茅山) 도홍경(陶弘景) 부러워하지 않았지 茅山元不羨陶君
> 바위에 기댄 초가는 숲의 뱁새에게 족하고 依巖草屋林鷦足
> 냇가 이끼 낀 낚시터 들 사슴과 함께 했는데 傍壑苔磯野鹿分
> 당일 고기 잡고 나무하자던 약속 헛되었으니 當日漁樵空有約
> 지금 도깨비들과 함께 무리 이뤘구나 只今魅魅與爲群
> 봄날 바닷가서 돌아가려는 마음 끊어졌지만 三春瘴海歸心斷
> 폭포 소리랑 솔바람 소리 꿈속에도 들리네 瀑水松風夢裏聞

양나라의 은자 도홍경이 모산에 살면서 무제의 초빙에 응하지 않은 채 소 두 마리를 그렸다. 하나는 수초 사이에서 한가로이 풀을 뜯고 있었고, 하나는 머리에 황금 멍에를 덮어쓴 채 채찍을 맞고 있는 그림이었다. 무제가 이 말을 듣고 "이 사람이 장자처럼 진흙탕 속에서 꼬리를 끌고 다니는 거북이가 되고 싶어 하니 어떻게 불러올 수 있겠는가."라 하였다. 김수항은 두보의 시 중 "어느 때나 초가집 하나 엮어, 흰 구름 곁에서 늙음을 보낼는지[何時一茅屋 送老白雲邊]"를 애송했다. 백운산 남쪽에 밭을 사서 집을 짓고 송로암이란 명명한 까닭이다. 집이 위치한 곳을 '풍패동'이라고 한 것은 갈홍葛洪의 「세약지洗藥池」에 "골짜기 그늘진 곳은 늘 시원하고, 바람은 패옥 소리인 양 맑고 맑네.[洞陰泠泠, 風珮淸淸]"라고 한 데서 따온 것이다. 시원하고 맑은 바람이 불어오는 곳이다. 시원한 바람이 부는 곳에서 노년을 보내려고 했으나 태풍이 몰아치는 정국 속에서 생을 마감해야 했다.

김창협은 29세인 1679년부터 포천 백운산 주변과 인연을 맺는다. 김수항은 자신이 복거하기에 앞서 아들 창협을 보내 미리 경영하게 했다. 김창협은 이해 8월에 터를 잡고 집을 지었다. 지나가던 사람이 인적 없는 산속에서 굶주려 고달프고, 맹수의 출몰이 걱정되어 오래도록 안주하지는 못할 것이라 장담한다. 원망하고 후회하지 않느냐고 묻는다. 김창협은 「동음대洞陰對」를 지어 자신의 의지를 보여준다.

저는 어려서부터 한가로이 지내며 도를 구하려는 뜻이 있어, 소요부(邵堯夫)가 백원(百源)에서 가만히 앉아있던 일을 사모하여 배우고 싶어 한 지가 오래되었습니다. 지금 이곳에 와서는 실로 학문의 뜻을 언제나 가슴에 품고 있습니다. 부지런히 연마할 수 있을 만큼 지대가 깊고 맑은 것을 좋아하여, 이미 조그만 집을 지었습니다. 육예의 서적을 가득 쌓아 두고서 밤낮으로 읊으며 성인의 유지를 구하고, 여가에는 거문고를 뜯고 시를 읊으며 성정을 노래합니다. 그마저 싫증이 나면 높은 곳에 올라 깊은 계곡을 굽어보며 끊임없이 흐르는 시냇물과 변화무상한 구름과 오고 가는 물고기나 새와 짐승을 구경하면서 마음에 맞게 지내고 있습니다. 이 또한 즐거워서 죽음조차도 잊기 충분합니다. 어찌 편안히 받아들이지 않을 수가 있겠습니까. 호랑이와 표범 같은 맹수로 인한 두려움이 혹 있기는 하나 세상에는 이보다 더 두려운 것들이 많습니다. 이것들 때문에 근심한다는 것은 말도 안 됩니다.

　다음 해인 1680년 2월에 은구암隱求菴을 짓는다. 이때 쓴 「은구암기隱求菴記」에서 벼슬에서 물러나고 나아가야 하는 '출처出處'의 뜻을 자세하게 밝힌다. 김창협에겐 '출처'를 어느 때 해야 하는지 중요하지 않았다. 아무리 때에 맞게 처신하더라도 벼슬길에 나아가는 일이 자칫 부귀에 미혹된 것일 수도 있고, 물러나 숨어 사는 일이 단지 인륜을 저버리고 자연에 묻혀 사는 데 불과할 수도 있기 때문이다. 군자는 사소한 청렴을 지키거나 시시콜콜 삼가는 것으로 지조를 지킬 일도 아니고, 사사로운 지혜나 천박한 술수로 일을 삼아서도 안 된다. 김창협에게는 나아가든 물러가든 먼저 할 일이 있었으니, 바로 '군자의 길'이다. 사물의 이치를 연구하여 지식을 극대화한 뒤 뜻을 참되게 하여 마음을 바르게 가지는 것과, 그리하여 마침내 나라를 다스리고 천하를 태평하게 하는 것이다. 벼슬을 포기하지 않았을때에도 김창협은 군자가 되는 길이 우선이라고 생각했다. 선비는 출처 자체를 일삼아 고민할 게 아니고, 뜻을 추구하며 묵묵히 도를 탐구하고 배양하고 체득할 뿐이다. "만일 홀로 은거할 때에 탐구하지 않고, 한가로이 일이 없을 때에 배양하여 체득하지 않다가 갑자기 종묘와 조정에 서서 천하를 구제하려 한다면, 장차 무슨 도를 행하겠는가?" 공자가 "도를 향해 가다가 중도에 죽게 될지라도, 몸이 늙는 것도 잊고 햇수가 부족한 것도 아랑곳없이 부지런히 날마다 노력하여, 죽은 뒤에야 그만두는 것이다"라고 했던 것처럼, 김창협은 그렇게 살리라 다짐했다.

　경신년庚申年, 1680년 숙종 6년에 정국이 쇄신되자 서울의 집으로 돌아왔다. 이해 3월에 부친은 영의정에 제수되어 서울로 돌아왔다. 김창협은 1682년에 문과 증광시에 합격하면서 벼슬길에 나섰다. 「은구암기」에서 그는 군자의 일은 출처보다 중대한 것이 없는데, 출처는 때에 맞게 하는 것이 중요하다고 보았다. "나가도 될 때인데 나가지 않는 것을 국량이 좁다 하고, 나가서는 안 될 때인데 나가는 것을 조급하다고 한다. 조급하면 지조를 잃게 되고 국량이 좁으면 인륜을 저버리게 되는데, 인륜을 저버리는 일과 지조를 잃는 일은 군자가 행하지 않는다. 따라서 때를 만났으면 관복과 패옥 차림으로 천 종의 녹봉을 누려도 사치스럽다 하지 않고, 때를 만나지 못했으면 산골짜기에 살며 소쿠리 밥에 표주박 물을 마셔도 검소하다고 하지 않으니, 이 두 가지는 실로 각기 마땅한 때가 있다고 하지 않았던가." 그에게 1680년은 나갈 때였다.

### 경신환국庚申換局

숙종 초기에는 남인이 정권을 잡고 있었다. 그러나 군권을 비롯한 권력이 남인, 그 가운데서도 탁남에 편중되자 숙종은 이들을 견제할 필요성을 느끼고 서인들을 유배에서 방면해주었다. 그러던 중 1680년 남인의 영수인 영의정 허적이 조부의 시호를 맞이하는 잔치에 허락도 없이 궁중의 천막을 가져다 쓴 사건이 발생했다. 이에 크게 노한 숙종은 군권을 서인에게 넘기는 전격 조치를 취했는데 허적의 서자인 허견이 이들과 함께 역모를 꾸몄다는 고변이 있자 허견이 능지처사되고 관련되었던 복선군이 교수형에 처해졌다. 그리고 역모와 직접 관련이 없다고 판명된 허적·오정창·윤휴·이원정·민희·유혁연 등 남인의 실권자들은 관직에서 쫓겨나 유배를 당했다. 이 사건을 계기로 남인이 중앙 정계에서 대거 축출되고 서인이 재등장했다.

그의 나이 39세 때인 1689년에 기사환국이 일어났다. 그에게 정치적 시련을 의미하는 것이자, 벼슬길에 발길을 끊는 계기가 되었다. 이해 2월에 부친이 진도에 유배되었다가 4월에 사사되었고, 중부인 김수흥도 장기로 유배되었다가 이듬해(1690년)에 그곳에서 돌아갔다. 부친이 돌아가신 그해 9월 그는 다시 응암으로 돌아왔다.

김창협은 새벽과 저녁으로 구슬프게 호곡하고 남은 여가에 전에 익히던 학문을 연구하였다. 날마다 『논어』를 외었으며 『주자대전차의』를 꼼꼼히 교정하여 정미한 의미를 더욱 밝혀 놓았다. 「은구암기」에서 밝힌 대로 실천하였다.

김창협은 1692년에 응암에서 장암리 농암籠巖으로 거처를 옮긴다. 농암籠巖을 농암農巖으로 고치고 자신의 호로 삼았다. 장차 벼슬에 뜻을 두지 않고 야인의 삶을 살겠다는 뜻이다. 세 칸짜리 서실을 짓고 집 앞에 네모난 못 두 개를 팠다. 방에는 관백실觀白室, 마루에는 호월헌壺月軒이라 편액을 달고 모두 합쳐 농암수옥農巖樹屋이라 명명하였다. 농암은 관백실에서 동북쪽으로 수십 보 떨어진 곳에 있다.

김창협은 농암 주변의 모습을 글에 자세하게 묘사하였다. 푸른 산줄기를 늘어세워 만든 병풍은 울타리가 되었다. 본디 있던 바위를 그대로 두어 뜰로 삼았으니 굳이 섬돌을 놓을 것이 없다. 방은 겨우 서책을 보관하고 손님을 영접할 만한 정도의 크기다. 다락집은 달을 맞이하고 바람을 불러들이기에 충분하다. 처마 끝에 닿은 꿈틀거리는 용 모습의 노송 줄기는 저절로 해를 가려 주는 일산이다. 섬돌을 훑고 구불구불 감돌아 흐르는 맑은 여울물은 술잔을 띄우기에 안성맞춤이다. 오랜 세월 나무꾼이 밟고 다니던 장소는 대

농암

자리를 깔아 놓고서 잠을 자고 거처하는 곳이 되었다. 언덕을 따라
가며 복사나무와 살구나무를 심으니 신선이 사는 곳인가 의심하게
된다. 못을 파 연과 순채를 심으니 강호의 흥취를 자아낸다. 주변의
자연과 하나가 된 모습이다. 김창협은 자신의 은거지를 주변의 명
승지와 비교하며 자랑한다. 백로주는 큰 길거리에 접해 있어 집터
자리로는 적합하지 않고, 와룡암은 협곡에 묶이어 유유자적 소요하
기 어려우며, 창옥병은 앞이 너무 트여 고요하고 깊은 느낌이 없고,
금수정은 기이하지만 평탄하고 공활한 점이 모자란다고 평한다.

　1694년에 집 앞 청령뢰清泠瀨가에 정자를 지었다. 「청령뢰 새 정
자 상량문」에 자신의 심사를 드러냈다.

종신토록 피눈물을 닦으며 왕부(王裒)처럼 「육아(蓼莪)」 외우는 것을 폐하였고, 거친 골짜기로 도망가 유신(庾信)처럼 갈대로 엮은 사립문을 닫았다. 지금 마침 국운이 다시 돌아온 때를 만나니 신세에 대해 더욱 많은 감회가 일어난다. 움막살이 속에서도 요행히 목숨을 보전하고픈 마음이 본디 없는데, 금옥으로 장식한 대궐로 무슨 심정으로 다시 들어가겠는가. 우군(右軍)이 무덤 앞에서 한 맹세는 분명히 끝까지 변치 않을 것이고, 소초(小草)가 산 밖으로 나간 것은 매우 부끄러운 일이다.

왕부王裒는 진晉나라 사람이고, 「육아蓼莪」는 『시경』 편명으로 효자가 죽은 부모의 은혜를 기리는 노래다. 왕부는 아버지가 억울하게 죽자, 이를 애통해한 나머지 조정에서 벼슬을 주겠다고 여러 번 불러도 응하지 않았다. 언제나 아버지의 무덤을 찾아가 절을 하고 무덤가의 잣나무를 부여잡고 울었는데, 눈물에 의해 나무가 말라죽었다. 『시경』을 읽다가 「육아」에 이르러서는 언제나 세 번을 반복하여 읽으며 눈물을 흘렸다. 그러자 그의 문인들이 스승의 슬픔을 자아낼까 봐 「육아」편은 폐하고 읽지 않았다. 유신庾信은 양梁나라에서 벼슬을 하고 있을 때 후경侯景이 반란을 일으켜 도성까지 쳐들어오자, 강릉江陵으로 피신하여 은둔 생활을 하였다. 정권을 장악한 세력을 피해 시골 농암으로 들어온 작자의 처지가 유신의 그때 경우와 비슷하므로 인용한 것이다. 우군右軍은 진나라 왕희지王羲之를 말한다. 그가 왕술王述과 평소에 사이가 좋지 않았는데, 왕술이 고관이 되어 왕희지가 회계 군수로 재직할 당시 행한 정사를 검찰하면서 잘잘못을 일부러 까다롭게 따졌다. 이를 치욕스럽게 여긴 왕희지는 관직을 그만두고 부모의 무덤 앞에 가서, 앞으로 만일 뜻을 바꾸어 또 벼슬살이를 한다면 당신들의 자식이 아니라고 맹세하였다. 아버지가 죽은 뒤에 다시는 벼슬살이를 하지 않겠다고 다짐한 일이 왕희지의 경우와 비슷하므로 인용한 것이다. 동진東晉 때 사안謝安이 오랫동안 은거하다가 조정의 부름을 받고 세상에 나가 당시 권력자인 환온桓溫의 관속이 되었다. 마침 어떤 사람이 환온에게 바친 약초 가운데 원지遠志가 있었다. 환온이 사안에게 묻기를, "이 약은 소초小草라고 부르기도 하는데 왜 하나의 약에 두 이름이 있는가?"하니, 사안이 미처 대답하지 못하였다. 곁에 있던 학융郝隆이 서슴없이 대답하기를, "답은 매우 간단합니다. 산속에 있으면 원지라 하고 산 밖에 나오면 소초라고 부릅니다."하자, 사안이 매우 부끄러워하였다. 사안처럼 세상에 나감으로써 부끄러울 일을 하지 않겠다는 뜻을 김창협은 말한 것이다.

부친이 임종 시에 "나는 평소 재주와 덕이 없이 한갓 선대의 음덕에만 의지하여 나라의 은혜를 후하게 받아서 분수에 넘게 높은 자리를 차지함으로써 재앙을 자초하였다. 오늘의 일은 모두 높은 지위에 올라도 그칠 줄 모르다가 물러나려 해도 물러날 수 없어 이 지경에 이른 것이다. 이제 후회한들 무슨 소용이 있겠느냐. 내 자손들은 나를 본보기로 삼아 항상 겸손한 뜻을 품어 집에서는 공손하고 검소하게 생활하고 벼슬할 때에는 지위가 높고 중요한 벼슬을 피함으로써 몸을 편안히 하고 집안을 보존하는 터전으로 삼는 것이 좋을 것이다."라고 유훈을 내렸는데, 부친의 유언을 실천하겠다는 다짐이다.

농암에서 은거를 결심한 김창협은 청령뢰에서 시를 짓는다.

어울리는 이 어찌 몇몇 사람뿐이랴 可但冠童若簡人
새와 사슴 모두가 다정한 벗이네 禽魚麋鹿摠朋親

늦봄 지났어도 봄빛 아니 시들어 春光不盡沂雩後
이 계절 즐기라고 우리에게 남겼네 分付吾儕樂此辰

　관백실에서 서북쪽으로 수십 보 떨어진 여울이 청령뢰다. 흰 바위가 펼쳐져 있고 흐르는 물이 굽이굽이 흐른다. 오래된 소나무 몇 그루가 나란히 있었다. 정자를 여울 동쪽 바위 가에 세우고 거연정居然亭이라 하였다. 김창협은 백운산 주변의 새와 사슴하고도 벗할 정도로 야인이 되었다. 산이 깊으니 봄은 늦게까지 남아 있어 꽃이 한창이다. 자연과 벗하며 농암에서 평온한 생활을 하는 김창협의 모습이 청령뢰 바위에 앉으면 보인다.

　김창협이 살던 마을은 어떤 모습인가 궁금하다. 비록 기름진 땅은 없으나 고기를 낚고 나물을 캘 곳으로 손색이 없다. 백 년 동안 하는 일 없이 느긋하게 지낼 곳으로 이곳보다 좋은 곳이 없다. 사

청령뢰

시사철 아래를 굽어보고 위를 우러러보는 사이에 스스로 한가로운 낙을 즐길 만한 곳이다. 쟁기 자루를 놓고 산골 물가에서 쉴 적에는 부슬비가 내리는 가운데 상쾌한 바람이 불어오고, 낚싯줄을 드리우고 명월기明月磯에 앉았노라면 석양에 물결이 일렁이는 가운데 물고기가 뛴다. 지팡이를 끌고 발길이 미치는 곳은 과금교過琴橋와 타맥암打麥巖이다. 간혹 술자리를 벌여 놓는 곳은 완의대玩漪臺와 음송석蔭松石이다. 맑고 깨끗한 작은 여울을 돌아보면 담박한 흥금이 한결 더 흐뭇해진다.

유중교柳重教, 1832~1893는 김평묵 선생을 모시고 완의대를 찾았다가 김창협의 은거지를 살펴보고 시를 짓는다.

> 골짜기에 드니 하얀 돌 펼쳐졌는데 入洞眼明白石開
> 완의대 위에서 오래도록 배회하니 玩漪臺上久低回
> 노송과 흐르는 물가에서 소요하시던 古松流水逍遙地
> 선생의 기상을 알 수가 있겠네 領得先生氣味來
> 멀리 속세 너머에 선생의 집 지으니 遠隔紅塵丈室開
> 처마 끝에는 저녁 구름만 맴맴 도네 簷端惟有暮雲回
> 누가 알리오 한 부 주자의 서책을 誰識紫陽書一部
> 이곳에서 모두 의미 밝혀 놓은 걸 盡從這裡會通來

완의대는 어디에 있는가. 시냇물이 굽이굽이 흐르며 내뿜고 부딪치다가 물 도는 곳에 자못 긴 평평한 못을 만든다. 물이 깊고 매우 맑다. 동쪽 물가 바위가 넓은데 위에 오랜 나무가 그늘을 드리운다. 무너지거나 겹쳐진 바위 벼랑을 마주 보니 소나무가 꼭대기를 덮고 있는데 자못 푸르고 기이하다. 김창협은 늘 이곳에서 더위를 피

했다. 완의대에서 시내를 건너 백여 보를 가면 송로암送老菴이라 했
으니 응봉 주변의 경치를 말하는 것이다. 타맥암打麥巖과 명월기明月
磯은 어디서 찾을 수 있을까. 오원吳瑗, 1700~1740은 1723년에 포천 일
대를 유람하고 「영협일기永峽日記」를 남겼는데 오원의 발자취를 따
라가 본다. 완의대에서 시내를 따라 백여 보 올라가면 타맥암打麥巖
이다. 명월기明月磯에 이르니 시내 동쪽에 높고 가파른 바위가 들쭉
날쭉하다. 아래 못은 매우 깊고 푸르러 물고기가 많다. 이곳이 김창
협이 낚시 구경하던 곳이다.

　　장암리 동쪽에 있는 계곡은 늠암곡凜巖谷이다. 동생들과 폭포를
찾아 나선 일을 기행문에 남겼다. 마을 주민이 늠암곡 안에 매우
기이한 폭포가 있다고 하여 찾아 나섰다. 시내를 따라 5, 6리쯤을
올라갔으나 폭포는 끝내 찾을 수가 없었다. 해는 이미 기울었지만
폭포를 놓칠 수도 없어 조금 전에 걸어온 길을 따라 내려가다가,

노인이 가리켜준 것 같은 오솔길 하나를 발견하였다. 그 길을 따라가 봤더니 얼마 지나지 않아 산등성이로 가게 되었다. 오르고 또 올라가 봤으나 폭포가 있는 곳을 알 수가 없었다. 산에서 내려와 마을 사람을 만나니 진짜 폭포가 따로 있다고 한다. 그제서야 따라갔던 길이 바로 그 길이었음을 알고, 좀 더 노력하여 앞으로 나아가지 않은 것을 유감스러워하였다. 능암곡은 장암저수지가 있는 계곡을 말한다. 1691년의 일이었다.

김창협은 이웃 마을에 사는 김성대金聲大, 1622~1695와 교분이 있었다. 그는 김창협보다 29년 연상이었다. 나이 72세 때인 1693년(숙종19)에 진사시에 3등으로 합격하자 숙종이 친히 그의 성명을 써서 주며 특별히 참봉을 제수하였다. 김창협이 1679년(숙종5) 8월에 아버지의 명에 따라 응암에 은거하기 위하여 집을 지을 당시, 나라에서 벌을 받은 죄인의 가족이라 하여 세상 사람들로부터 소외를 받았다. 김성대는 주위 사람들의 눈총을 의식하지 않고 여러모로 도와주었으므로 평소에 그와 각별한 관계를 유지하였다. 김성대가 세상을 뜨자 그에게 올리는 제문에 김성대의 호의가 잘 나타난다. "위태로운 목숨을 의지할 곳 없을 적에, 지난날 살던 집을 돌아다보니, 근본으로 돌아간단 의리가 있어, 엉금엉금 힘없이 기어들어와, 위축된 마음으로 숨어 지냈네. 공은 내가 애처로워, 전보다도 잘해주며, 궁핍함을 돌봐주길 한 집안 같이 했네." 김성대가 눈 내린 뒤에 소를 타고 와서 함께 백운산을 찾아갔다가 보문암에서 유숙하기도 했다.

썰늘한 산 아침에 하늘이 개어  寒山朝霽好
눈 들어 바라보니 아련한 흥취  一望興悠哉

그대가 소를 타고 아니 왔던들　不有騎牛過
말고삐 어찌 함께 몰고 왔겠나　那成並馬來
산길은 언 시냇가 따라서 돌고　路侵氷澗轉
암자는 흰 봉우리 향해 트였네　菴對雪峯開
우연히 고승 만나 토론하느라　偶値高僧講
돌아가지 못하고 지새는 이 밤　因之宿未迴

　　김성대가 세상을 뜨자 만사 8수를 지어 애도하였고, 김창협의 형
김창집金昌集은 비문을 지었다. 후손들은 연곡리에 동음사洞陰祠를
세워 배향했으며, 후에 동생인 김성발金聲發과 동구東邱 김성옥金聲
玉 그리고 중암重庵 김평묵金平默을 추가로 배향하였다.
　　1694년에 갑술환국이 일어나자 김창협은 어머니가 서울의 집에
계셨으므로 문안드리기에 편리하도록 양주楊州의 삼호三湖로 나가
집을 짓고 살았다. 노론이 재집권한 이후 호조참의, 동부승지, 이
조참판, 대제학 등을 제수하며 수십 차에 걸쳐 불렀으나 번번이 사
직소를 올리고 나아가지 않았다. 사직소는 44살인 1694년(숙종 20
년)부터 56살인 1706년(숙종 32년)까지 13년 동안 지속되었다. 그
사이 7, 8년 동안 농암을 계속 왕래하였다. 이 시기에 지은 시 중의
하나가 「농암에 도착하여」이다.

　산림에서 늙어가며 마음대로 드나드니　投老山林自往回
　사슴들이 놀라고 의심할 리 있으랴　何曾麋鹿妄驚猜
　나귀 내려 새 못의 주변 따라 거닐고　下驢便繞新池水
　지팡이 찾아들고 옛 낚시터 찾아가네　覓杖先尋舊釣臺
　창포 잎이 돋으려니 농사일 시작되고　菖葉欲生農已起
　버들가지 꽂고 나니 보슬비 뿌리누나　柳枝纔揷雨隨來

늦봄이 되었어도 꽃구경 괜찮으니 　不妨花事今春晩
내 발걸음 기다린 듯 연달아 꽃이 피네 　正待吾行續續開

　김창협이 찾아오면 늘 반갑게 기다려주던 곳이었으나 세상을 뜨
자 금방 폐허가 되었다. 이현익李顯益, 1678~1717은 1708년에 지은 「동
유기東遊記」에서 이렇게 밝힌다. "선생이 기사환국 후에 응봉을 바라
보며 이곳에서 작은 오두막과 두 개의 못, 버드나무, 느티나무, 꽃을
심고는 7~8년 정도 은거하며 독서를 하였다. 산골짜기 위에 작은 서
실도 하나 만들던 중, 그 아들이 일찍 죽자 중간에 그만두었다. 차마
다시 돌아가 이 산에 서실을 만드는 것을 바로 할 수 없어 잠시 보
류하고 있었다. 올해 봄 노비 귀익으로 하여금 다시 이엉을 얻고 수
리하여 세상을 피하여 장차 삼주로부터 이거하여 여생을 마칠 계획
이었다. 집을 막 수리하기 시작했으나 갑자기 세상을 떠나니 귀익
은 차마 수리하지 못하고 수풀 속에 버려두어 황폐한 집이 되어버렸
다." 오원吳瑗, 1700~1740이 1723년에 찾았을 때는 남아 있던 서실마저
퇴락해버린 상태였다. 비록 은거지는 퇴락했지만 문인들은 이곳에
들러 김창협을 회고하며 시문을 남기곤 하였다. 김창협이 은거하던
응암과 농암은 문화적으로 중요한 공간이 되었다.

> **갑술환국甲戌換局**
> 1694년(숙종 20년) 서인들이 전개하던 폐비 민씨(인현왕후) 복위 운동을 반대하
> 던 남인이 화를 입어 권력에서 물러나고 서인이 집권한 사건. 기사환국(숙종 15년,
> 서인에서 남인에게 권력이 넘어간 사건) 이후 장희빈의 행동이 방자해지고 불미스
> 러운 일이 거듭되자 숙종은 인현왕후에게로 마음이 돌아섰다. 이때 서인의 폐비 복
> 위 운동을 숙종이 지지하여 남인을 제거하고 서인을 등용시켰다. 이로 인해 인현왕
> 후는 다시 중전으로 복위되었고, 장희빈은 사약을 마시고 죽었다.

다시는 시를 짓지 않으리

# 원화벽

백운산에서 흘러내린 물이 백운계곡을 통과하면서 기기묘묘한 풍경을 연출한다. 백운산 옆 도마치봉에서 시작한 물은 도마치계곡을 따라 흘러내리다가 영평천에 합류한다. 백운계곡이 조계폭포와 선유담으로 아기자기한 아름다움을 자랑한다면 도마치계곡은 색다른 아름다움을 보여준다. 날 것 그대로의 야성적인 아름다움이다. 강렬하고 힘찬 기세의 미학이다.

계곡 입구에서 한참 걸어 들어가면 하늘을 찌를 듯한 바위 절벽이 가로막는다. 가는 중에 다양한 바위 절벽이 이따금 눈길을 끌지만 이곳은 차원을 달리한다. 그래서 이곳 바위 절벽을 특별히 '원화벽元化壁'이라 불렀다. 김창협金昌協, 1651~1708의 글 여기저기에 원화벽이 등장한다. 백부인 김수증金壽增, 1624~1701을 애도하는 제문 속에도 원화벽이 등장한다. 이곳에서 헤어졌던 일이 뇌리에 생생하게 남아 있었다.

기억해 보면, 지난 경진년(1700년) 봄에 제가 삼주(三洲)에서 아들 숭겸(崇謙)을 따라 농암(農巖)의 오두막으로 돌아왔을 때, 백부님도 이튿날 서울에서 따라와 이틀 밤을 묵고 나서 산으로 들어가셨습니다. 당시에 저는 숭겸과 함께 원화벽 아래에서 백부님을 전송하였습니다. 그때 날씨가 맑고 아름다워 온 산에 꽃이 만발하였습니다. 백부님은 그것을 보고 즐거워져서 말을 멈추고 거닐다가 바위 위에 시를 쓰고 떠나셨습니다.

김창협은 1689년 기사환국으로 아버지 김수항이 진도에서 사사되자 세상을 등지고 포천 백운산 자락에 은거하였다. 1694년 갑술환국으로 노론이 재집권하자 김창협도 대제학, 판서 등에 중용되었으나 출사하지 않고 학문에 전념하였다. 농암農嵒에서 여생을 마치려고 했으나 어머니가 서울에 계셨기 때문에 문안드리고 찾아뵙기에 편리하도록 1697년 8월에 미음 석실서원 인근 삼주三洲에 거처를 정하였다. 집 앞 강 모래톱이 세 개라 삼주라 불렀다.

삼주에 머물다 포천 농암으로 돌아왔을 때 큰아버지가 방문하였다. 이틀을 묵고 화천 사창리로 향했다. 김창협은 아들과 함께 큰아버지를 배웅하기 위해 길을 나섰다. 도마치계곡을 따라 올라가다가 원화벽 아래에 이르렀다. 화창한 봄날이라 주변은 온통 진달래꽃 천지였다. 김수증은 자신도 모르게 마음이 가벼워졌다. 말에서 내려 원화벽 아래 길게 누운 바위 위에 앉았다. 붓을 계곡물에 적신 후 바위에 시 한 수를 적었다.

초당서 좋은 이야기로 시간 보내고 草堂淸話是佳期
구름 싸인 절벽 보니 더욱 기이하네 雲壁同看更一奇
시냇가 말 세우고 헤어지는 곳에 立馬溪邊分手處
홀로 갈 때 산엔 꽃과 새소리뿐 萬山花鳥獨歸時

김창협과 김수증이 헤어짐을 아쉬워할 때 진달래가 주변을 온통 붉게 물들이고 있었다. 말을 잊고 시로 아쉬움을 달래는 적막감을 온통 새소리가 채우고 있었다. 아름다운 아쉬움의 이별 장소가 원화벽 아래였다. 원화元化는 천지조화의 위대한 작용을 가리키는 말

원화벽

이다. 우뚝 선 절벽을 보고서 천지조화의 위대한 걸작품이란 생각
을 떠올리지 않을 수 없었을 것이다.

　이별 당시 김창협도 시를 한 수 짓는다. 「큰아버지가 곡운谷雲에
들어가실 적에 원화벽까지 전송했는데, 아들 숭겸이가 시를 짓자
그에 화답하다」이다.

봄 흥취 무슨 수로 억누를쏘냐 春興那能免
그윽한 경치 유람 이곳이 제일 幽尋此更偏
이름 모를 새 소리 얼핏 들리고 乍聞啼鳥怪
노송은 여기저기 쓰러져 있네 屢惜老松顚
천 굽이 돌 비탈엔 개울 치닫고 溪觸千回磴
한 조각 하늘가엔 봉우리 우뚝 峯侵一握天
떠나가는 말머리에 구름 피는데 白雲生馬首
가는 사람 남는 사람 모두 아쉽네 去住兩悠然

김수증은 원화벽 아래서 조카와 헤어진 후 도마치고개를 넘어 사창리 화음동정사로 돌아갔다. 사창리와 포천을 잇는 고개는 도마치고개 말고도 다라치가 있지만, 조카가 은거하는 곳으로 가려면 도마치고개가 제일 빠른 곳이라 이곳을 넘나들곤 했다. 김수증을 만나려고 사창리 화음동정사로 향하던 많은 사람들도 이곳을 오르내렸다. 겸재 정선은 김수증이 경영하던 곡운구곡을 화첩에 남겼는데, 이 고개를 넘었을 것이다. 김창흡金昌翕, 1653~1722은 도마치고개를 넓히기 위해 돈을 모으기도 했으며, 박제가朴齊家, 1750~1805는 원화벽에서 시를 한 수 짓고 도마치고개를 넘다 또 시를 남겼다. 김수증은 도마치고개[倒馬峙]를 백운령白雲嶺으로 바꾸기도 했다. 경기도 포천과 강원도 화천을 이어주던 도마치고개를 예술가와 문인들이 넘나들며 시문을 남기곤 했다. 전국을 유람하다 사창리에서 잠시 한을 삭이던 김시습도 도마치고개를 넘었을 것이다.

이제 원화벽 아래는 백패킹backpacking하는 이들의 세상이다. 트래킹 하는 이도, 암벽 하는 이도 어쩌다 보인다. 한여름엔 피서객이 원화벽 아래 흐르는 물에 탁족을 한다. 김창협도 답답하면 아들을 데리고 원화벽을 찾곤 했다. 『농암집』에 「여러 사람과 숭겸을 데리고 원화벽 아래에서 함께 놀다가 나물을 뜯어 밥을 짓다」가 실려 있다. 다섯 수 중 첫 번째 시다.

아이며 관 쓴 사람 크고 작은 예닐곱이　童冠參差六七人
봄놀이 나온 모습 무우대(舞雩臺) 고사 같네　羣游頗似舞雩春
푸른 시내 앉았자니 실바람 지나가고　靑溪坐久微風度
산꽃이 제멋대로 복건 위에 떨어지네　隨意巖花墜幅巾

무우대舞雩臺는 기우제를 지내는 곳으로, 지대가 높고 숲이 있는 대臺이다. 세상의 속박을 벗어나 자연 속에서의 낙을 즐기는 것을 뜻한다. 공자가 증점을 위시한 몇몇 문인에게 각자의 뜻과 포부를 말해보라고 했을 때, 증점은 세상에 나가 훌륭한 정치를 펴보고 싶다는 이들과 달리, "늦은 봄에 봄옷이 만들어지면 갓을 쓴 어른 대여섯 명과 동자 예닐곱 명과 함께 기수에서 목욕한 뒤에 무우에서 바람 쏘이고 흥얼거리며 돌아오겠습니다."고 말함으로써 공자의 동의를 얻었다.

　김수증을 애도하는 제문을 더 읽어본다. 제문임에도 즐거웠던 기억으로 마음이 가벼웠다. 김수증은 원화벽 아래에 이르렀을 때 주변이 온통 진달래로 붉게 물든 것을 보고 자신도 모르게 마음이 가벼워졌다. 말에서 내려 바위에 시 한 수를 짓기까지 했다. 배웅하던 김창협도 봄 홍취 어찌 누를 수 있냐며 경치 유람은 원화벽이 제일이라고 한껏 들떴다. 그러나, 원화벽 아래에서 이별한 후 어떤 일이 벌어졌던가. 제문은 이어진다.

그런데 그해 10월에 숭겸이 죽고, 그로부터 5개월 뒤에 선생이 또 세상을 버리셨습니다. 저번 유람했을 때부터 겨우 눈 한 번 돌리는 사이에 이런 일이 일어난 것입니다. 게다가 오씨 처도 숭겸보다 3개월 앞서 죽고, 이제 또 이씨 처마저 죽었습니다. 이들은 모두 지난번 선생이 이끌고 산수 속에서 노닐던 사람들입니다. 불과 몇 년 사이에 거의 다 죽고 저만이 노병이 든 채 죽지 않고 외로이 세상에 남았으니, 천지를 둘러봐도 의지할 곳이 없게 되었습니다. 훗날 다시 옛 산으로 돌아간들 지난날의 즐거움을 어디에서 다시 얻을 수 있겠습니까. 말을 매어두고 수레에 버팀목을 고인 채 문을 닫고 들어앉아 여생을 마칠 뿐, 다시는 동쪽 계곡으로 가는 길을 묻지 않을 것입니다.

아버지 김수항이 진도에서 사사되자 백운산 자락에 은거하기 시작한 김창협에게 시련이 파도치듯 끊임없이 닥쳤다. 사랑하는 아들의 죽음만으로도 견디기 어려운데, 누이가 앞뒤로 세상을 떴고 백부의 제문을 써야 하는 지경에 이르렀다. 더 즐거운 일이 있을까. 말을 매고 수레를 고인 채 자신을 유폐시켜야만 했다.

답답하면 찾던 곳이 원화벽이었다. 여럿이 소풍 삼아 유람하기도 했다. 아는 분이 찾아오면 이곳까지 와서야 아쉬움을 달래곤 했던 이별의 장소다. 화천 사창리를 향하던 문인들이나 예술인들이 원화벽 아래 바위에 앉아 물에 발을 담그기도 했다. 김창협은 이곳에 집 한 칸을 짓고 살고 싶었다. 아들하고 자주 나들이하던 곳이었다. 숭겸은 시에 뛰어나 아버지가 선창하면 번번이 화답시를 지어 올려 아버지를 즐겁게 했었다. 아들만 보면 든든하였다. 늘 미소 짓게 하던 아들이 19살에 요절하였다. 김창협은 다시는 시를 짓지 않았다.

다만 구불구불한 바위일 뿐

# 와룡암

　포천 성동리에서 이동으로 가는 길은 관음산과 풍혈산이 만든 긴 골짜기를 통과해야만 한다. 백운산에서 발원한 물은 이동면 일대를 적신 후 골짜기를 빠져나가 한탄강으로 향한다. 청량한 물이 빠져나가는 이곳을 물이 풍부해 수동水洞이라고 불렀다. 지금은 수입리로 바뀌었다. 포천에서 백운산으로 향하는 조선시대 유람객도 이곳을 거쳐야만 했다.

　박순朴淳, 1523~1589은 백운산으로 향해 가다가 「수동水洞 가는 길에」를 짓는다.

　청량한 계곡물 산에서 밖으로 보내고　溪水泠泠送出山
　절에서 잔 나그네 구름 끝서 내려오네　雙林宿客下雲端
　봄날의 경치 남제(南帝)와 사귀니　　東君物色交南帝
　길 양쪽 꽃가지 말안장 스치네　　　挾路花枝拂馬鞍

　계곡을 빠져나가는데 보이는 것은 청량한 물뿐이다. 산 사이로 흘러 내려오는 물이 마치 산이 바깥세상으로 내보는 것처럼 보인다. 물만 보이더니 저 멀리 사람이 보이다. 마치 구름 끝에서 내려오는 것 같다. 쌍림雙林은 부처님이 열반할 때 사방에 한 쌍씩 서 있던 나무를 말한다. 뒤에 사찰의 이름에 많이 붙여졌고, 이로 인해 절을 뜻하는 말이 되었다. 여기서 쌍림은 백운산에 있는 백운사를 가리킨다. 저 멀리 보이는 사람은 백운사에서 하룻밤을 보낸 뒤 귀가하는 선비일 것이다. 때는 봄날, 주변은 온통 꽃 세상이다. 말 타고 가노라니 꽃잎이 말안장을 스친다. 물만의 세상이 아니라 꽃의 세상인 수동水洞의 모습이다.

남유상南有常, 1696~1728도 수동을 지나다가 갈치천葛稚川의 동음풍패洞陰風珮로 운을 삼아 시 네 수를 짓는다. 갈치천은 진나라 때 신선인 갈홍葛洪의 자이다. 그의 「세약지洗藥池」에 "골짜기 그늘진 곳은 늘 시원하고, 바람은 패옥 소리인 양 맑고 맑네.[洞陰泠泠, 風珮清清]"라는 구절이 있는데 동음풍패洞陰風珮는 여기서 따온 것이다. 동음洞陰은 영평永平의 옛 지명이기도 하다.

산촌은 적막하여 텅 빈 것 같고  山村寂若空
한낮에서야 안개 조금씩 걷히네  亭午烟稍動
무성한 꽃 언덕에 줄지어 있고  藹藹花連岸
청량한 물 계곡을 가로 흐르네  泠泠水橫洞
바위와 숲은 우뚝 위로 솟고  巖林上峭蒨
수려한 색은 여느 것과 다르네  秀色方異衆
선원(仙源)에 아직 이르지 못했는데  仙源却未到
정신과 마음은 이미 맑아지네  神志已清竦
치천(稚川)이 예전에 한 노래로  稚川古有言
발길 멈추고 시 지어 읊조리네  植杖一成誦

선원仙源은 신선이 사는 곳이다. 무릉도원의 다른 말이다. 수동을 지나 펼쳐진 마을은 도연명이 지은 「도화원기」 속 별천지다. 어부가 강을 거슬러 올라가던 중 복사꽃이 피어 있는 수풀 속으로 들어간다. 숲의 끝에 이르러 강물의 수원이 되는 깊은 동굴을 발견한다. 동굴을 빠져나오니 평화롭고 아름다운 별천지가 펼쳐진다. 그곳 사람들은 전란을 피해 이곳으로 왔는데, 그때 이후 수백 년 동안 세상과 단절된 채 지내왔다고 한다. 언덕에 줄지어 꽃 피어 있고, 그 사이를 흐르는 물은 무릉도원으로 가는 길이다.

허목許穆은 백운산을 설명하는 글 중에 "영평현 관청에서 동쪽으로 20리 가면 수동에 와룡대臥龍臺가 있다. 물 가운데 석대石臺의 길이가 수십 길이며 물이 깊고 바위가 많다. 시냇가는 온통 키 큰 소나무에 길게 뻗은 골짜기다."라는 대목이 보인다. 수동을 가로질러 흐르는 시냇물 가운데 있는 바위와 주변 경관을 보여준다. 수십 길 되는 바위의 이름은 와룡대臥龍臺다. 와룡암을 와룡대라 부르기도 했으며, 당시에 명승지였다는 것을 알 수 있다.

이현익李顯益, 1678~1717이 1708년에 지은 「동유기東遊記」에도 수동 일대가 등장한다. "응봉을 지나 수동으로 향하는 물가 주변의 수석은 여러 군데 앉아볼 만한데, 그 중 와룡암이 더욱 아름답다. 거세게 흘러드는 물줄기에 암석들이 굴곡지게 어지러이 놓여있다." 이현익은 와룡대를 와룡암이라 적었다. 물속에 있는 바위가 누워 있는 용과 같아 와룡암이라고 부르며 옛날에는 용곡소龍谷所라 하였다고 『영평군읍지永平郡邑誌』는 알려준다.

남유상은 '동음풍패'로 운을 삼아 수동, 와룡암, 청령뢰, 선유담을 노래했는데, 그 중 '음陰'자로 운을 삼아 와룡암을 노래한다.

감돌던 시내 푸른 못에서 잔잔하고　溪回綠潭平
꽃과 나무는 짙은 그늘서 조용한데　花木靜陰陰

와룡암은 가운데서 뒤척이고 龍巖中宛轉
제비는 앉아서 의관을 벗으며 燕坐解巾簪
물고기 맑은 물결서 뛰어오르고 嘉魚躍淸波
새는 큰 나무 숲에서 지저귀네 好鳥鳴高林
맑게 씻긴 산 맘껏 멀리 보다 山晴恣遠眺
경치 맘에 들어 찾아갈 곳 잊고 境愜忘前尋
거니노라니 어찌 걸맞지 않으랴 逍遙豈不適
참으로 지금 한 곡조 읊조리네 歎詠亮自今

평상시에는 상반신이 물 위에 떠 있다가 물이 줄면 차츰 용의 몸
으로 변한다. 마치 승천하는 용을 바라보는 것 같아서 와룡암이 되
었다. 그러나 와룡암이 시냇물을 막아 홍수 피해를 일으킨다는 주
민들의 요청으로 파괴되는 어처구니없는 일이 발생하고 말았다.
용의 모습을 한 와룡암은 영평팔경 중 하나였으나, 허망하게도 늠

와룡암

름한 모습은 옛 문헌 속에만 남게 되었다.

이러한 일을 이미 오래전에 예상했을까. 남유용南有容은 「유동음
화악기遊洞陰華嶽記」에서 "와룡암은 뛰어난 이름으로 금수정 백로주
와 함께 언급하지만 막상 와서 보니 볼만한 것이 없다. 다만 구불
구불한 바위일 뿐이다."라고 혹평을 하였다. 지금 훼손된 와룡암
을 보고 평가한 것 같다.

장엄하고 이국적인 슬픔

# 아트밸리와 포천석

여느 시골과 같은 풍경이 연속된다. 좁은 길은 구불구불 골짜기로 들어간다. 듬성듬성 민가와 상가가 눈에 띨 뿐이다. 이 길을 석재를 실은 트럭들이 질주하였을 것이다. 시도 때도 없는 발파 소리에 가슴이 철렁이곤 했을 것이다. 이제는 먼지 날리던 길가엔 아트밸리임을 알리는 알록달록한 깃발이 바람에 흔들린다. 반갑게 손짓을 하는 것 같다.

산속에 들어서자 다른 세상이다. 이곳이 버려진 채석장이었다니. 티켓을 끊으면 돌문화전시관에 먼저 들려야만 한다. 이곳은 아트밸리의 역사가 기록된 곳이다. 아트밸리는 1960년대부터 30여 년간 화강암을 채석하던 채석장이었다. 산업화가 가속화하던 시기, 수도권 중심으로 도로포장 등 기반 시설을 갖추기 위한 돌 수요가 급증했다. 포천은 우리나라 3대 화강암으로 꼽히는 포천석과 수도권 지역이라는 지리적 이점으로 채석장 인기가 좋았다. 포천석은 재질이 단단하고 무늬가 아름다워 건축물의 자재로 많이 쓰였다. 전시된 돌들과 완성품들이 예전의 영화를 말해준다. 90년대 중반부터 양질의 돌이 생산되지 않자 채석장은 버려지게 되었다.

모노레일을 타지 않고 천천히 걸으니 주변이 더 정확하게 들어온다. 왼쪽으로 큼지막한 바위가 눈에 들어온다. 낭떠러지라는 의 낭바위라 부르는 바위다, 정창국이라는 사람이 병자호란 때 변

낭바위

방을 지키다 병사하자 부인인 창원 유씨가 남편의 숭고한 뜻을 기리고 절개를 지키고자 뛰어내려 자결했다는 전설을 들려주는 바위다. 낭바위는 지질 용어로 토르Tor, 탑바위 또는 선바위라 한다. 지하에서 압력을 받고 있던 암반이 지표에 노출될 때, 압력이 사라지면서 수평·수직 절리가 발달하게 되고, 이후 절리를 따라 물과 바람 등에 의해 풍화가 진행되는데 그 중 암괴로 남아 있는 것이 토르다.

포천시는 폐채석장을 문화와 예술로 치유하고 환경을 복원해 복합 문화예술공간으로 재탄생시켰다. 모노레일 하차장 위에 산마루공연장과 천문과학관이 보인다. 하차장 오른쪽은 천주호다. TV 드라마 '달의 연인', '푸른바다의 전설' 등의 촬영지이기도 하다. 화강암을 채석하며 파들어 갔던 웅덩이는 샘물과 비가 유입되면서 호수가 되었다. 천주호를 둘러싼 석벽은 기이한 느낌을 준다. 장엄하면서도 신비하고, 몽환적이면서도 이국적이다. 암벽을 자세히 보니 천공기로 뚫은 흔적과 정을 맞은 자국이 보인다. 종국에는 가슴이 아파온다. 아름다움을 느끼고 환호성을 지르다가 이내 숙연해진다.

하늘공원 산책길 옆에 쌓아놓은 돌탑은 채석하고 남은 돌덩어리다. 야외공연장으로 내려가는 계단 옆 석벽도 온전치 못하다. 이런저런 상처가 보인다. 방치하지 않고 친환경 문화예술 공간으로 조성한 것에 감사할 따름이다. 조각공원은 또 다른 볼거리다. 플라워아트, 양말목 공예, 가죽 공예 등을 즐길 수 있는 체험 콘텐츠도 풍성하다.

내려오는 길옆에 채석하던 당시를 형상화한 작품이 눈길을 끈다. 천공기로 바위에 구멍을 뚫고 망치로 짜개를 박는 모습이다. 실제로 구멍이 여기저기 보인다. 채석허가 구역에 경계 표시를 한 페인트 흔적도 남아 있다. 개발과 보존은 좀처럼 양립하기 힘든 주제다. 해결책의 실마리를 아트밸리가 보여주는 것 같기도 하다. 내려오는 발걸음은 가벼운 듯 무겁다.

경치와 사람, 그리고 시문
# 백로주


아름다운 경관은 시선을 끈다. 주변에 알려지면서 많은 사람들의 발길이 이어진다. 유람 온 이들은 잠시 노닐다 돌아가지만 아주 눌러앉는 경우도 있다. 유명한 이가 머물면 경치뿐만 아니라 사람을 만나러 오기 때문에 더 유명해진다. 이것만으로는 어딘가 부족하다. 찾은 이들이 감흥을 이기지 못하고 노래를 부르거나, 시를 짓거나, 그림을 그린다. 여행기를 남기기도 한다. 오랜 시간이 지나며 상당한 양이 축적되면 아름다운 경관은 어느새 의미 있는 문화공간이 된다. 단순한 풍경에서 특별한 의미를 지닌 장소가 되었다.

포천천에 있는 백로주白鷺洲는 위와 같은 조건을 갖춘 곳이다. 백로주를 언급할 때 늘 인용하는 것이 중국 시인 이백의 「등금릉봉황대登金陵鳳凰臺」다. "삼산은 푸른 하늘 밖으로 봉우리만 보이고, 강물은 백로주에서 두 갈래로 나뉘네[三山半落靑天外 二水中分白鷺洲]" 백로주는 이수二水가 갈라지는 곳에 있는 모래톱이고, 삼산三山은 세 봉우리로 이루어진 산이다. 이백의 시는 워낙 유명해서 물을 두 갈래로 갈라지게 하는 전국의 모래톱은 백로주라는 이름을 갖게 되었다.

포천의 백로주도 커다란 바위로 인해 생긴 모래섬이 포천천을 두 갈래로 흐르게 만들었다. 모래톱만 있는 것이 아니라 우뚝한 바위가 주변을 압도할 정도로 웅장하기에 눈길을 끌었다. 시내 좌우에서 가운데 바위를 옹호하는 듯 바위가 마주 보면서 균형을 맞춘다. 큰길 옆이라 오고 가는 이들의 눈에 쉽게 뜨였고, 여행객들은

백로주

잠시 말에서 내려 쉬면서 경치를 감상하곤 했다. 허목許穆은 「백로
주기」에서 "청성靑城: 포천의 물은 칠리탄을 지나 휘돌아 깊은 못이
된다. 중류에 바위섬이 있는데, 오래된 소나무 수십 그루가 창연히
바위 위에 줄지어 서 있고 양쪽 기슭은 모두 짙푸른 기암절벽이다.
바위가 없는 곳은 모래로, 이것이 이른바 백로주다."라고 묘사한
다. 성해응成海應은 백로주를 더 자세하게 그린다.

백로주는 영평현 남쪽 큰 길 가에 있다. 포천의 물이 만세교에 이르러 영
평 금수산 남쪽의 물과 합해지는데 이곳에 이르러 가운데서 나뉘었다가
수십 보를 가서 다시 합쳐진다. 큰 돌이 그 사이에 울퉁불퉁한데 높이가 수
십 자에 달한다. 무릇 3층으로 층마다 단풍나무와 소나무가 자란다. 네 면
이 모두 맑은 못이기에 이백의 시 "두 물이 가운데서 나뉘는 백로주"의 구
절을 취하여 이름 지었다. 지금 물길이 다시 바뀌어 두 갈래가 합쳐져 하나
의 갈래가 되었다. (중략) 동쪽 벼랑 석벽 또한 기이하고 뾰족하다.

포천에서 흘러오던 물이 백로주의 바위를 만나면서 물길이 두 갈래로 나뉘는 모습, 수십 자에 달하는 바위, 3층 바위 곳곳에 자라는 단풍나무와 소나무, 바위를 둘러싼 맑은 못 등이 어김없이 눈길을 끌었다. 물 가운데 바위를 백로가 물을 건널 때 머리를 까닥거리는 모습으로 묘사하기도 했다.

아름다운 경치를 사랑한 이는 이곳에 눌러앉았다. 양사언楊士彦의 아들 양만고楊萬古, 1574~1655는 이곳에 별장을 짓고 살면서 아름다운 경치에 명성을 더하였다. 그는 통진부사를 지냈으며, 아버지의 영향을 받아 서예와 문장에 두루 능하였다. 이하진李夏鎭, 1628~1682은 「금강도로기金剛途路記」에서 북쪽 사람이 우연히 왔다가 이곳을 사랑하여 떠나지 못하고 집 짓고 살았다는 말을 실었다. 병조참판, 우승지, 양주목사 등을 역임한 신석우申錫愚, 1805~1865도 1834년에 백로주와 인연을 맺는다. 백로주 옆에 정자를 짓고 즐겼다. 백로주장白鷺洲庄에 대한 글을 지어 그간의 일들을 기록하였다. 마을 사람들이 백로주 옆 절벽에 정자가 있었다고 신석우에게 말한 것으로 보아 신석우 이전에도 이곳의 풍경을 사랑했던 사람이 한두 명이 아니었다.

백로주의 주인인 양만고에게 이명한李明漢, 1595~1645이 시를 지어 주면서[寄題白鷺洲楊道一新居] 백로주는 더 주목을 받기 시작했다. 후세 사람들은 너나없이 이명한의 시에 화운하여 시를 짓는 것이 관례가 되다시피 했다.

몸은 백로주가 백로와 같고 身如白鷺洲邊鷺
마음은 백운산 위 구름과 같네 心似白雲山上雲

홀로 읊조리며 돌아올 줄 모르니 孤吟盡日不知返
구름과 백로 가면 누구와 노닐까 雲去鷺飛誰與群

백로는 희고 깨끗하여 청렴한 선비로 상징된다. 몸[身]은 시를 짓는 이명한일까. 아니면 시를 받는 집주인 양만고일까. 마음도 마찬가지다. 백운산 위 흰 구름은 이명한의 마음일 수도 있고 양만고의 마음일 수도 있다. 백로와 구름은 속세를 벗어난 고결함을 은유한다. 욕망을 벗어놓고 백로와 구름을 벗 삼으며 시간 가는 줄 모른다. 그러나 그들은 유한하다. 구름은 흘러가고 백로도 둥지로 돌아간다. 혼자 남게 되었으니 이제는 누구하고 놀아야 하는가. 변함없이 벗하여주고 위안을 주는 것은 백로주뿐이다.

이명한의 손자인 이희조李喜朝, 1655~1724가 영평에서 송시열을 만났다. 이희조는 백로주 바위에 할아버지 시를 새긴 글자가 너무 작아 닳아 이지러지기 쉬우니 다시 글씨를 써 주길 부탁한다. 아울러 할아버지 시에 화답해주길 요청한다. 송시열은 이명한의 시를 써 주고 「백로주에서 이명한의 운에 차운하여 시를 짓는다」를 남긴다.

산은 백운이요 물가는 백로라 山號白雲洲白鷺
산은 백로 같고 백로는 구름 같네 山如鷺白鷺如雲
잠깐 사이 구름 흩어지고 백로 날아가니 須史雲散鷺飛去
도리어 해오라기 나의 친구 되어 주네 還有沙鷗爲我羣

17세기 중엽 이후 붕당정치가 절정에 이르렀을 때 노론의 영수이자 사상적 지주로서 활동했던 송시열, 그는 결국 1689년 숙의장씨가 낳은 아들(뒤의 경종)의 세자책봉이 시기상조라 하여 반대하는 상소를 올린다. 숙종의 미움을 받아 모든 관작을 삭탈당하고 제주로 유배되었다. 그해 6월 국문을 받기 위해 서울로 압송되던 길에 정읍에서 사약을 받고 죽었다. 비정한 정치의 한복판에서 얼마나 많은 이합집산을 겪었을까. 권력을 따라 입장을 바꾸는 사람들은 얼마나 많았을까. 잠깐 사이에 흩어지는 구름 같고 날아가는 백로 같았으리라. 여기서 백로는 이명한의 시에 등장하는 고결한 이미지가 아니다. 권력을 좇는 벼슬아치다. 배신이 난무하는 속에서도 변치 않는 친구는 백로주에서 노니는 해오라기다.

이 밖에도 많은 시인들이 백로주를 노래함으로써 포천 백로주를 모르는 사람이 없을 정도가 되었다. 한시뿐만이 아니다. 백로주 유람을 여행기에 남기기도 했다.

이하진李夏鎭, 1628~1682은 「금강도로기金剛途路記」에서 백로주와 주변 풍경을 자세하게 묘사하였다.

> 안개를 무릅쓰고 길을 나서서 25리를 가서 영평 땅에 도착하였다. 백로주라 일컫는 곳을 오르니 물가 좌우 모두 돌여울이다. 물이 동쪽에서 돌면서 못이 되었다. 맑아서 볼만하다. 물고기 수천 마리가 백로주 아래 와서 모인다. 백로주는 커다란 바위가 물 가운데 우뚝 섰는데 높이는 8~9장 쯤 되며 동서로 수십 보 남북으로 8~9보다. 바위는 높고 낮은 이층이다. 5~60명이 앉을 수 있다. 소나무가 위에 줄지어 서서 햇볕을 가려 정자를 만든다. 틈에 단풍나무가 자란다. 가을이 아직 이른데 잎끝이 모두 붉다. 가운데 이백주(李白洲)와 조용주(趙龍洲)의 7언절구를 새겼고, 양만고도일(楊萬古道一)의 작품은 뒤에 붙였으니 기뻐할 일이다. 양쪽 언덕에 깎아지른 바위가 절벽이 되고 천 길 구불구불한 소나무가 무성하다. 잎은 크고 줄기는 짧은 억새가 성근 대나무를 대신하고 산국은 벼랑을 덮었다. 색깔이 흰색 누런색이니 이것이 삼경(三徑)이다.

물 가운데 바위의 모습보다 햇볕을 가릴 정도로 우거진 소나무에 눈길이 간다. 바위틈에 붉은 단풍나무도 마찬가지다. 지금은 볼 수 없는 풍경이다. 시내 양쪽 바위 절벽을 뒤덮던 소나무와 억새, 그리고 산국도 글 속에서나 볼 수 있다. 소나무는 남아 있지만 노송의 자태를 보여주진 않는다. 억새와 산국은 찾아보기 힘들다. 상황이 이러하니 삼경三徑을 찾을 길이 없다. 삼경은 시골로 돌아가서 은거하는 생활을 말한다. 한나라 장후蔣詡가 뜰에 오솔길 세 개를 내고 송松, 국菊, 죽竹을 심은 고사가 있다. 도연명의 귀거래사歸去來辭에도 "세 오솔길은 황폐해졌으나 소나무와 국화는 그대로 남아있네[三徑就荒 松菊猶存]"란 구절이 있듯이 은자의 생활을 뜻한다. 이곳이 은거하기에 적절한 곳임을 알려주는 징표다.

삼경이 사라진 것도 아쉬움을 주지만 더 애석한 것이 있다. 이백주李白洲는 이명한李明漢을, 조용주趙龍洲는 조경趙絅을, 양만고도일楊萬古道一는 양만고楊萬古를 가리킨다. 세 사람의 시가 백로주 가운데 바위에 새겨져 있었다고 이하진의 여행기는 알려준다. 오원吳瑗, 1700~1740도 「금성소기金城小記」에서 가운데 바위에 세 사람의 시가 새겨져 있노라고 알려준다. 그런데 아무리 찾아도 새겨진 시가 보이지 않는다.

이명한의 손자인 이희조가 송시열을 만나 받은 글씨와 시를 태수 박공朴公에게 함께 새겨주기를 부탁한 후 벼슬길에 바빠 7년이 지나도록 확인하지 못하였다. 이후 평강으로 가는 길에 새로 새긴 것을 보니 옛날 새긴 곳에서 서쪽으로 수십 보 떨어진 시내 건너 조금 후미진 곳에 있는 것이 아닌가. 유람하는 사람은 보지 못하는 경우가 많고, 예전에 새긴 것을 보고서 새긴 것이 단지 이것이라 여겨 다시 새로 새긴 것이 있는 것을 찾아보지 않으며, 우암 선생의 시 아래에 표시된 바가 없어 보고서도 어떤 사람이 지은 작품인지 알지 못할 것이라고 걱정한다. 이희조의 「봉별적곡김영장유영평산수서奉別赤谷金令丈遊永平山水序」의 내용이다. 이희조는 박공에게 새겨줄 것을 부탁한 후 7년 뒤에 확인하게 된다. 송시열이 새로 쓴 할아버지의 시와 송시열의 시는 서쪽 절벽 바위에 새겨져 있는 것을 확인하였다. 그렇다면 서쪽 바위에 새겨진 글씨는 '백로주白鷺洲'뿐만 아니라 이명한과 송시열의 시가 있어야 한다.

여러 연구자에 의해 서쪽 바위에 한시가 새겨진 것이 발견되었다.

산에는 흰 구름 물가엔 백로 있는데 山有白雲洲白鷺
구름은 백로 따라 백로는 구름 따라 가네 雲隨鷺去鷺隨雲
산의 구름 물가의 백로 서로 따르는 그곳에 山雲洲鷺相隨處
나 또한 한가롭게 한 무리 되었네 我亦閒情共一群

소주素洲란 호가 새겨져 있으나 누구의 호인지 아직 밝혀지지 않았다. 소주의 시 밑에 두 편의 시가 새겨진 흔적이 보인다. 마모가 심하여 확인하기 어려우나 이희조의 글에 따르면 이명한과 송시열의 시일 것이다. 시 왼쪽 위에 박원영朴愿榮, 박승희朴承熙, 승익承益, 아들 준상浚相이 이름이 보인다. 백로주 글씨 위쪽엔 박철화朴哲華, 박승혁朴承赫, 박만영朴晚榮, 아들 희습熙習, 희우熙羽, 희한熙翰, 희흡熙翕 등의 이름이 새겨져 있다.

물을 건너 가운데 바위에 올랐다. 할아버지 이명한의 한시를 새긴 글씨가 닳아 없어질 것을 염려한 이희조의 예상대로 이명한 한

백로주

시의 흔적을 찾을 수 없다. 함께 새겨진 조경과 양만고의 한시도 마찬가지다. 바위 서쪽 아랫부분 넓게 경사진 곳을 살펴보면 인위적으로 새긴 글자 형태가 간혹 보인다. 여기에 새겼을 것이다. 바위 정상에서 동남쪽으로 향한 곳에 '평양북신平陽北辰'과 '만세입극萬世立極 중성공지衆星拱之'가 새겨져 있다. 기자箕子가 도읍한 곳은 평양平陽이며, 국호를 조선朝鮮이라 했다. 바로 이 땅이 기자가 도읍한 땅이라는 의미이다. 북신北辰은 북극성을 뜻한다. 공자는 "덕으로 정치하는 것은 비유하자면 북극성이 제자리에 머물러 있을때에 뭇별들이 그를 향해 받드는 것과 같다[爲政以德, 譬如北辰, 居其所, 而衆星共之]"라고 했다. 위정자들이 덕의 정치를 펼치며 국가를 다스리는 것은 마치 북극성이 그 자리에 가만히 있지만 뭇별들이 질서정연하게 떠받치고 운행하는 것에 비유한 것이다. '만세입극萬世立極 중성공지衆星拱之'는 '만세토록 북극성에 서시니, 뭇 별들이 받들어 모신다'로 해석할 수 있다. 화서학파인 유기일柳基一이 쓰고 이항로李恒老의 아들 이승응李承膺이 새긴 것으로 보고되었다.

성해응은 '동쪽 벼랑 석벽 또한 기이하고 뾰족하다'고 했는데, 동쪽 바위에도 유기일과 이승응의 흔적이 남아있다. 바위 중간에 "이승응李承膺 신응우申應雨 최ㅇ성崔ㅇ成 솔率 나유영羅有英 최재경崔載敬 조세옥趙世玉 위각북신석십이대자爲刻北辰石十二大字 용서龍西 지志"라고 새겨져 있다. 이는 "이승응·신응우·최ㅇ성이 나유영·최재경·조세옥을 거느리고 와서 북신석에 12자의 큰 글씨를 새겼으며, 용서가 쓰다."란 의미다. 용서龍西는 유기일의 호이다. 바위에 새겨진 글씨들은 백로주가 문화공간이라는 것을 확인시켜주는 확실한 증거다.

시가 많아야 할 필요 있는가
# 낙귀정

평생토록 부질없이 귀거래 한다 말만하며  平生漫說歸田好
반평생 지나도록 벼슬길 어려움 노래하네  半世猶歌行路難

　신흠申欽은『청창연담晴窓軟談』에서 지천芝川 황정욱黃廷彧, 1532~1607
은 문장에 깊은 조예가 있다며 그의 시구를 인용한다. 뜻이 매우 격
렬하다고 이어서 평한다. 격렬하다? 평온한 상태가 아닌 물결이 주
변 사물에 마구 부딪치는 것이다. 온순한 것이 아니라 세찬 것이다.
신흠은 황정욱의 시에서 귀거래하고 싶은 강렬한 소망을 간파했다.
귀거래하고 싶지만 하지 못하는 짙은 안타까움과 한탄을 느꼈다.
　황정욱은 포천시 영중면 거사리에서 출생하였다. 1552년 사마시
에 합격하고 1558년 문과에 급제하면서 바다와 같은 벼슬길을 항해
하기 시작했다. 선조의 등극은 순풍이었다. 선조는 매일 경연을 열
어 강론을 들었다. 황정욱도 경연관에 발탁되었다. 논조가 명쾌했
으며 알맞고 적절하였다. 이때 대학자 노수신盧守愼이 유배에서 풀려
나와 함께 경연에 참여하고, 기대승奇大升도 경연에 나와 경전을 강
론하였다. 세 학자의 해박한 지식과 조리 정연한 강론에 왕은 매료
되어 칭찬을 아끼지 않았다. 이때 이들을 3대 문사文士라 칭하였다.
　선조 13년인 1580년에 잔잔하던 바다에 파도가 일기 시작한다.
해주목사로 있던 그해 여름에 도망친 죄수 때문에 파직되어 영평
永平으로 돌아왔다. 바로 장악원 첨정, 예빈시 판관이 되었으나 병

으로 사직한다. 다시 진주 목사가 되었으나 병으로 귀향하여 파직된다. 1582년에 다시 벼슬길에 나가기 전까지 고향에 있었던 것 같다. 비록 이 시기는 벼슬길에서 잠시 이탈한 기간이었지만 가장 행복했던 시간이 아니었을까. 그 시절 시간이 나면 낙귀정樂歸亭에 오르곤 했다.

물고기 숲의 새 모두 천연의 모습이라 淵魚林鳥各天機
무성한 곳으로 돌아가 깊은 곳서 잊네 深處相忘茂處歸
나는 다른 사람과 같지 않으니 可是吾人不如物
일찍 정자에서 옷의 티끌 털어내네 早來亭上拂塵衣

파도가 넘실대는 바다가 아니다. 욕망이 사라진 잔잔한 바다와 같은 정자 주변이다. 이곳에서 황정욱은 벼슬을 하는 동안 찌들었던 먼지를 옷에서 툴툴 털어낸다. 제목이 「낙귀정에서」이다. 제목 옆에 낙귀정에 대해 설명을 한다. 낙귀정은 영평 지천芝川 가에 있다고. 낙귀정 앞에 흐르는 시내 이름이 지천이었고, 황정욱은 지천을 자신의 호로 삼는다.

당시 문단에서 이름을 떨치던 이들을 '호소지湖蘇芝'로 불렀다. 호음湖陰 정사룡鄭士龍, 소재蘇齋 노수신盧守愼, 지천芝川 황정욱黃廷彧의 호 앞 자를 딴 것이다. 장유張維는 세 사람에 대해 이렇게 평한다. "호음의 시는 조직이 정치하고, 소재의 시는 기격氣格이 웅혼한 가운데 작품의 양이 많아 성대하게 모여 있는 반면에, 지천의 원고는 근체시도 2백 수를 미처 채우지 못하고 고시에서 뽑아낸 가행歌行은 하나도 전하지 않는 등 적막하기 짝이 없었다. 그런데 남아 있는 시만 읽어 보더라도 자유분방한 가운데 기이하면서도 뛰어나 읽는 이를 압도하며 놀라게 한다. 이는 그가 독자적으로 이루어 낸 경지로서 그야말로 두 명의 대가와 서로 겨룰 만하다고 여겨졌다. 그러니 '지은 시가 어찌 꼭 많아야 할 필요가 있겠는가.'라고 한 두 보의 말이 당연하다고 해야 하지 않겠는가." 비록 작품 수가 많이 전해지지 않지만 독자적인 경지에 이르렀다는 격찬이다.

허균許筠도 칭찬의 대열에 함께 한다. 허균은 젊은 시절에 황정욱을 뵌 적이 있었는데 고금의 문예를 이야기함에 허여하는 바가 적어서 속으로 거만하다고 여기고 있었다. 후에 황정욱 시 1백여 편을 읽고서 긍지와 뼛셈과 웅숭깊고 넓은[矜持勁悍 森邃沈寥] 시세계를 보았다. 그것은 천년 이래 동떨어진 울림이었다. 황정욱의 시는 박상朴祥에서 나왔고 노수신과 정사룡의 사이를 넘나들면서 물결을 같이하지만 더욱 뛰어난 것이었다. 불행히 작은 나라에 태어나 재주를 다 채우지 못하였고, 또 천하와 후세에 이름을 떨치지 못한 채 인멸되어 전하지 않는 현실에 슬퍼하였다.

낙귀정의 아름다움은 정자 주변에 만발한 진달래꽃이다. 남유용南有容, 1698~1773은 「유동음화악기遊洞陰華嶽記」에서 "낙귀정은 황정욱이 머물던 곳인데 진달래꽃이 산을 에워싸고 만개하여 시내를 비치니 유람객과 어부가 모두 비단 병풍 안에 있는 것 같아 매우 기이한 구경거리다"라고 묘사할 정도였다. 박순朴淳, 1523~1589도 낙귀정의 미학을 진달래꽃에서 찾았다. 「낙귀정의 진달래꽃이 산 가득 만발한데 천연天然 스님이 내게 보러왔다고 알리다」를 짓는다.

진달래꽃 사원 같은 낙귀정에 만발하니　杜鵑花發招提境
붉은 곳에 해 비추자 꽃마다 불타는 듯　日照紅粧萬朶燃
손무의 진법처럼 궁녀는 들쭉날쭉　宮女參差孫武陣
축융의 하늘처럼 붉은 구름 어지럽네　火雲零亂祝融天
선정 멈춘 산승 맞아 같이 감상하려고　山僧罷定邀同賞
시골 노인 다정하여 채찍을 휘두르네　野老多情强着鞭
나이 어리다 나무라는 거 꺼리지 않고　不恨人譏學年少
지팡이 잡고 종일 벼랑 끝에 앉았네　扶筇終日坐崖巓

　정자 앞 시내 지천芝川에서 지초芝草 향기가 피어오를 것 같다. 정
자가 위치한 자그마한 언덕은 봄만 되면 진달래꽃으로 불타오른
다. 하늘도 붉게 물들 정도다. 정자에 오르면 시간 가는 줄 모르고
종일 있곤 했다. 지금은 상상하기 어려운 경치다. 지초 향기가 사
라진 지 오래다. 지천의 물도 예전의 맑은 물이 아니다. 정자 발치
엔 시멘트로 만든 수로가 허리띠처럼 가로 놓였다. 진달래는 뽑히
고 밭으로 개간되었다.
　1582년부터 다시 벼슬을 하다가 1584년에 명나라로 가게 된다.
당시 명나라는 태조 이성계의 부친이 이인임李仁任으로 잘못 기록
했는데, 새로 간행된 『대명회전大明會典』에도 "이인임의 아들인 이
성계가 모두 4명의 고려왕을 죽이고 나라를 얻었다"고 기록하였다.
조선에서는 바로잡아 달라고 요청했으나 시정 약속만 하고 실현되
지 못해 두 나라 사이에 심각한 외교 문제로 이어져 왔다. 이것을
해결하기 위해 여러 차례에 걸쳐 사신과 역관을 파견했으나. 뚜렷
한 결실을 얻지 못했다. 그러다가 선조 17년(1584)에 황정욱이 사
명을 완수하고 돌아오게 되었다. 선조가 모화관에 나아가 손수 황

정욱 일행을 마중하고, 종묘에 가 관련 사실을 고하였다. 선조는 2백년 골치를 해결한 황정욱 등에게 푸짐한 선물을 내렸다. 1590년에는 광국공신 1등으로 장계부원군長溪府院君에 봉해지고 예조판서가 되었으며, 이어 병조판서로 임명되었다. 영광스런 시기였다.

1592년에 임진왜란이 일어나면서 먹구름이 드리우기 시작한다. 왜군을 피해 회령으로 들어갔다가 두 왕자와 함께 포로로 잡혔다. 왜장이 선조에게 항복을 권유하는 글을 쓰도록 강요하자, 그는 거부하였으나 아들이 위협에 못 이겨 대신 쓴다. 이에 그 글은 거짓임을 밝히는 또 한 장의 글을 써 보냈으나 이를 입수한 체찰사가 항복 권유문만 보냈다. 이 일로 인하여 사형을 겨우 면하고 길주로 유배되었다가 1597년 풀려났으나, 복관되지 못한 채 생을 마쳤다.

이시성李時省, 1598~1668이 낙귀정을 찾았다.

여러 소나무 은은히 비치니 학이 깃들고  羣松隱映鶴曾巢
절벽에 가로 드리우니 이슬 끝에 맺히네  半壁橫垂滴露梢
정자 이름 낙귀정 마땅히 의미 있는데  亭號樂歸應有意
어떤 사람이 이곳에 다시 터를 잡을까  何人此地更誅茅

진달래꽃 흐드러지게 피는 봄날이 아니다. 찬 이슬 맺히는 가을
이었던 것 같다. 소나무만이 눈에 들어온다. 가지엔 황정욱인 양
학이 보인다. 황정욱이 떠나고 난 뒤 정자의 주인은 없고 학만이
지키고 있다. 귀거래를 읊으며 즐겁게 시골로 돌아오는 사람은 보
이질 않는다. 모두 파도치는 바다에서 죽을 줄 모르고 사투할 뿐이
다. 즐겁게 돌아올 자 그 누구인가.

시와 글씨, 그리고 승경

# 금수정

금수정의 즐거움 중 하나는 바위에 새긴 선인들의 글씨 찾기다. 초등학교 시절 소풍 가서 보물찾기할 때 느꼈던 홍분과 비슷하다. 허목許穆, 1595~1682은 「백운계기白雲溪記」에서 시내의 바위에 양사언楊士彦과 한호韓濩의 새긴 글씨가 있다고 알려준다. 채제공蔡濟恭, 1720~1799은 「금수정중수기金水亭重修記」에서 양사언과 한호의 필적을 어루만지면서 느낀 감격을 기록하였다.

글씨 탐방의 출발지는 안동김씨세천비 옆 평평한 바위에서 시작한다. 바위에 '금대琴臺'라고 새긴 글자가 흙에 파묻혀 지나치는 경우가 대부분이다. 바위로 이루어진 금대는 백운계를 바라보며 거문고를 타던 곳이다.

정자 앞에 시내로 내려가는 계단이 보인다. 바위를 깎아 만든 시멘트 농수로가 금수정 아래 바위 절벽을 가로지른다. 바위 절벽의 이름은 부운벽浮雲壁이다. 푸른 병풍을 활짝 펼친 듯한 이곳에 한호가 쓴 "병 속에 해와 달이 비추고, 취한 가운데 건곤을 바라본다.[壺中日月,醉裏乾坤]"라는 여덟 글자가 크게 새겨져 있다고 이민구李敏求, 1589~1670는 「금수정 시의 서문」에서 증언하지만 아무리 찾아봐도 찾을 수 없다. 농수로 공사를 하면서 사라졌을 가능성이 크다. 그렇지 않다면 큰 글씨가 사라졌을 리가 없다. 호중일월壺中日月은 신선 세계 속의 세월을 말한다. 동한東漢 때 비장방費長房이 시장을 관리하는 자리에 있었는데, 어떤 노인이 약을 팔면서 가게 앞에다가 술 단지 하나를 걸어 놓고 시장이 파하자 그 안으로 뛰어 들어갔다. 비장방이 누각 위에서 그 모습을 보고는 보통 사람이 아니라는 것을 알았다. 다음 날 노인과 함께 술 단지 안으로 들어갔다. 그곳에는 옥당玉堂이 있었으며 좋은 술과 기름진 안주가 끊임없이 나왔다. 이에 둘이 함께 마시고 취해서 나왔다고 한다. 취리건곤醉裏乾坤은 크게 취한 가운데 건곤조화乾坤造化의 실정이 갖추어져 있다는 뜻이다. 금수정이 있는 이곳은 신선이 사는 세계이고, 이곳에서 술 마시며 우주의 이치를 바라본다는 의미다.

부운벽에 남아 있는 것은 '금수정金水亭'뿐이다. 단아한 해서체로

깊게 새겼다. 대부분 이곳에서 되돌아간다. 양수장을 지나 제방에 설치된 수문을 넘어가야 '회란석廻瀾石'을 만날 수 있다. 글씨의 주인공은 조선으로 사신 온 허국許國이다. 1567년에 목종穆宗의 등극을 알리기 위해 조선에 왔다가 글씨를 남긴 것으로 보인다. 영평천 물줄기가 휘돌아 흘러가는 곳에 새긴 '회란석廻瀾石'은 첫 글자 '회廻'가 떨어져 나가고 '란석瀾石'만 남았다.

회란석 뒤에 '동천석문洞天石門'을 새겼다. '동천洞天'으로 들어가는 '돌문[石門]'이라는 뜻으로 한호의 글씨다. '동천洞天'은 '신선이 사는 별천지'를 뜻하며, 인간 세상에 모두 36곳이 있다고 한다. 예전엔 이곳을 통해 금수정을 올랐다. 이곳은 별천지로 들어가는 입구인 셈이다.

정자 밑 계단에서 아래로 내려가면 먼저 만나는 글씨가 '무릉武陵'이다. '무릉'은 도연명의 「도화원기桃花源記」에 나오는 무릉도원武陵桃源을 의미한다. 진나라 때 무릉의 어부가 복사꽃이 흘러 내려오는 물길을 따라 거슬러 올라갔다가 난리를 피해 들어온 사람들을 만났는데, 그곳이 워낙 선경이었다는 내용으로 되어 있다. 무릉과 같은 곳이 금수정이다.

백사장을 지나 시냇가에 모여 있는 바위로 가면 양사언의 글씨가 기다린다. 이민구는 「금수정 시의 서문」에서 정자로부터 서쪽으로 열 걸음 정도 가면 커다란 바위가 물가에 솟아 있는데, 그 위가 움푹 패어 술동이 모양을 이루니 일곱 말의 술을 담을 수 있고, 그 옆에 양사언의 시가 새겨져 있다고 알려준다. 이민구의 글은 두 가지 정보를 제공해준다. 술동이 모양의 바위와 그 옆에 새겨진 시는 양사언의 시라는 것이다. 양사언의 시는 『봉래시집蓬萊詩集』에

「금옹에게 드리다贈琴翁」라는 제목으로 실려 있는데, 제목 옆에 "금옹은 금수정 주인이다. 이 시를 준암에 새겼다.琴翁錦水亭主人也 刻此詩於尊岩"라고 설명한다.

녹기금 소리는 綠綺琴
백아의 마음 伯牙心
종자기가 그 소리 아는구나 鍾子是知音
한 번 연주하고 한 번 읊조리니 一鼓復一吟
시원한 바람이 먼 산서 불어올 제 冷冷虛籟起遙岑
강 달은 곱디곱고 강물은 깊도다 江月娟娟江水深

녹기금綠綺琴은 사마상여司馬相如가 일찍이 「옥여의부玉如意賦」를 지어 양왕梁王에게 바치자 양왕이 기뻐하여 사마상여에게 하사했다는 거문고이다. 거문고의 명인 백아伯牙가 높은 산에 뜻을 두고 연주하면 그의 지음知音인 종자기鍾子期가 "좋구나. 아아峨峨하여 태산과 같도다."하고, 흐르는 물에 뜻을 두고 연주하면 "좋구나. 양양洋洋하여 강하江河와 같도다."라고 평했다는 고사가 있다. 금수정 주인 금옹琴翁은 김윤복金胤福이고 양사언의 장인이다.
　양사언의 시는 그 옆에 하나 더 있었다. 정기안鄭基安, 1695~1767은 「유풍악록遊楓岳錄」에서 준암尊巖 옆에 절구 한 수가 새겨져 있다면서 시를 소개한다. 허균의 『학산초담』에 금수정錦水亭 시로 기록되어 있는데 정기안이 적은 것을 살펴본다.

비단 같은 물 은빛 모래는 마냥 잔잔한데 錦水銀沙一樣平
골짜기 구름 강비 속에 갈매기 산뜻하네 峽雲江雨白鷗明

진인 찾아 우연히 무릉도원에 들었거니 尋眞偶入桃源路
고기잡이배를 동구 밖으로 내몰지 마오 莫遣漁舟出洞行

정기안은 커다란 바위 가운데 오목한 곳은 술 일곱 말을 수용할
수 있어서 준암尊巖이라고 하는데 양사언의 필적을 새겼고, 준암
옆에 위 시를 새겼다고 기록했다. 조금 북쪽으로 가면 또 바위가
있는데 그곳에 노랫가락을 새겼는데 양사언이 짓고 쓴 것이라고
한다. (*白雲溪도 봉래의 글씨라고 한다.) 그렇다면 정기안이 말한
준암은 시내 가운데에 있는 커다란 바위를 말하는 것이고, 이민구
가 말하는 준암은 「금옹에게 드리다贈琴翁」를 새긴 바위를 말한다.
준암이 두 곳인 셈이다.

정기안이 준암과 양사언의 시를 언급하면서 시내 한가운데 커다
란 바위에 큰 글씨로 새긴 '경도瓊島'를 언급하지 않은 이유는 무엇
일까. '경도'를 쓴 주인공에 대해서는 설이 분분하다. 새겨진 시기
에 대해서도 분분하다. 다만 여기서는 '경도'가 신선이 산다는 전
설상의 섬으로, 선경을 가리키는 것에 주목한다. 위에서 살펴본 호
중壺中, 동천洞天, 무릉武陵, 도원桃源 등과 같은 의미를 지닌 별유천
지비인간別有天地非人間인 선계仙界를 뜻하기 때문이다. 금수정 주변
은 온통 속계가 아닌 선계다.

선계는 금수정만으로 이루어지지 않는다. 주변의 경관과 조화를
이루사 비로소 무릉도원이 되있다. 백운산에서 시작한 물은 포천에
서 흘러오는 물과 만나 몸집을 키운다. 들판을 유장하게 흐르다가 소
머리 형상을 한 바위에 부딪치며 깊은 못을 만들고 꺾어지며 흘러간
다. 소머리 형상은 금수정이 앉아 있는 언덕이고 깊은 못은 우두연牛

경도

頭淵이다. 금수정 주변의 시내는 백운계白雲溪다. 백운계 가운데 커다란 바위가 경도瓊島다. 경도 건너편 산은 소고산小姑山이다. 이민구는 '금수정 팔영金水亭八詠' 중 「소고산의 저녁빛[姑山暮色]」을 꼽았다.

강 건너에 노고산 가까운데　隔水姑山近
푸르른 저녁 빛 짙어 오네　蒼然暮色來
인생은 천지조화에 얽매이니　人生拘大化
누군들 바삐 가는 이 길 면하랴　誰免此行催

금수정을 유람하는 시간은 대부분 한낮이다. 정자에 올라 멀리서 들판을 헤치며 흘러오는 시내를 바라보곤 한다. 금수정의 온전한 아름다움을 체험하려면 노을이 지는 저녁에 정자 남쪽 노고산과 붉게 변하는 하늘을 바라보아야 한다. 시냇가에 있는 바위만 보고 발걸음을 돌리는 것은 금수정의 진면목을 포기하는 것이다. 저녁 시간이 지나 주위가 깜깜해질 때까지 기다려야 한다. 이민구는 「동대의 초승달[東臺新月]」을 또 하나의 아름다움으로 꼽는다.

백사장 손바닥처럼 평평하고　沙面平如掌
동쪽 봉우리에 달이 막 떠오르네　東峯月上初
누가 알랴 티 없는 거울이　誰知無累鑑
밤마다 허공 비추는 줄을　夜夜照空虛

정자 옆에 있는 것이 동대東臺다. 모래는 깨끗하고 바위가 있어서 백 명 이상 앉을 수 있다. 푸른 숲이 장막처럼 펼쳐져 여름에도 더위를 식혀 주는 곳이다. 이것이 전부가 아니다. 이곳에서는 달구경을 해야 제격이다. 달이 뜨면 초승달이어도 주변은 환해진다. 모래가 빛을 발할 뿐만 아니라 우두연도 함께 빛난다. 이럴 때는 동대에 서 있어도, 정자에 앉아 있어도 순식간에 황홀경에 빠지게 된다. 낮에 경험할 수 없는 선계가 밤이 되자 펼쳐진다.

금수정에 오를 시간이다. 금수정의 원래 이름은 이곳 지형이 소의 머리를 닮았다 해서 우두정牛頭亭이다. 고려 말기의 학자 김구용金九容, 1338~1384이 소요하던 곳이다. 김구용의 아들 명리가 은퇴 후 아버지를 기려 정자를 지었고, 김구용의 5대손 금옹琴翁 김윤복에 이르러 아들은 없고 딸만 있어 정자는 사위인 양사언이 관리하게 되었다. 양사언 이후 정자는 다시 안동 김씨 문중으로 돌려져 지금까지 전해온다. 금수정에 가득 매달려 있는 시판은 당대의 내로라

하는 명사들의 작품이다. 시판뿐만 아니라 이곳을 찾은 시인묵객들은 금수정을 찬양하는 시를, 시냇가에 가서 양사언의 시에 화답하는 시를 짓는 것을 당연하게 여겼다.

신익성申翊聖, 1588~1644의 「금수정에서 쉬다」가 마음에 닿는다.

골짜기에 오래된 높은 정자　峽裏危亭古
올라와 오랫동안 감상하노라　登臨延賞心
아스라이 먼 봉우리 바라보니　微茫看遠岫
푸른빛이 긴 숲을 감싸고 있네　蒼翠擁長林
기운 돌은 소머리처럼 나오고　石仄牛頭出
맑은 물엔 절벽 그림자 잠겼어라　湖明壁影沈
가을빛이 나그네 흥취 돋우는지라　秋光撩客興
나무 그늘 옮겨가는 줄도 모르네　未覺樹移陰
정자 앞 모래는 희디희고　沙自亭前白
절벽 아래 호수는 깊어라　湖從壁底深
수풀 밖 오솔길 이끼로 뒤덮였고　苔封林外徑
난간 주변엔 솔 그림자 드리웠네　松作檻邊陰
선객의 시가 아직도 남아 있고　仙客詩猶在
술동이 바위는 술 따라 마실 만하네　巖樽酒可斟
평소 속세 벗어날 생각 품은지라　平生出塵想
이곳에서 잠시 옷깃을 풀었다네　卽此暫開襟

이곳은 잠시 현실과 거리를 두는 곳이다. 정자에 오르면 잠시 현실을 잊고 보이는 대로 느끼는 대로 따르기만 하면 된다. 어느새 주변과 하나가 된다. 시간 가는 줄 모르고 멍한 상태가 된다. 단단히 조여 맸던 끈을 느슨하게 풀고 잠시 선계 속에서 노닐게 된다.

소나무와 대나무, 그리고 물과 달

# 창옥병

박순朴淳, 1523~1589은 명종조에 문과에 장원 합격 후 한산군수 · 직제학 · 동부승지 · 이조참의 등을 거쳤다. 1565년 대사간으로 있을 때 척신 윤원형을 탄핵하여 제거하는 데 앞장섰다. 그 뒤 대제학 · 우의정 · 좌의정을 거쳐 1572년(선조 5)부터 약 15년간 영의정을 지냈다. 젊은 시절 서경덕에게 배우고, 중년에 이황을 사사했다. 만년에는 이이, 성혼, 기대승과 깊이 사귀었다. 동서당쟁이 심할 때 이이, 성혼 등을 편들어 상소하길, "지금 사람들이 이이와 서로 용납하지 못하는 것이니 탄핵한 것은 공론이 아닙니다."하니, 임금이 탄핵한 자를 멀리 귀양 보내도록 명하였다. 조정의 논의가 크게 과격해져 양사에서 번갈아 상소하여 박순을 탄핵하고 10가지 죄를 일일이 세며 책망하였다. 임금이 이르기를, "박순은 소나무와 대나무 같은 절개와 지조가 있고 물과 달 같은 맑은 정신이 있다."하며 윤허하지 않았다. 그 뒤 벼슬에서 물러나 백운계白雲溪 가에 집을 짓고 살면서 시사에 대해서는 말하지 않았다. 조용히 세속을 초월한 생각이 있어 날마다 낚시질하고 약초나 캐는 것을 일삼으면서 간혹 풍월도 읊곤 하였다. 마을 사람들이 술병을 가지고 찾아오면 혼연히 마주 앉아 마시면서 마치 전혀 서로 허물이 없는 듯하였다. 학도들이 와서 글을 강론할 적에는 매양 춥고 더운 것도 잊었다.

박순이 머물던 집의 이름은 배견와拜鵑窩다. 배견拜鵑은 두견새에게 절한다는 뜻으로, 임금을 그리워하는 마음을 읽을 수 있다. 두

보가 지은 시에 "두견새가 늦은 봄 날아와서, 슬프게 내 집 곁에서 울었지. 내가 보고 항상 재배했나니, 옛 망제의 넋임을 존중해서였네.[杜鵑暮春至, 哀哀叫其間, 我見常再拜, 重是古帝魂.]"라고 한 것을 염두에 두었다. 매번 봄여름에 두견새가 와서 울면 산이 텅 비어 소리가 울려 퍼지고 듣는 사람들이 강개하게 된다고 박순은 실토했다. 임금에 대한 그의 마음을 알 수 있다.

가슴이 답답할 때면 박순은 산금대散襟臺 위에서 바람을 쐬었다. '산금散襟'은 '옷깃을 풀다', '흉금을 풀다' 등으로 풀이할 수 있다. 산금대뿐만 아니라 청령담 주변의 바위와 벼랑에 이름을 붙이고 한호의 글씨를 받아 새겨두었다. 산금대에 커다란 글씨로 '송균절조松筠節操 수월정신水月精神'을 새겼다.

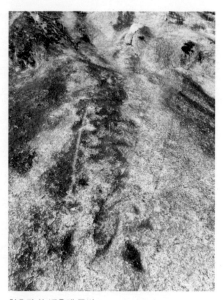

한호가 쓴 백운계 글씨

'소나무와 대나무처럼 꿋꿋한 절조, 물과 달처럼 맑은 정신'이란 의미인데 임금이 박순의 인품을 기린 말이다. 김창협은 주돈이周敦頤의 인품을 칭찬한 '비가 온 뒤의 시원한 바람과 하늘에 뜬 맑은 달[光風霽月]'과 호안국胡安國을 칭찬한 '한겨울의 소나무 잣나무[大冬松柏]'에 빗대어 풀이하면서 '송균절조松筠節操 수월정신水月精神' 여덟 글자는 해와 별처럼 빛나서 외진 고을의 형편없는 학자까지도 외워 전하고 있다고 상소문을 올린다. 이항복은 박순의 행장에서 "공을 처음에 바라보면 말끔하여 얼음이나 거울처럼 느껴질 뿐이지만, 가까이 나아가 보면 화기和氣가 사람을 엄습하여 평탄하고 즐겁고 편안함을 느끼게 되고, 종일토록 모난 행위가 있음을 볼수가 없었다."라고 표현한 것과 궤를 같이 한다.

'송균절조松筠節操 수월정신水月精神' 여덟 자를 누가 썼을까. 한호가 썼다고 하는데 사실일까. 이희조李喜朝, 1655~1724가 1683년에 금강산을 갔다 오던 송시열宋時烈, 1607~1689을 만났다. 태수 박일계朴一開가 팔 폭 종이에다 송시열의 큰 글씨를 얻으려고 하자 이희조가 '송균절조松筠節操 수월정신水月精神'을 써 줄 것을 요청하고, 태수에게 바위 위에 새길 것을 부탁하자 송시열이 허락했다는 내용이 「봉

송균절조松筠節操 수월정신水月精神은 송시열의 글씨다

별적곡김령장유영평산수서奉別赤谷金令丈遊永平山水序」에 보인다. 박순 사후에 새긴 것이다.

산금대에서 밑으로 조금 내려가면 수경대水鏡臺다. 김수증金壽增은 수경대 암벽에 박순이 지은 「제이양정벽題二養亭壁」을 써서 새겼다.

이따금 들려오는 외마디 산새 소리　谷鳥時時聞一箇
책상머리 적요한데 서책들만 널려 있네　匡床寂寂散群書
어떡하나 백학대 앞 흐르는 저 시냇물　每憐白鶴臺前水
산문만 나가면 이내 흙탕물 될 것이니　纔出山門便帶淤

박순은 영평에 오기 전부터 새벽부터 서재에 나가 거처하면서 종일토록 책상을 마주하여 앉았다. 관대를 반드시 바르게 하고 자세를 가다듬어서 신명神明을 대하는 것처럼 하였다. 심오한 뜻을 조용히 연구해서 얻은 것이 있게 되면 문득 기뻐하여 안색이 활짝 펴졌다. 이양정二養亭에서 주로 독서를 하였다. 고개를 들면 정자 앞 백운계 중 가장 마음에 드는 청령담淸泠潭이 눈에 들어온다. 물 아래 반석이 보일 정도로 깨끗한 물도 이곳에서 흘러가면 탁해질 것을 염려한다. 이전투구하는 시국을 걱정하는 모습이 역력하다. 신흠申欽은 한가하게 노닐며 자재自在하는 뜻과 홀로 높이 속세를 초월한 기상 모두가 이 시에 갖춰져 있다고 평하였다.

수경대 옆 상처럼 생긴 바위는 토운상吐雲床이다. 토운상 뒤 바위는 청학대靑鶴臺다. 청학대 주변 바위에 이재李縡, 1680~1746가 제자인 유심재有心齋 이화보李和甫, 1714~1781에게 준 시가 보인다. 박순 사후인 1794년에 김종수金鍾秀가 썼다.

수경대

창옥병 선비와 이별하려고 相別玉屛士
우연히 냇가에 와 있을 때 偶來川上時
가을 물은 티 없이 맑으며 秋水淡無累
들판의 해만 맑게 빛나는데 野日淨暉暉
먼 나무서 매미 한 마리 우니 遙樹一蟬鳴
흥이 일어 문득 시가 되네 興至便爲詩

　제자와 함께 옥병서원에 들렀다가 이별을 할 시간이다. 백운계
로 나오니 청령남의 깨끗한 물이 바지 박순의 징신을 보는 것 같
다. 백운계 건너 들판으로 햇살은 쏟아지는데 개울 주변 나무에선
매미가 울며 정적을 깨뜨린다.

박순은 토운상 앞 너럭바위에 마치 술동이처럼 동그랗게 파진 곳을 와준窪尊이라 명명하고 「제석와준題石窪尊」이란 시를 짓는다.

수면에 울퉁불퉁 솟아 있는 푸른 돌등에  水面盤陀蒼石背
얼마나 다져졌는지 절로 둥그렇게 되었네  一窪何鍊自成圓
맛있는 술 담아내도 쏟아지지 않으니  堪涵綠蟻無傾覆
취한 후 산 늙은이 베고서 잠드네  醉後山翁又枕眠

마을 사람들이 술병을 가지고 찾아오면 흔연히 마주 앉아 마시며, 마치 서로 허물 없는 듯한 박순의 모습이 어른거린다. 마을 사람들과 청령담 주변의 경치와 하나가 된 모습이다. 술항아리는 두 개다. 앞의 항아리는 작고 뒤의 항아리는 대취하고도 남을 정도의 술을 담을 수 있다.

물가로 나오자 절벽에 '장란障瀾' 글씨가 보인다. 맹자 등문공하滕文公下에 나오는 "아름답도다 선생이시여[懿哉先生] 한 손으로 거센 물결을 막으셨습니다[隻手障瀾]"에서 따온 것 같다. '백학대白鶴臺'와 '청령담淸冷潭' 글씨가 나란히 보인다. 박순은 「이양정기」에서 청령담 주변을 이렇게 표현했다.

우리 동방의 산수 중에 영평현이 가장 이름이 높고, 영평현에서는 청령담이 가장 뛰어나다. 백운계의 물이 고인 곳으로 백운산에서 발원한다. 종현산 동쪽 지맥이 청령담에 이르러 벼랑이 된다. 물 밑에 큰 바위 하나가 펼쳐져 있어 높은 것은 물 위에 드러난다. 괴이하게 섞여 늘어서 있는데 거북이나 용이 햇살을 쬐는 것 같기도 하고 섬이 바다에 떠 있는 것 같기도 하다.

청령담 옆 낭떠러지 가장 높은 곳에 지은 정자가 이양정二養亭이다. 덕과 몸 두 가지를 기른다는 뜻이다. 정자 왼쪽은 창옥병이고 오른쪽에는 네 개의 대가 이어졌으며, 높은 산을 등지고 맑은 물을 바라보고 있다. 깎아지른 묏부리와 무더기로 된 뽀족한 바위들이 읍하며 안으로 향하고 석골石骨의 산과 옥 같은 들판이 마치 넘어진 촛불이 얽혀 있는 듯하다. 안개와 이내가 생기며 숲을 어둡게 가린다. 어두워졌다 밝아지며 신이한 기후가 천변만화한다. 기이함과 빼어남을 다투고 뻐기어 서로 양보하지 않는다. 정령과 신령을 거두고 모아서 이부자리 아래 모두 펼쳐놓았다. 나를 위해 간직해둔 것이라 매일 즐기고 노닐며 시를 읊조린다. 경치가 맑고 뜻이 맞아 산으로 막혀 있다는 것도, 이 몸이 멀리 와 있다는 것도, 또 날짐승 들짐승이 나를 시기한다는 것도 알지 못한다. 무엇이 이렇게 만든 것인가. 청령담이 그런 것이 아니겠는가.

이양정에서 아래로 더 내려가면 '평양동문平陽洞門'이 새겨져 있다. 기자箕子가 도읍한 곳이 평양平陽인데 바로 이곳이 기자가 도읍한 땅 입구라는 의미이다. '천하일가天下一家 광피사표光被四表'는 이항로李恒老의 아들 이승응李承膺의 글씨로 보고되었다. '세상은 한 집안으로 빛이 네 표면에 비친다'는 의미이다. 세상의 밝음과 혜택이 전 세계에 미친다로 풀이할 수 있다. 『서경』「요전堯典」 첫머리에 요 임금의 덕에 대하여 "공경과 총명과 문채와 사려가 자연적으로 우러나왔으며, 참으로 공손함과 겸양의 덕을 발휘하여, 온 누리에 빛나게 은택이 입혀지는 가운데, 그 덕이 하늘과 땅에 이르렀다.[欽明文思安安 允恭克讓 光被四表 格于上下]"라고 칭송한 말이 나온다.

시내를 따라 더 내려가면 시내 건너편에 깎아지른 듯 우뚝한 절벽이 창옥병蒼玉屛이다. 박순은 창옥병을 이렇게 노래했다.

상제가 곤륜산 천 길 되는 석골 오려내고 帝剪崑丘千丈骨
온갖 신령 분주하게 아로새기는 수고했네 百靈奔走費雕劂
높고 험하게 악어 굴에 거꾸로 꽂혀있는데 巉巉倒揷鼉鼈窟
나를 시켜서 세상에 나와 보게 하였네 還使思菴出世看

천 길 바위 벼랑은 인간의 영역이 아니다. 온갖 신령들의 합작품이다. 창옥병 아래 물은 깊이를 알 수 없을 정도로 검푸르다. 자라와 악어가 사는 굴이 있을 것이다. 바위는 깊은 못에 거꾸로 꽂힌듯하다. 이전에는 창옥병의 존재가 알려지지 않았다. 박순이 이곳에 은거하면서부터 비로소 외부에 알려지게 되었다. 창옥병은 불우한 시기를 끝내게 되었다.

이제 배견와로 돌아갈 시간이다. 박순은 배견와에 거주하면서 이양정 앞에 펼쳐진 청령담 주변을 거닐곤 했다. 흥취가 나면 말과 동자를 데리고 산수 사이를 거침없이 돌아다녔다. 금강산, 백운산 등 여러 산을 마음대로 유람하면서 돌아가기를 잊기도 하였다. 그러자 임금은 박순이 영원히 돌아오지 않을 뜻이 있음을 알고서도 의원을 보내서 문병하였다. 세 차례나 하교하여 돌아오기를 재촉하였으나 완강히 들어앉아서 나가지 않았다. 하루는 아침에 일어나서 하염없이 시를 읊다가 베개에 기대 신음을 하였다. 부인에게 말하기를, "나는 이제 갈 것이다."하더니, 이윽고 작고하였다. 시에 뛰어나 한 시대의 맹주로 추앙받던 박순다운 하직이었다. 당대의

창옥병

시인들이 모두 그의 제자였다고 해도 과언이 아니었다. 당대 3당 시인이라고 일컬어지던 최경창, 백광훈, 이달이 바로 박순의 문하에서 공부하였다.

박순이 돌아가자 만가輓歌가 거의 수백 편이나 되었다. 그 중 성혼成渾의 만가가 절창으로 꼽혔다.

세상 밖 구름과 산 깊고 깊으니　世外雲山深復深
시냇가에 초가집은 이미 찾기 어려워라　溪邊草屋已難尋
배견와(拜鵑窩) 위에 뜬 삼경의 달빛은　拜鵑窩上三更月
아마도 선생의 일편단심 비추리라　應照先生一片心

무한한 감상感傷이 말의 표면에는 드러나지 않으니 서로 간에 깊이 아는 사이가 아니라면 어찌 이런 작품이 있겠는가? 허균은 『성수시화惺叟詩話』에서 이렇게 평하였다.

1649년에 박순이 살던 배견와에 옥병서원이 세워졌다. 1698년에 김수항金壽恒과 이의건李義健이 추가 배향되었다. 19세기 후반에 옥병서원은 영정을 모시는 영당이 새로 들어섰고, 이곳을 찾는 이들은 끊이질 않았다.

유중교柳重敎는 영평의 창옥병에서 이한유·이군경 등과 함께 박순 선생의 초상화에 배알하고 집 안에 보관된 문집을 꺼내 돌아가며 한 번 읽었다. 뒤이어 하루를 머물면서 시냇가의 여러 명승지들을 두루 감상하고 이별할 즈음에는 선조 임금께서 사암 선생을 높이 기리어 내려 주신 말 '송균절조수월정신' 여덟 자를 사용하여 운을 나누어 시를 지었다. 유중교는 '신神' 자로 시를 지었다.

승상의 동천은 어디에 있는가  丞相洞天何處是

나의 발걸음은 바로 온갖 꽃 필 때로다  我行政値萬花辰

임금과 백성은 그때의 지조를 찾지 못했는데  君民未究當年志

물과 달은 백대의 사람들에게 부질없이 전해온다  水月空傳百世人

청학대 앞에 지팡이 짚고 와서  靑鶴臺前來倚杖

백운계 가에 앉아 낚시를 드리운다  白雲溪上坐垂綸

벼랑 사이 닳아 벗겨진 글자를 보고 거듭 탄식하노니  重歎剝落壁間字

아둔한 사람도 돌침을 맞은 듯 금방 정신 차리게 되리  砭得頑夫頓醒神

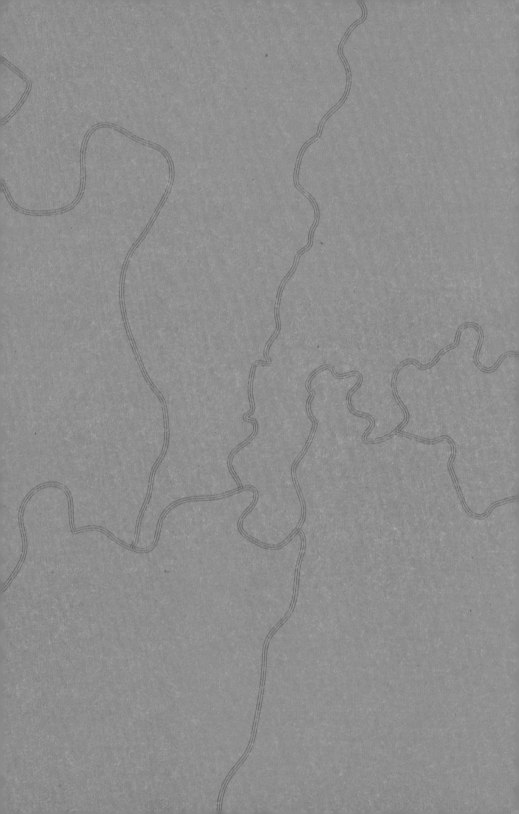

# 6

## 포 천 한 탄 강

# 6

## 포천
## 한탄강

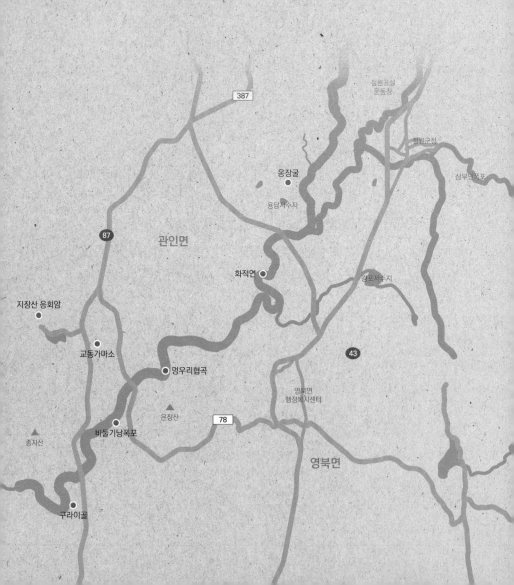

387

철원공설
운동장

옹장굴

철원근천

삼부연폭포

용담저수지

87

관인면

화적연

김소저수지

지장산 응회암

43

교동가마소

멍우리협곡

영북면
행정복지센터

은장산

78

종자산

비둘기낭폭포

영북면

구라이골

용의 머리 거북의 몸
# 화적연

　화적연禾積淵은 다양한 시선으로 그려진다. 학자들은 기문記文으로 화적연을 설명한다. 여행 중에 명승지를 찾은 유람객은 여행기에 감동을 기록한다. 시인들도 범상치 않은 모습에 찬양하는 시를 바친다. 화가는 종이 위에 진경을 남긴다. 지역민들은 용과 관련된 전해오는 이야기를 들려준다. 관리들은 가물면 이곳을 찾아 제사를 올리며 기원한다. 최근에 지질학자는 또 다른 시각으로 화적연을 분석한다. 화적연은 입장에 따라 다양한 모습을 보여준다.

　기문記文에서 설명하는 화적연의 모습은 어떤가. 허목許穆, 1595~1682의 「화적연기禾積淵記」는 흰 바위로 이루어진 마당바위이며 북쪽 석봉石峯이 물 가운데서 백 척 높이로 서 있다고 묘사한다. 바위에 달콤한 물과 끝을 알 수 없는 깊은 용혈석龍穴石이 있다고 알려준다. 마당바위는 가뭄이 들면 희생과 폐백으로 제사를 지내는 단이 된다는 것도 함께 알려준다. 성해응成海應, 1760~1839은 「기동음산수記洞陰山水」에서 바위의 모습을 거북이가 엎드려 있는 듯 돌이 우뚝하고, 볏가리와 같은 봉우리가 솟아 있다고 묘사한다. 용의 굴[龍穴]에 대해서는 자세하다. 마을 사람들이 전하는 이야기는 진실로 믿기 힘들지만 바위 아래 웅덩이는 깊이를 알 수 없고 물빛은 아주 검기 때문에, 만약 신령스런 동물인 용이 엎드려 있다면 돌을 종횡으로 뚫고 지나간다는 입장을 취한다. 홍경모洪敬謨,

허목이 언급한 용의 굴[龍穴]

1774~1851의 「화적연기禾積淵記」는 묘사가 자세하다. 홍경모의 눈에 돌무더기는 거북이가 엎드린 듯 자라가 떠 있는 것처럼 보였다. 큰 바위가 물 가운데로 북두성 모양으로 휘어져 들어가 가파르게 우뚝 섰는데 두 가닥 땅은 머리 모양으로 솟아오른 것이 커다란 코끼리가 입을 열고 선 것 같고, 누운 소가 두 뿔을 높이 솟구친 것 같다고 표현한다. 이층의 바위는 자연스럽게 구멍을 이루었는데 아래 못의 물과 서로 통하며, 용이 움켜진 곳이라 전해진다고 한다. 매번 기우제를 지낼 때 이곳에 희생을 가라앉게 한다고 알려준다.

물 가운데 우뚝 선 바위가 볏가리를 쌓아 올린 것과 같다고 해서 화적연이라는 이름이 생겨났지만, 볏가리가 아니라 다양한 모양으로 보이기도 한다. 이민구李敏求, 1589~1670의 눈에는 용처럼 보였다. 「석룡퇴石龍堆」란 시를 짓는다.

갈라진 바위 가운데 펼쳐진 검푸른 물　擘石中開黝碧淵

지기(支祈) 잠긴 지 몇 천 닌이던가　支祈沈鎖幾千年

소용돌이 물 깊어 교룡의 기운 서리고　盤渦水積蛟龍氣

서리 내리는 가을 하늘에 기러기 나는데　霜露秋高雁驚天

신령한 뼈엔 뇌우(雷雨)의 자취 남았고　靈骨尙留雷雨跡

옥 비늘은 화운(火雲)의 채찍을 받았네　玉鱗曾受火雲鞭

철 피리 비껴 부니 양쪽 언덕 찢어질듯　橫吹鐵笛雙厓裂

용궁서 낮잠 자는 용 깨울까 두렵구나　怕起珠宮白日眠

지기支祈는 물귀신 이름이다. 옛날 우禹가 홍수를 다스릴 때에 회수淮水를 빙빙 돌게 하는 물귀신을 잡아 신에게 맡겨 제어하게 하니, 회수가 비로소 순히 흘렀다고 한다. 이민구에겐 용은 두려운 존재로 나타난다. 가뭄에 비를 내려주는 역할을 하는 것보다는 물을 흐르지 못하게 하는 존재다.

박세당朴世堂, 1629~1703의 눈에 바위의 윗부분은 마치 용머리처럼 두 개의 뿔을 이고 있고 아랫부분은 거북이 같았다. 동행한 박태보가 "이 바위 이름이 너무 속되니 귀룡연龜龍淵이라 불러야 합니다."라고 한 인연이 있는 곳이라 떠나기에 임해 도저히 그냥 지나치기 어려워 「화적연」이란 시를 짓는다.

자하동 안개에 옷소매 젖어　衣袖沾殘紫洞煙

표표히 귀로에 귀룡연에 들어섰네　飄飄歸路入龍淵

더욱 어여쁜 그림 같은 열두 봉　更憐六六峯如畫

풍악산 일만 이천 봉에 방불하네　欲逼楓岑萬二千

도가에서 신선은 붉은 놀을 타고 다닌다고 이르는 데서 나온 말이 자하동紫霞洞이다. 신선이 사는 곳을 말한다. 화적연은 바로 신선이 사는 선경이다. 대부분 우뚝 선 바위와 바위 밑 검푸른 물에 감탄하는데, 그의 시선은 화적연 서쪽 벼랑을 주목했다. 모두 바위 봉우리로 삐죽삐죽 둘러선 것이 열두 봉은 됨 직해 보였다. 마치 금강산의 여러 봉우리들을 보는 것만 같았다.

박태보朴泰輔, 1654~1689는 「귀룡담龜龍潭」이라 명명하고 시를 짓는다.

앞은 성난 용의 머리고 뒤는 엎드린 거북 前奮龍頭後伏龜
온 몸 살아 움직이는 듯 날아갈 것 같네 通身生動若將飛
개골산의 맑은 기운 모두 눈으로 보았으나 眼經皆骨諸山冷
이곳에 이르러서야 천지조화의 기미 알겠네 到此方知造化機

박태보의 눈에 바위는 볏가리가 아니다. 위는 용이고 몸은 거북으로 보였다. 바위가 아니라 금방이라고 날아오를 것만 같았다. 방금 금강산 유람을 마치고 온 그의 눈에도 기이하게 보였다. 조물주가 만물을 만든 비밀을 알 것만 같았다. 그의 눈엔 거북과 용의 모양을 한 바위가 있는 못으로 보여서 귀룡담龜龍潭이라 하였다.

홍양호洪良浩, 1724~1802는 「화적연의 귀암[禾積淵龜巖]」을 짓는다.

단약 고던 바위엔 구름이 적적하고 煉丹石上雲寂寂
솥 닦던 못 안의 물 차갑기만 하네 洗鼎池中水冷冷
문 한번 닫히자 신선은 떠나가고 洞門一閉仙人去
오직 신령스런 거북만 복령을 지키네 唯有神龜護茯苓

화적연

　화적연은 신선이 사는 선계다. 기우제를 지내는 바위 위는 신선이 단약을 고던 곳이다. 용이 드나드는 구멍에 담긴 물로 솥을 닦았다. 그러나 이젠 신선이 살지 않는다. 너무 자주 속세의 사람들이 방문하기 때문인 것 같다. 신선이 떠난 자리를 지키는 것은 거북 모양의 바위뿐이다. 홍양호의 눈에 물 가운데 솟아오른 바위는 거북처럼 보였다.

금강산 가는 길목에 화적연이 있어 많은 여행객들이 이곳을 찾았다. 공무 때문에 바쁜 일정에도 시간을 내어 들리곤 했다. 많은 여행기 속에 화적연이 생생하게 살아있다. 이하진李夏鎭, 1628~1682이 1664년에 금강산을 유람하고 지은 「금강도로기金剛途路記」에 자세하다.

드디어 화적연 가에 다다랐다. 백로주에서 이곳까지 30리 길이다. 못 가에는 큰 바위가 물결을 가로질러 서 있는데 발을 붙이기가 어렵다. 애써 붙잡고 간신히 올라가 마음껏 바라보니 아찔하여 무슨 모양인지 분간할 수 없다. 손이 떨리고 발이 후들거리며 넋이 빠지고 정신이 달아나는 듯하다. 서서히 마음과 눈을 진정시키고 나서야 비로소 조물주가 세상을 빚어낸 것이 이런 경지에 이른 것에 감탄하였다. 거북 모양의 바위가 언덕에 기대 엎드려 있는 것을 보고 일행 중에는 사람이 정교하게 조각한 것이 아닌가하고 의심하기도 했으나 아마도 아닐 것이다. 흐르는 물을 거슬러 수십 보 올라가니 물속에 돌이 꽂혀 있고 그 아래에 큰 구멍이 있어 마치 무지개 같기도 하고 문 같기도 하다. 사람들이 용신(龍神)이 다니는 길이라고 한다. 또 북쪽으로 십여 보 가니 용을 닮은 돌이 있다. 머리 뿔 귀까지 다 갖추었고 허리와 등에는 비늘까지 갖추어져 마치 움직이는 것 같다. 높이가 수면에서 수십 길은 떨어져 있어 사람이 올라갈 수 없다. 두 뿔 중간에 있는 소나무는 겨우 한두 자쯤 되는데 이끼 틈에 뿌리를 내리고 있다. 몇 천 년 몇 백 년이 되었는지 알 수 없지만 조금도 자라지 않았다. 여울물 소리는 앞에서 부딪치고 이끼 낀 바위가 그 뒤를 에워싸고 있다. 한가운데 둥근 구멍이 있어 마치 가마솥에 물이 담겨 있는 듯한데 깊이를 알 수 없다. 낙엽이 수면을 덮으면 놀란 새들조차도 찾아내지 못할 것이다. 우리나라 전적에 실려 있는 기우제를 지내는 곳이다. 사람들은 모두 용처럼 생긴 것을 보고 기이하게 여겼는데 민간에서는 볏가리라고 불렀던 것은 아마도 시골 사람들이 익숙하게 보아온 것으로 비유했으리라. 소인묵객들 중 이곳을 지나간 사람들이 허다했을 텐데 아무도 이름을 고치지 않은 것은 어째서인가. 나는 그것 때문에 탄식하였다.

손이 떨리고 발이 후들거리며 넋이 빠지고 정신이 달아나는 듯한 상황은 직접 바위에 올라가봐야 느낄 수 있다. 멀리서 보면 완만하게 보이지만 직접 바위에 올라가면 경사가 만만치 않다. 조금이라도 미끄러지면 아래 깊은 물에 빠지게 된다. 이곳을 찾은 이들이 처음에 공포를 느낀 것은 여러 가지 이유가 있지만 첫 번째는 바위에서 미끄러져 깊은 물에 빠질까 두려워해서다. 검푸른 빛깔의 물색도 두려움을 주기에 충분하다. 한번 빠지면 도저히 나오지 못할 것 같다. 물속에 용이 살 것만 같기도 하다. 여러 요소 때문에 처음 화적연에 온 사람은 공포심을 느꼈다.

남유용南有容, 1698~1773은 「유동음화악기遊洞陰華嶽記」에서 화적연 주변의 경관을 예리하게 포착하였다. "먼 적벽은 푸른 절벽으로 기괴한 모양이다. 아침저녁으로 초목에 구름과 안개가 낀 모양이 못 가운데 그림자를 적시지 않는 것이 없다. 화적연의 물은 맑아 그림자를 받아들이기 매우 쉽다. 그러므로 물에 비친 그림자는 빛이 만 가지로 변하고 물 또한 따라서 받아서 빛을 낸다. 말하는 자는 물이 검푸르러 맑지 않다고 하는데 어찌 본성이겠는가? 처음 와서 숙연하여 두려워하면서 특별히 기뻐하지 않았다. 시간이 좀 지나자 물을 떠서 마시니 달콤하다."

이밖에도 많은 이들의 여행기 속에 화적연의 모습이 남아 있다. 지금과 달리 유람객들은 영북면 자일리를 통해 화적연으로 왔다. 직접 바위를 오르기도 했고 물을 마시기도 했으며, 그곳에서 주변의 경관을 두루 살폈다. 강 건너에서 멀리 바라보기만 했던 것과는 달랐다.

화적연은 화가의 시선을 비껴가지 못했다. 진경산수화의 대가인 정선의 『해악전신첩海岳傳神帖』에 화적연이 실려 있다. 그림을 보면 먼저 눈길을 끄는 것은 화면 가운데 위치한 바위다. 하늘을 향해 솟구치는 듯한 기운을 느끼게 한다. 정선은 실제 모습보다는 첫인상을 그린 것 같다. 그만큼 물속에서 우뚝 솟은 바위는 충격적이었을 것이다. 주변 바위와 연결되었으나 분리된 듯 그린 것도 바위를 강조하기 위함이리라. 바위 끝은 두 갈래로 갈라졌지만 무시한 것도 힘이 분산되는 것을 막기 위해서일 것이다. 왜 그랬을까. 한탄강 급류 속에서 흔들리지 않고 버티기 위해서는 강인한 힘이 요구된다. 그림에 표현된 역류를 아랑곳하지 않으려면 억센 기운이 요구되기 때문이 아닐까. 흐르는 물이 음을 상징하고 우뚝 선 바위가 양을 상징하는 것으로 본 해석이다. 옆 절벽과 비교할 때는 반전이 일어난다. 절벽은 직선적인 붓질이 주를 이루고 시커먼 잎이 무성한 양적인 성질이라면 바위는 둥글둥글하고 하얀 음적인 특성을 보여준다. 음양이 변화되며 조화를 이루는 그림이라고 하면 정선은 어떤 입장일지 궁금해진다. 정선의 그림을 보고 김창흡金昌翕은 제화시를 짓는다.

> 높은 바위 솟구쳤으니  巉巖其屹
> 매가 깃드는 절벽이요  棲鶻之壁
> 휘도는 물굽이 검푸르니  灣環其黑
> 용이 엎드린 못이로다  伏龍之澤
> 위대하구나 조화여  偉哉造化
> 녹여 뭉치는데 힘을 다했구나  融結費力

가뭄에 기도하면 응하고  禱旱則應
구름은 문득 바위를 감싸니  雲輒觸石
동주(東州) 벌판에  東州之原
가을 곡식 산처럼 쌓였네  秋稼山積

이하곤李夏坤은 「제일원소장해악전신첩題一源所藏海岳傳神帖」에서
정선의 화적연 그림을 보고 이렇게 평한다.

> 그림에서 전신(傳神)은 어렵다. 능히 칠팔십 정도 형사(形似)를 하여도
> 이것은 고수다. 이병연이 갖고 있는 해악전신첩(藏海岳傳神帖) 그림은 묘
> 한 곳은 전신(傳神)에 가깝다. 평범한 곳은 모두 형사(形似)를 얻었다. 내
> 가 본 것이 이와 같으니 보지 않은 것도 미루어 알 수 있다. 다른 날 이 화첩
> 을 가지고 동쪽으로 온다면 화적연에 처음 오는 나그네를 벗어날 것이다.

이하곤은 정선의 그림
에서 보이는 대로 사실
적으로 정확하게 그려
내는 형사形似보다 화가
가 의도하는 내면의 세
계를 표현하는 전신傳神
을 읽었다. 정선이 표현
하고자 했던 것은 무엇
일까. 징신의 그림을 보
고 사실과 다르다고 투
덜대는 것은 초보자의
감식안이다.

정선의 화적연 그림

늙은 농부가 비 한 방울 내리지 않던 3년 가뭄에 하늘을 원망하면서 화적연에 앉아 탄식하자 물이 뒤집히면서 용이 하늘로 올라갔는데, 그날 밤부터 비가 내려 풍년이 들었다고 한다. 이 일이 있은 후부터 가뭄이 들면 이곳에서 기우제를 지내는 풍습이 생겼을 만큼 신성한 공간이 되었다.

기우제는 조선시대에 중사中祀로 『국조오례의』에 실려 있다. 화적연은 중사에 해당된다는 것은 허목의 「화적연기」와 성해응의 「기동음산수」 등에서 볼 수 있다. 선조 32년인 1599년에는 예조가 특별 기우제를 박연朴淵·도미진渡迷津·화적연花積淵·관악冠岳·마리摩利 등에서 지낼 것을 청하니, 상이 따랐다는 기록이 실록에 보인다. 숙종 21년인 1695년에 관악산·용산강·저자도·박연·화적연·도미진·진암 등지에 관직을 제수하고, 관리를 보내 기우제를 지내게 하였다는 기록도 찾을 수 있다. 숙종 30년인 1704년에 기우제의 차례를 개정하였는데, 화적연은 12번째에 포함되었다. 박제가朴齊家는 영평 현감 때 「화적연기우문禾積淵祈雨文」을 지어 제사를 지냈다.

맑은 기운 빛나니 淑氣之萃
그 신령 반드시 기이하여라 其神必異
넘실대는 화적연에서 泛泛禾積
우리 근심 전합니다 載博厥施
어찌하여 올해에는 夫何今歲
천재 이리 극심한가 天災孔熾
해충이 겨우 멎자 蝗之僅息
가뭄 이어 닥쳐왔네 魃又繼祟
봄비도 미흡한데 春雨未洽

여름까지 이어지니　爰及夏季
뭇 생명과 온갖 곡식　羣生五穀
모두 다 시들었네　莫不憔悴
백성이야 무슨 잘못 있으리오　維民曷辜
관리들 질책함이 마땅하리　宜讁于吏
머리를 조아리고 구해 주길 청하노니　稽首請命
간절히 바라건대 저버리지 마소서　尙蘄不棄
백 리에 주룩주룩 한바탕 비를 내려　滂沱百里
한순간에 이 가뭄 해소해 주소서　一瞬可致
정갈한 술과 고기 갖추어 올리니　潔牲釃酒
신께서는 거듭 대답 내려 주소서　再答神賜

　지질학자는 어떤 시각으로 화적연을 바라볼까. 한탄강지질공원은 화적연을 이렇게 설명한다. 화적연은 한탄강 변에 13m의 높이로 우뚝 솟아 있는 화강암체로서 중생대 백악기시대의 화강암으로 알려진 명성산 화강암이 하천의 침식작용으로 인해 생성된 것이다. 주변에는 다양한 암석들이 분포하는데, 화강암(화적연)을 덮은 제4기시대의 현무암과 화강암을 관입한 유문암, 안산암, 산성암맥 등을 관찰할 수 있다. 또한 현무암이 식으면서 생성된 주상절리, 관입된 유문암에 포획된 화강암(포획암), 하천의 흐름방향을 알 수 있는 현무암의 침식면, 하천침식에 의한 포트홀 및 그루브 등 다양한 지질구조 및 지형을 관찰할 수 있어 지형학적 가치가 높은 곳이다.

　화적연을 바라보는 다양한 시선을 통해 화적연을 입체적으로 이해할 수 있었다. 여기서 다루지 못한 또 다른 시선이 있을 것이다. 그 시선은 미처 생각하지 못했던 화적연의 특징을 그려낼 것이다. 시간이 흐른 후 화적연은 어떤 시선으로 어떻게 그려질지 궁금해진다.

참으로 높고도 험하구나
# 멍우리 협곡

　비둘기낭폭포 옆에 한탄강을 가로지른 하늘다리가 유혹한다. 하늘다리 가운데 서니 한탄강의 진면목이 날 것 그대로 적나라하게 드러난다. 한탄강 물이 험준한 산 사이에서 흘러온다. '한국의 그랜드 캐니언'으로 불리는 멍우리 협곡을 방금 통과해서 오는 물이다. 하늘다리에서 멍우리 협곡을 향해 가는 길은 대회산교 아래를 통과한다. 건너편 산을 바라보니 산허리에 길이 걸려 있다. 지역민이 옛날부터 다니던 길이 아니라 새롭게 만든 길이다. 마치 촉도蜀道처럼 보인다. 촉도는 중국 촉 땅으로 통하는 길인데 길이 몹시 험하여서 험한 길의 대명사로 쓰인다. 이백李白은 촉도난蜀道難이라는 시를 지어 "아! 아! 참으로 높고도 험하구나. 촉으로 가는 길, 푸른 하늘 오르기보다 더 어려워라."라고 노래했다. 이쪽도 촉도와 같다는 것을 안 것은 하늘로 올라가는 듯한 계단 앞에 섰을 때였다. 아찔한 구간인지라 주상절리로 이루어진 협곡보다 발아래를 더 자주 주시하게 된다. 주상절리 중간 중간에 형성된 커다란 동굴과 계곡을 울리는 세찬 여울소리도 잠시 눈길을 끌 뿐이다. 옛 사람들은 촉도난에서 인생살이의 어려움을 읽기도 한다. 힘든 일도 잠시 견디면 극복되듯이 가파른 길은 어느새 평지로 이어진다.

　멍우리 협곡에 형성된 주상절리대는 신생대 제4기 말기에 형성된 용암지대로 험한 낭떠러지 구조로 되어 있다. 멍우리라는 지명도 넘어져 멍울이 생기기 쉽다는 뜻에서 유래했다고 한다. '멍'과

'을리'가 합쳐진 지명이라는 설이 있다. '멍'이란 '온몸이 황금빛 털로 덮인 수달'을 의미하고, '을리'는 한자의 '을乙' 자처럼 물이 굽어짐을 의미한다. 즉 황금빛 수달이 사는 곡류라는 뜻이다.

멍우리 협곡 구간을 포함해서 한탄강 상류를 예전에는 체천砌川이라 불렀다. 체천은 회양부 철령에서 시작하여 포천 아우라지에서 영평천과 만나면서 대탄大灘이 된다. 이민구李敏求는 철원의 명소를 노래한 용호산 12영에 체천砌川을 포함시켰다.

백 리나 되는 장엄한 절벽 百里壯垠崖
여러 물줄기 만 골짜기로 굽이치네 群流萬壑委
세찬 물결과 맴도는 웅덩이에 奔波與洄潭
오르내리는 교룡의 기운 서렸네 上下蛟龍氣

마치 멍우리 협곡을 보고 시를 지은 것 같다. 멍우리 협곡은 지형특성상 하천이 굽이쳐 흐르기 때문에 한쪽은 하천에 의해 침식을 많이 받아 제4기의 현무암이 거의 깎여나가거나 일부가 남아 완만한 경사를 보인다. 다른 한쪽은 이와 반대로 현무암 주상절리 절벽이 오롯이 남아 있다. 한탄강을 섬돌 '체砌'자를 써서 체천砌川이라 불렀는데 수직절벽인 주상절리가 마치 섬돌을 쌓아놓은 모양 같기 때문이었다. 멍우리 협곡은 섬돌 모양의 주상절리로 형성된 절벽이 약 4km에 걸쳐서 나타나며, 절벽의 높이는 약 30~40m 높이로 발달해 있다.

촉도처럼 험한 길 중간에 설치된 전망대에서 잠시 쉬며 걸어온 길과 걸어갈 길을 점검한다. 탁 트인 곳이라 굽이치는 상류와 하류

멍우리 협곡

가 한 눈에 들어온다. 발밑만 보고 걸어왔는데 전체 여정을 둘러보
는 지점이다. 촉도난이 인생살이의 어려움을 노래한 것이니, 우리
의 삶도 잠시 멈추어서 점검하는 곳이 멍우리 협곡이다.

영화 속 주인공이 되다

# 비둘기낭 폭포

비둘기낭폭포로 가기 전에 들려야할 곳이 있다. 한탄강지질공원 센터에 있는 전시관을 둘러봐야 비둘기낭폭포가 새롭게 보인다. 전시관은 지질관, 지질문화관, 지질공원관으로 구분하여 한탄강의 과거와 현재를 담고 있다.

지질관은 지금의 한탄강이 만들어지기 이전의 지질과 암석들을 보여준다. 그 중에서도 티타늄을 함유하고 있는 함티타늄자철석과 국내 3대 화강석의 하나인 포천석을 전시하고 있다. 한탄강을 흐른 용암과 하천의 상호작용으로 인해 생성된 독특한 특징들이 전시되어 있다. 국내 최대 규모의 주상절리 협곡, 내륙에서는 보기 힘든 베개용암Pillow Lava, 생산원리 자체가 특이한 웅장굴 등 한탄강에서만 볼 수 있는 것들을 전시해 놓았다.

지질문화관은 구석기 · 신석기시대부터 조선시대까지 한탄강 주변에서 살아온 사람들의 이야기다. 세계적으로도 희귀한 구석기유물인 '아슐리안형 주먹도끼'가 출토된 전곡선사유적지의 이야기부터 후삼국시대 한탄강을 호령했던 태봉국 궁예의 이야기, 조선시대 한탄강의 풍광에 반해 그림을 그린 진경산수화의 대가 겸재 정선의 이야기를 보고 들을 수 있다.

지질공원관은 한탄강의 현재 모습을 전시한 전시관이다. 한탄강은 최근까지 상수원보호구역, 군사시설보호구역 등으로 묶여있기

비둘기낭폭포

때문에 생태와 지질 등이 잘 보존되어왔다. 천연기념물, 멸종위기 동식물이 다수 서식하고 있어 생태계의 보고라는 것을 새삼 알게 된다.

한탄강지질공원센터를 관람한 후 폭포로 향하면 먼저 눈에 띠는 것이 영화와 드라마 포스터다. '선덕여왕', '추노', '킹덤', '최종병기 활', 늑대소년', '괜찮아 사랑이야' 등 많은 드라마와 영화들이 이곳에서 촬영되었다. 왜 이곳에서 많은 작품이 촬영되었을까? 감독의 시선으로 폭포를 바라보는 것도 비둘기낭폭포를 감상하는 하나의 방법이다.

폭포는 먼저 색으로 유혹한다. 폭포 밑에 고여 있는 물은 다양한 푸른빛으로 유혹한다. 가운데는 짙은 색이지만 가장자리로 갈

수록 옅어진다. 물과 절벽이 만나는 곳은 검은색이다. 침식작용으로 만들어진 동굴은 낮에도 어두컴컴하다. 30m가 넘는 곳에서 떨어지는 폭포수는 흰색이다. 검은색 현무암 때문에 더 하얗게 보인다. 보기만 해도 영화 속 주인공이 된 듯하다. 아래 전망대에서 보면 또 다른 모습을 보여준다. 수직의 현무암 협곡 여기저기에 형성된 자그마한 폭포와 물소리가 협곡에서 올라온다. 협곡은 바로 한탄강과 연결된다. 전망대는 커다란 협곡인 한탄강의 모습을 보여준다. 바로 코앞에서 건지천이 한탄강으로 합류한다.

비둘기 둥지 모양의 폭포 일대는 주상절리와 판상절리, 하식동굴이 어우러져 '살아 있는 지질학 교과서'로 불린다. 한국전쟁 때는 수풀이 우거지고 외부에 잘 드러나지 않아 주민들이 대피 장소로, 이후에는 군인들이 휴양지로도 이용했다고 한다. 비둘기낭이라는 이름은 웅덩이가 산비둘기 둥지처럼 아늑하다 하여 붙여진 이름이다. 실제로 겨울이면 산비둘기 수백 마리가 추위를 피해 모여들었다고 한다.

비둘기낭폭포는 구라이골로 가는 구라이길과 연결된다. 구라이길로 가기 전에 폭포에서 100미터 상류에 위치한 작은 폭포를 감상하는 것도 빼놓을 수 없다. 용암이 굳어진 형태와 침식으로 만들어진 폭포는 교동가마소와 비슷하다. 대부분 물이 흐르지 않아 폭포의 모습을 보여주진 않지만 작은 규모이면서 아름다운 비경을 간직하고 있는 곳이다. 한탄강지질공원센터와 비들기낭폭포는 한탄강 유람의 출발점이다.

직탄과 만나다
# 구라이골

　금수정이 있는 오가리에서 관인으로 가다가 운산리에 조성된 '운산리자연생태공원'에 도착하면서 구라이골 탐방이 시작된다. 산책로는 '구라이골 캠핑촌' 옆을 지난 후 계곡을 따라 구불구불 이리저리 연결된다. 계곡을 바라보다가 눈을 들면 갈대와 그 위로 보이는 종자산이 청명하다. 계절마다 아름다움이 다르지만 가을에는 산책로 주변의 갈대가 유혹하기 때문에 조심해야 한다. 본말이 전도될 수도 있기 때문이다.

구라이골

구라이골은 굴과 바위가 합쳐진 '굴바위'가 '굴아위', '구라이'가 되었으며, 수풀이 우거지는 여름철에 협곡이 굴처럼 생겼다하여 붙여진 이름이라고 한다. 규모처럼 아름답고 귀여운 느낌을 준다. 구라이골은 한탄강의 지천에 형성된 소규모의 현무암 협곡으로 자그마한 폭포와 주상절리, 서로 냉각과정이 다른 3매의 용암을 잘 관찰 할 수 있는 곳 중 하나다. 해설사의 설명과 안내판을 숙독한 후에야 겨우 보인다. 우거진 나무와 숲 때문에 잘 보이지 않아 신경이 예민해질 때는 안내석에 새겨진 앙증맞은 동물의 발자국을 보면 절로 미소가 흐른다. 제각기 다른 전망대에서 색다른 풍광을 감상하는 것도 구라이골의 특색이다.

구라이골에서 흐르는 물은 이내 한탄강과 합류한다. 예전에는 한탄강 중에서 이곳을 직탄直灘이라 불렀다.『신증동국여지승람』은 영평현永平縣의 직탄直灘은 현 북쪽 15리 지점에 있는데, 철원 체천砌川 하류라고 설명한다.『연려실기술』은 철원의 체천이 화적연을 지나 영평 북쪽에 이르러 직탄이 된다고 알려준다. 직탄은『조선왕조실록』에도 등장한다. 세종 2년인 1420년 2월에 상왕과 임금이 평강 등지로 사냥하러 떠나는데, 이 날 보장산에서 사냥하고, 저녁에 철원부의 직탄에서 머물렀다고 사관은 기록하였다. 이때는 직탄이 철원의 경계 안에 있었다.

구라이골이 있는 운산리는 영평(포천의 북부지역)에서 철원을 가는 길목에 있어서 행차가 빈번하였다. 김려金鑢, 1766~1822의『감담일기坎窞日記』에도 등장한다. 1797년(정조 21) 유언비어로 옥사에 연루되어 함경도 부령으로 유배를 가던 김려는 직탄을 건너는 상황을 자세하게 기록하였다. 닭이 울자 그는 영평의 관리와 함께 철원으로 가다가 직탄에 도착했다. 물결은 높고 험하며, 물 가운데 큰 바위는 삐쭉삐쭉하며 우뚝한 것이 어떤 것은 집 같고 어떤 것은 항아리 같아 보인다. 흩어져 있는 것은 개의 이처럼 들쑥날쑥하다. 물은 사납게 흐르며 급한 폭포소리를 낸다. 이내 밑으로 흘러가더니 잔잔해지고 물색은 거울처럼 맑아진다. 깊은 곳은 허리까지 빠지는데 옷을 적셔가며 직탄을 건넌 뒤 김려는 시를 짓는다.

여울 흐름 격렬하고 구불구불 흐르더니  灘流贔屭勢縈紆
거울 호수 같은 잔잔한 나루터로 쏟아지네  渡口平然瀉鏡湖
예부터 이별하는 이는 한이 많았으니  從古離人多少恨
상수(湘水)의 강담(江潭)도 이곳 같지 않았겠나  湘潭亦似此間無

상담湘潭은 초나라 충신 굴원이 지은 「어부사」의 "굴원이 조정에서 쫓겨난 뒤에 상수湘水의 강담江潭을 서성이고 택반澤畔에서 읊조렸다."라는 말에서 나온 것이다. 초나라 왕족 후손인 굴원은 26세 젊은 나이에 중책을 맡게 되었다. 그는 진나라와 긴밀한 관계를 유지해야 한다고 회왕에게 간언했지만, 왕은 간신들의 말에 넘어갔고 굴원은 쫓겨났다. 물러나야만 했던 굴원이지만, 자신의 앞날보다 나라를 걱정하였다. 경양왕 때 다시 추방당하게 되자 멱라강에 빠져 죽고 말았다. 자신을 알아주는 사람은 없고 기울어져 가는 나라의 운명을 보면서 그가 선택할 수 있는 것은 많지 않았다. 김려는 물에 젖은 자신을 보며 굴원을 떠올렸다. 직탄을 상수湘水의 강담江潭으로 보았고, 한이 깊게 서린 곳으로 보았다.

역류하던 용암이 멈춘 곳

# 교동 가마소

중리교차로에서 지장산길로 가다가 중리저수지 아래 길이 갈라지는 곳에 차를 세웠다. 저수지에서 흘러오는 물을 따라 걷다가 다리 밑을 지나니 이제는 차가 다니지 않는 옛길이다. 조그만 다리를 하나 건넌 후 건지천을 따라 내려간다. 황량한 벌판 사이로 흐르는 하천은 여느 하천과 다를 것 없는 평범한 모습이다. 길을 잘못 들어선 것은 아닐까 걱정이 든다.

평범하던 하천이 갑자기 검정색으로 변한다. 현무암이 조금씩 보이더니 급기야 하천을 가득 채운다. 구 한탄강 계곡을 따라 흐르다가 주변 대지까지 넘쳐흘렀던 용암이 식으면서 만들어진 바위들이다. 가운데 침식작용 및 풍화작용으로 인해 푹 꺼지며 가마솥을 엎어놓은 것 같은 연못이 보인다. 옆에도 가마솥처럼 둥그렇게 패진 곳이 두 군데 더 보인다. 용암이 식을 때 용암내의 가스가 용암 외부로 빠져나간 통로인 용암 가스 튜브도 보인다. 하천의 흐름방향을 알려주는 (돌)바닥면의 형태도 볼 수 있다. 이 일대의 (돌)바닥면은 모두 앞쪽은 둥글고 반대편은 움푹 파인 모양을 하고 있다.

가마소는 궁예가 옥가마를 타고 와 목욕했다는 전설과, 신랑이 새색시의 가마를 따라가다가 신부의 가마가 소에 빠지게 되자 신랑은 신부를 구하기 위해 소로 뛰어들었고, 함께 소에 빠져 죽고 말았다는 슬픈 전설을 들려준다. 여기서 보개산 석대사에 얽힌 전

교동가마소

설을 추가로 들려주면 어떨까? 건지천은 철원 담터계곡에서 오는 물뿐만 아니라 지장산(보개산)에서 흘러오는 물이 만나면서 한탄강으로 향한다. 특히 석대사 전설은 샘물이란 화소가 포함되어 있으니 가마소와도 어울린다.

『신증동국여지승람』은 석대사石臺寺에 얽힌 이야기를 자세하게 설명한다. 당 나라 정원貞元 8년에 사냥꾼 이순석李順石이라는 자가 여기에서 돌부처를 보고 절을 세웠으며, 고려시대 사람인 민지閔漬의 글이 있다고 알려준다. 민지의 「보개산석대기」의 내용은 이렇다. 사냥꾼인 이순석 형제가 한 마리 금빛 멧돼지를 보고 힘껏 활을 쐈다. 멧돼지는 피를 흘리며 달아났다. 형제가 추적하니 지장봉 쪽이었다. 돼지가 멈춘 곳에 이르니 금빛 멧돼지는 간 곳 없었다. 돌로 만든 보살상만이 샘이 솟아나는 곳에 있는데 머리 부분은 드러나 있고 몸은 아직 묻혀 있었다. 왼쪽 어깨 부분에 자신들이 쏜 화살이 꽂혀 있자 두 사람은 깜짝 놀라 화살을 뽑고 그 몸통 부분을 파내려 하였으나 무거워 움직일 수 없었다. 형제는 "대성大聖이시여! 우리를 불쌍히 여기시고 용서하소서. 우리를 속계의 죄에서 구제해주시려고 신이한 변화를 보이신 것임을 알겠나이다. 만약 내일 샘물 곁에 있는 돌 위에 앉아 계신다면 대성의 뜻에 따라 출가하여 도를 닦겠습니다."라고 맹세했다. 다음날 형제는 돌 위에 앉아 있는 석상을 보고 또 한 번 놀랐다. 형제는 곧 300여 명의 추종자를 거느리고 암자를 창건했다. 스님이 된 형제는 숲속에 돌을 모아 대臺를 쌓아 그 위에서 정진했으므로 석대라 이름 지었다.

신이한 일이라 기록에도 남게 되었고 이후에도 계속 전해지게 된다. 이색李穡, 1328~1396은 「보개산석대암지장전기寶盖山石臺菴地藏殿

석대암

記」에서 '지장석상地藏石像'을 언급한다. 조선시대에 들어와 유몽인 柳夢寅, 1559~1623은 1603년 봄에 경기도 암행어사로 재직 중「보개산의 고승 조순祖純에게 부치다」를 짓는다. 시에도 돼지로 변한 보살이 등장한다. 이후로도 계속 전해져왔음을 보여준다.

해동의 보개산은 삼신산의 하나이니  海東寶蓋三山一
나는 조순(祖純)이 세존의 후신임을 알겠네  淳也吾知後世尊
차가운 달밤 섬돌 박달나무에 원숭이 매달렸고  猿掛月寒檀樹砌
고요한 봄날 살구꽃 핀 정원에 범이 웅크렸네  虎馴春靜杏花園
바위가 별 모양 이루니 점치는 사람 많고  石成星樣多龜卜
돼지로 변했던 부처 화살 맞은 흔적 있네  佛化猪身帶箭痕
그대 위해 덩굴 길 다시 찾아가려니  爲爾重尋蘿薜路
지팡이 날려 심원사로 내려오십시오  會須飛錫下深源

지장산(보개산)에서 발원한 물은 지장골로 흘러내린다. 중리저수지에 모였다가 다시 내려가다가 교동 가마소로 쏟아져 내린 후 못을 만든다. 지장산과 가마소는 특별한 인연이다. 가마소에 잠시 모였던 물은 비둘기낭폭포 주변 한탄강으로 흘러간다.

# 지장산 응회암

옛 문헌에는 보개산으로 표기돼 있지만 요즘 지장산으로 널리 알려졌다. 지장신앙의 본산이기 때문에 지장산이란 이름을 얻었을 것 같기도 하고, 지장암이란 절이 있었기 때문인 것 같기도 하다. 『신증동국여지승람』은 보개산에 지장사가 있었다는 것을 증명해준다. 『관동지』는 철원편에서 석대암石臺菴과 지장암地藏菴이 부의 남쪽 70 리에 있으며, 심원사深源寺는 부의 남쪽 60리에 있다고 알려준다. 고려시대의 문인 이제현李齊賢, 1287~1367은 「보개산 지장사地藏寺에서 소릉小陵의 용문龍門 봉선사奉先寺의 운을 쓰다」란 시를 남겼고, 이색李穡, 1328~1396은 「보개산지장사중수기寶盖山地藏寺重修記」와 「보개산 지장사에서」란 시를 짓기도 했다. '지장'이란 명칭이 예전부터 내려왔음을 알 수 있다. 이색의 시를 살펴본다.

산에 노는 맛 사탕수수 씹는 것 같아 游山如啖蔗
멋진 경치 들어감이 가장 사랑스럽네 最愛入佳境
구름을 바라보니 함께 무심해지고 雲望共無心
계곡 길엔 홀로 그림자와 짝하노니 溪行獨携影
종소리 울리자 숲과 계곡 텅 비고 鐘魚林壑空
전각엔 소나무 전나무 차갑구나 殿宇松杉冷
푸른 행전을 마련하고 싶어라 甚欲辦靑纏
바람 맞으며 다시 반성하고 싶네 臨風更三省

지장산 계곡을 거닐어본 사람은 알 것이다. 산 위에 무심히 떠있는 구름을 보면 나도 모르게 무심해진다. 혼자 산행을 하면 더 쉽게 무심해진다. 이색도 혼자 지장사를 향해 산에 오르는 중이다. 그림자를 동행자 삼아 텅 빈 숲과 계곡을 지난다. 사람이 없어 빈듯하지만 그렇지 않다. 계곡은 물소리, 바람소리, 새소리 등으로 가득하다. 나무향기, 꽃향기 등이 코를 자극한다. 걸음을 옮길 때마다 점차 아름다운 경치로 들어간다. 말 그대로 점입가경漸入佳境이다.

계곡 입구에서 조금 들어가면 왼쪽 숲속에 '지장산 응회암'에 대한 안내판이 세워져 있다. 맞은편 계곡으로 내려가면 응회암을 확인할 수 있다. 아름다운 지장산 계곡에 아름다움 하나를 더한 곳이다. 이곳 응회암은 중생대 백악기 시대에 생성되었다. 응회암은 공중에서 떨어져 굳은 강하응회암과 회류응회암으로 구분되며, 응회암 하부에는 신서각력암(모난 자갈이 굳은 퇴적암)이 분포하고 있다.

응회암을 확인한 후 되돌아가면 계곡 일부만 본 것이다. 계곡을 따라 올라가면 골짜기에서 산성의 흔적을 찾을 수 있다. 성터가 남아 있어 보가산성지保架山城址다. 이 산성을 보가산성保架山城, 일명 보개산성 또는 궁예대왕각대성지弓裔大王閣岱城址라고도 한다. 『대동지지』에는 보개산고성寶蓋山古城으로 표기되었는데, "부에서 동북쪽으로 15리에 있으며, 둘레는 4리고, 가운데에 우물이 3개 있다. 면面엔 험준한 석문石門이 마주 서 있다."고 설명한다. 성은 자연석을 엇갈려 쌓았는데 응회암이 많이 포함되어 있다. 골짜기 중심부의 석축은 길이가 약 30m, 높이가 8~10m가량 남아 있고, 부근에서 무너진 성의 흔적을 찾을 수 있다. 전설에 의하면 이 산성은

보가산성지

강원도 철원에 도읍하고 있던 궁예가 왕건군에 항전하기 위해 쌓은 성터라고 알려져 있다.

산성 주변을 보니 천연 요새다. 계곡 입구는 바위 암벽으로 성문을 만든 것 같다. 이곳만 지키고 있으면 계곡 안쪽으로 들어올 수 없다. 전쟁이 일어날 때마다 주변 백성들의 목숨을 책임졌을 산성은 이제 역사가 되어 지장산 계곡을 지킨다.

동물들의 안식처

# 옹장굴

　대교천에서 옹장굴로 향하는 길은 마치 옹장굴의 미로와 같다. 관인면사무소로 향하다가 왼쪽으로 달리면서 더욱 그러하다. 몇 개의 마을을 지나고 몇 개의 조그만 고개를 넘자 옹장굴 표지석이 보인다. 사유지라 조심스레 들어가니 잘 꾸며진 정원 속이다. 곧게 뻗은 메타세콰이아가 밭 한쪽을 차지하고 삼각형으로 잘 다듬어진 주목이 도열해 있다. 주인의 보살핌을 받은 각종 나무가 군데군데 정갈하게 서 있다. 이제는 나무를 가꾸는 것을 낙으로 삼는 주인아저씨 손길 덕분이다. 집 건너편 건물은 다양한 공구들로 가득 찬 창고다. 30여 년 동안 농장을 가꾼 공구들로 채워진 주인아저씨의 보물 창고다.

　주인아저씨의 보물은 동굴이다. 서울서 30년 전에 내려와 집을 짓다가 굴을 발견했다. 굴 입구 넓은 공간엔 구들이 놓여 있었다고 한다. 예전에 천연 동굴에서 사람이 거처한 흔적이다. 이 지역은 예전에 옹기를 굽던 곳이어서 옹장골이라 불렸기 때문에 옹장굴이라는 이름을 붙였다.

　집 안에 있는 제1 출입구로 들어갔다. 문을 열고 안으로 들어가니 한겨울이지만 따뜻하다. 동굴에서 나오는 따스한 기운으로 겨울에도 영상 15도를 유지한다고 한다. 건기라 물은 흐르지 않지만 여름에는 커다란 바위 아래에서 물이 흘러나오고 시원한 바람이 나온다고 한다.

옹장굴

옹장굴의 전체거리는 대략 2.5km쯤 된다. 대학교 교수들과 학술조사단이 와서 1km 거리의 동굴을 탐사했는데, 동굴의 입구는 좁지만 안으로 들어가면 넓은 공간이 나오고 박쥐 등 여러 종류의 동물이 살고 있음을 확인했다. 동굴의 규모는 폭 2m 내외, 높이는 약 1m이다. 옹장굴은 한탄강 지류의 골짜기에 있으며 아직도 미답사 지역이 더 남아있다.

옹장굴은 한탄강으로부터 직선거리로 약 400m 떨어진 곳에 있는 침식동굴이다. 침식동굴 중에서도 생성과정이 매우 특이하여 국내에서는 유일한 형성과정을 가졌다. 한탄강에 용암이 흐르기 이전, 중생대 쥬라기 흑운모화강암이 한탄강변에 분포하고 있었다. 이 화강암 위에 오랜 풍화로 인해 풍화토와 퇴적물이 쌓였고, 이 위를 용암이 덮게 되었다. 용암은 오랜 세월이 지나 식으면서 현무암 주상절리를 형성하였고, 절리를 따라 빗물이 유입되면서 화강암 위에 있던 풍화토나 퇴적층을 동굴 밖으로 운반하게 되었다. 또한 화강암도 차별침식에 의해 깎여 나가면서 동굴 천장은 현무암, 바닥은 화강암으로 이루어진 독특한 동굴이 되었다.

집 밖으로 나오니 제2 출입구가 보인다. 앞에 놓인 약도를 보니 출입구가 10개며 동굴 모양은 그야말로 미로다. 군데군데 광장과 같이 넓은 곳을 가리키며 학술조사단이 몇 날 숙식을 하며 조사했다는 이야기도 전해주신다. 예전에 조사단원과 들어갔다가 동굴에서 길을 잃고 한참을 헤매기도 했다는 일화도 들려주신다. 한여름에도 하얀 김이 나온다고 한다. 이곳은 박쥐가 드나드는 문이다. 지금도 박쥐가 매달려 있곤 한다고 들려주신다. 입구 맞은편 바위는 위령비다. 동굴을 조사할 때 다수의 동물 뼈를 발견했다. 동굴은 동물들의 안식처였던 것이다. 동물의 유해를 수거하여 매장하고 위령비를 세웠다. "가련한 넋들이어 천국에서 누리거라"란 글귀가 마음을 따뜻하게 한다.

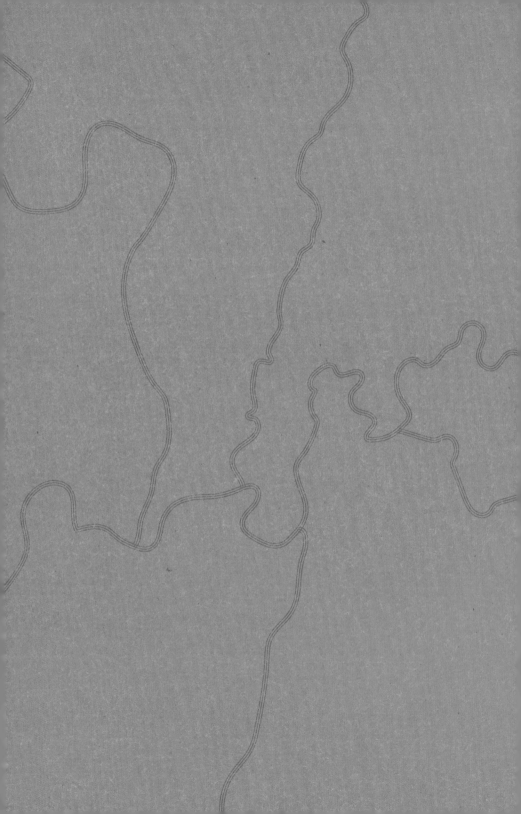

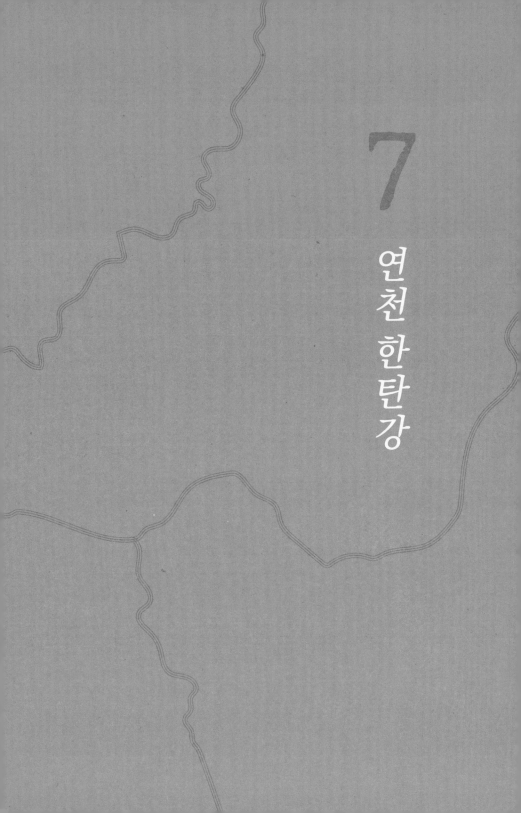

# 7

연천 한탄강

# 7

연천
한탄강

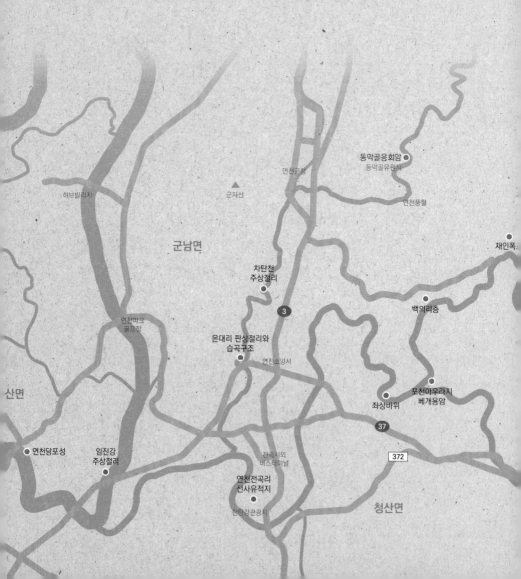

허브빌리지

군자산

연천군청

동막골옹회암
동막골유원지

현천풍혈

군남면

재인폭

차탄천
주상절리

백의리충

3

연천파크
골프장

은대리 판상절리와
습곡구조

연천소방서

포천아우라지
베개용암

좌상바위

37

산면

연천당포성

임진강
주상절리

전곡시외
버스터미널

372

연천전곡리
선사유적지

청산면

한탄강관광지

자줏빛 안개가 피어오르다
# 재인폭포

재인폭포로 향하는 발걸음은 가벼우면서도 무겁다. 절경을 본다는 기대감에 흥분되면서도 즐겁지 않다. 복잡미묘한 까닭은 한탄강을 가로지른 댐 때문이기도 하지만 재인폭포에 전해지는 전설 때문이기도 하다. 왜 아름다운 곳에 슬픈 이야기가 전해지는 것일까? 고을 원님이 빼어난 미모를 가진 재인의 아내를 탐하고자 폭포에서 재인에게 외줄을 타게 하였다. 재인이 중간쯤 갔을 때 줄을 끊어 떨어져 죽게 하고 그의 아내를 빼앗으려 했다. 재인의

해동지도 속
재인폭포

아내는 남편의 원수를 갚기 위해 원님의 코를 물어뜯고 자결했다. 『여지도서』가 들려주는 권력자의 횡포에 희생당한 백성의 이야기는 슬프다.

또 다른 전설도 슬픈 것은 마찬가지다. 옛날 재인이 마을 사람과 함께 폭포 아래에서 놀다가 마을 사람 아내의 미모가 뛰어나 흑심을 품었다. 재인이 자기 재주를 믿고 그 자리에서 장담하기를 절벽 양쪽에 외줄을 걸고 능히 지나갈 수 있다고 했다. 마을 사람이 재인의 재주를 믿지 못하자 그 자리에서 자기 아내를 내기에 걸었다. 잠시 후 재인은 벼랑 사이에 놓여 있는 외줄을 타기 시작하는데, 춤과 기교를 부리며 지나가는 모습이 평지를 걸어가듯 하였다. 재인이 반 정도 지났을 때 마을 사람이 줄을 끊어버려 재인은 수십 길 아래로 떨어져 죽게 된다. 이 일로 폭포를 재인폭포라 불리게 되었다고 한다. 흑심을 품은 재인의 개과천선으로 끝내도 되지 않았을까.

전설과는 달리 재인폭포를 자줏빛 안개가 피어오르는 '자연폭紫烟瀑'으로 표기한 기록도 보인다. 읍지에서도 볼 수 있고 옛 지도에서도 보인다. 자연폭紫烟瀑은 중국의 유명한 시인 이백의 「여산폭포廬山瀑布를 바라보며」란 시에서 착안했을 가능성이 높다.

해가 향로봉을 비추니 자줏빛 안개가 일어나고  日照香爐生紫煙
멀리 폭포를 바라보니 긴 냇물을 걸어 놓은 듯  遙看瀑布快長川
날 듯이 흘러 수직으로 삼천 척을 떨어지니  飛流直下三千尺
아마도 은하수가 구천에서 떨어지는 듯하구나  疑是銀河落九天

중국의 절경 중 하나인 여산폭포의 장관을 묘사한 이 시는 감각적이면서도 낙천적이고 호방한 기상을 보여준다. 여산의 향로봉에 있는 폭포를 노래한 시의 전반부에서는 시각적 이미지를 최대한 이용하여 멀리서 보는 폭포가 흡사 강을 매달아 놓은 것 같다고 표현한다. 폭포의 배경이 되는 것은 햇빛에 비쳐서 안개가 어려 있는 여산의 봉우리이다. 이처럼 산과 폭포가 어우러진 풍경의 묘사는 그대로 한 폭의 산수화를 보는 느낌을 자아낸다. 시의 후반부에서는 폭포의 높이가 삼천 자나 되기 때문에 모양이 하늘에서 은하수가 쏟아지는 것 같다고 표현함으로써 시인의 호탕한 기개를 표방한다. 특히 삼천 자나 되는 높이에서 곧바로 떨어지는 폭포의 물줄기는 시인의 강직한 마음을 상징하는 것으로 볼 수 있다. 여산폭포를 재인폭포로 바꾸어도 해석은 달라지지 않는다.

한탄강을 따라 흐르던 용암은 작은 하천을 만나면 하천을 거슬러 올라가는 역류 현상을 보였다. 이후 굳어진 현무암 위로 계곡을 따라 흐르던 물이 오랜 세월 흐르면서 암석을 침식시켜 재인폭포를 만들었다. 재인폭포를 비롯하여 한탄강 일원에 위치한 비둘기낭폭포와 직탕폭포는 모두 이와 같은 두부침식에 의해 만들어진 폭포다.

전망대에서 보면 하늘에서 은하수가 쏟아지는 것 같다. 가까이 갈수록 자줏빛 안개가 피어오르는 것 같다. 안전모를 쓰고 폭포 아래로 가노라니 건너편 절벽에 폭포 흔적이 보인다. 예전에 물이 떨어지면서 만든 못에 아직도 물이 고여 있다. 폭포로 접근할수록 웅장해진다. 폭포수 소리가 계곡에 진동한다. 컴컴한 하식동굴에는

재인폭포

용이 있을 것 같다. 화살처럼 쏟아져 내릴 것 같은 주상절리에 뒷
걸음치게 된다. 탐방로는 폭포 상류로 이어진다. 계곡물을 잔뜩 머
금고 있는 연못이 보인다. 가마솥처럼 생긴 가마소는 푸르게 하늘
을 담았다. 주변의 검은 현무암이 하늘보다 더 푸른 못을 만든다.

아직 바위가 되지 않았다

# 백의리층(미고결 퇴적층)

한탄강 곳곳에서 볼 수 있는 것은 구멍이 송송 뚫린 현무암과 주상절리다. 또 하나는 인공시설물인 양수시설이다. 한탄강 본류뿐만 아니라 지류인 대교천에서도 쉽게 볼 수 있다. 고문리에 있는 양수시설은 특히 규모가 크다. 양수시설 옆에 '한탄강과 농업용수'를 설명하는 안내판이 보인다. '현무암 용암대지는 보수력(흙이 수분을 보존하는 힘)이 약해 농사를 짓기 힘들다. 현무암 협곡의 발달로 평지보다 20~30m 아래로 흐르는 강물을 끌어 올려 지금과 같은 농사를 짓기 시작한 것은 불과 100여 년 전'이었다. 조선시대만 해도 한탄강 일대는 황무지여서 강무장이나 사냥터로 활용되었다고 설명한다. 안내판을 읽고서야 세종대왕이 철원에서 19회에 걸쳐 강무를 진행한 사실이 이해가 된다. 철원의 너른 벌판인 재송평裁松坪과 대야잔평大也盞坪이 지금은 곡창지대로 널리 알려졌지만 예전에는 관개시설의 부족으로 농사짓기에 불편한 메마른 땅이었다는 것도 이해가 간다. 예전에 한탄강 주변에 살았던 이들은 한탄강의 물을 보면서도 농사에 사용할 수 없었으니 얼마나 한탄하였겠는가. 관개시설이 발달하여 한탄강에는 60여개의 양수시설이 들어서게 되면서 더 이상 한탄하는 일이 없게 되었다.

백의리층을 보기 위해 강으로 내려가는 길은 환상적인 산책로다. 햇살이 퍼지는 듯한 모양의 주상절리가 먼저 시선을 끈다. 자세히 보니 햇살이 쏟아지는 것 같다. 현무암이 켜켜이 쌓인 곳도 보이고 작은 협곡에 폭포도 보인다. '백의리층'은 현무암 주상절리 절벽 아래에 아직 암석화 되지 않은 퇴적층을 말한다. 연천군 청산면 백의리 한탄강변에서 처음 발견되어 백의리층으로 부른다. 이곳은 행정구역으로 연천읍 고문리에 있는 지질이지만 백의리층이라 하는 이유다. 백의리층은 주로 자갈들이 많은 역암층이 많지만, 일부 모래층과 진흙층이 현무암 아래에 놓여 있기도 하다. 백의리층과 같은 미고결 퇴적층이 현문암과 같이 딱딱한 암석 아래 놓이는 양상은 국내 내륙에서는 한탄강 일대에서만 관찰되는 매우 특이한 현상으로 지질 교육적 가치가 매우 높다.

백의리층이 신생대 제4기 현무암에 의해 덮이게 된 것은 현재의 한탄강 유로와 옛 한탄강의 유로가 달라졌음을 말한다. 당시 옛 한탄강

백의리층

에는 지금의 백의리층을 이루는 퇴적물들이 퇴적되고 있었을 것이며, 옛 한탄강을 따라 용암이 흘러들어옴으로써 두꺼운 현무암층을 형성하였다. 이후 오랜 시간에 걸쳐 현무암은 침식되어 떨어져 나가고 한탄강의 유로를 형성하여 현재의 한탄강으로 발달된 것이다.

백의리층에 포함된 자갈들을 자세히 관찰하면, 자갈들이 일정한 방향으로 배열된 것을 볼 수 있다. 이는 옛 한탄강이 흐르던 물의 방향을 알려준다. 백의리층 위로 신생대 제4기 현무암이 부정합으로 놓여 있는데 이들 사이에는 뜨거운 용암이 흐르면서 대기 중에 노출되어 있어 차가운 백의리층(지표면)과 만나 식으면서 표면의 암석이 깨지고 뒤틀려 다양한 크기의 돌 부스러기로 형성된 클링커가 나타난다.

환상적인 산책로를 걸어 올라가며 신생대를 검색해 보았다. '지질시대는 시생 이언, 원생 이언, 현생 이언으로 나뉘고, 현생 이언은 다시 고생대, 중생대, 신생대로 구분한다. 신생대는 6500만 년 전부터 현재까지를 말한다. 포유류는 중생대 말기부터 증가하기 시작하여 신생대에는 그 종류도 다양해졌다. 신생대 말기 인류의 조상이 출현하였고, 현재까지 진화해왔다.' 신생대 제4기를 찾아봤다. '플라이스토세Plestocene, 258만 년 전~12,000년 전와 홀로세 Holocene, 12,000년 전~현재를 포함하는 지난 258만 년 동안의 지질학적 기간'이다. 한탄강을 걸으면 까마득해지는 시공간 앞에서 한없이 작아지고 초라해진다. 급기야 겸손해진다. 특히 아직 암석화되지 않은, 암석화가 진행 중인 백의리층을 보노라면 잘난 멋에 살아왔던 몇 십 년 삶을 반성하게 한다. 한탄강은 단순한 지질의 특성을 보여주는 것에서 끝나는 것이 아니다.

아우라지 뱃사공아 배 좀 건네주게
# 포천 아우라지 베개용암

허목許穆, 1595~1682은 「화적연기禾積淵記」에서 "화적연의 물은 서쪽으로 흘러 청송곡靑松谷에 이르러 북쪽으로 백운계와 합류한다. 그 아래는 대탄大灘이다."라고 말한다. 백운계는 백운산에서 발원하여 금수정과 창옥병을 지나 흐르다가 한탄강으로 합류하는 시내를 말한다. 백운계가 청송곡靑松谷에서 합류하면서 대탄大灘이 된다고 본 것이다. 대탄이 시작되는 곳에 '포천 아우라지 베개용암'이 있다. '아우라지'는 어우러진다는 뜻으로서, 두 갈래 이상의 물길이 한데 모이는 어귀를 이르는 말이다.

예전에는 한탄강을 지역마다 특색을 살려 여러 명칭으로 세분화하였다. 남용익南龍翼, 1628~1692은 「대탄大灘」이란 시를 남긴다.

깊은 골짜기 외론 연기 오르고  絶峽孤煙起
텅 빈 강에 새 한 마리 나는데  空江一鳥飛
석양에 늦게야 돌아오는 배  夕陽廻棹晚
단풍잎 낚시터를 비추네  楓葉照漁磯

멍우리 협곡을 지나 들판을 깊게 침식하며 흘러온 강물은 포천에서 흘러온 물과 만나면서 잔잔해진다. 이곳에 강 양쪽을 이어주는 나루터가 있었다. 남용익의 시가 이곳을 읊은 것인지는 확실하지 않으나 이곳의 분위기와 흡사하다.

포천 아우리지 베개용암

  신답리 쪽 전망대에서 아우라지 베개용암을 관찰할 수 있다. 나루터 바로 앞 전망대에서도 볼 수 있다. 육안으로는 볼 수 없고 망원경으로 베개용암의 존재를 확인할 수 있다. 베개용암은 현무암이 수중에서 굳어졌음을 말해주는 세계적인 지질 유산이다. 마치 수백 개의 돌베개를 모아놓은 것 같은 모습이다. 용암이 차가운 물과 만나 빠르게 식을 때 표면이 둥근 베개 모양으로 굳으면서 생긴다. 대개 깊은 바다에서나 볼 수 있는데 아우라지 베개용암은 내륙의 강가에서 발견돼 매우 희귀한 자료로 꼽힌다.

  마침 배가 한가롭게 쉬고 있다. 강을 건너는 사람은 이제 배를 사용하지 않는다. 콘크리트 다리가 건설되면서 배는 사람을 더는 태우지 않는다. 콘크리트 다리도 수명을 다했는지 교각 흔적만이 남아있지만, 하류에 더 튼튼한 다리가 들어섰다. 어부의 배는 한낮에 길게 쉬고 있다. 배개 용암의 베개와 휴식은 얼마나 잘 어울리는 말인가.

제일 어른 바위
# 좌상바위

주차장에서 내리자 먼저 눈길을 끄는 것은 여울이다. 여울 속에서 우뚝 서서 물살을 정면으로 맞서는 바위들이 물살을 하얗게 뒤집는다. 강 양쪽에 견고하게 버티는 주름진 바위들도 범상치 않다. 여울은 이내 벼랑 밑에 깊은 못을 만들며 잔잔해진다. 좌상바위만 보면서 가면 놓치기 쉬운 풍경이다.

좌상바위는 신선이 노닐던 바위라고 하여 선봉바위라 한다. 풀무 모양이며 그곳에서 풀무질을 하였다하여 풀무산이라 한다. 많은 사람들이 떨어져 죽었다고 하여 자살바위라고도 한다. 청산면 일원에서 가장 많이 부르는 것은 좌상바위다. 궁평리 마을 좌측에 있는 커다란 형상이라는 뜻이라 보기도 하고, 장승 왼쪽의 바위이기 때문에 좌상바위라 부른다고도 한다.

후한後漢의 공융孔融이 후진들을 잘 이끌어 주었으므로, 한직에 물러나 있을 때에도 늘 빈객이 끊이지 않았다. 공융이 이에 "늘 좌상객座上客이 집안에 가득하고, 술동이에 술이 떨어지지만 않는다면, 내가 걱정할 것이 뭐가 있으랴."라고 했던 고사가 있다. 이때 좌상座上은 좌석에 모인 사람 가운데서 제일 어른 되는 사람을 가리킨다. 한탄강 옆에 60m 높이로 경이롭게 우뚝 솟아있어 바위라기보다는 하나의 산이니 '좌상座上'이라 해석하는 것이 어울릴 것 같다.

좌상바위는 중생대 백악기 말의 화산활동으로 만들어진 현무암으로 이루어졌다. 화산의 화구나 화도 주변에서 마그마가 분출하면서 만들어진 것으로 알려져 있다. 바위에 세로 방향으로 띠가 관찰되는 것은 빗물과 바람에 의해 풍화된 것으로 오랜 시간 땅 밖으로 드러나 있음을 보여준다.

좌상바위 건너편 강가에 만들어진 자갈 사주에서 다양한 암석들을 관찰할 수 있다. 현무암을 비롯한 변성암, 화강암, 응회암, 각력암, 편마암 등이 한자리에서 모여 있다. 과거에 하천이 흘렀던 흔적을 보여주는 하안 단구층이 좌상바위 초입부에 있어 지형학적 특징도 관찰할 수 있다.

좌상바위 앞을 흐르는 강을 예전에는 대탄大灘이라고 했다. 김창흡金昌翕은 포천에서 연천으로 향하다가 한탄강을 건너며 「대탄大灘」을 짓는다.

일찍 초촌(樵村)에서 말먹이고  早秣樵村馬
자고새 깨는 걸 무릅쓰고 가니  來衝鴣鵲眠
찬 하늘엔 새벽안개 자욱하고  寒空淹曙靄
급한 여울은 세월을 보내네  急瀨送流年
옛사람 피곤하던 곳을 건너니  渡古人疲矣
정자는 무너지고 언덕만 우뚝하네  亭頹岸屹然
매 데리고 권세가들 지나가자  牽鷹豪貴過
떠드는 소리 빈 배에 요란하네  餘鬧著虛船

옛사람은 바위보다는 물에 관심을 보였다. 바위와 물이 있으면 물을 중심으로 이름을 짓곤 했다. 물이 더 소중해서일까? 좌상바위

좌상바위

를 보며 시문을 남기지 않은 선인에게 섭섭한 마음이 가시지 않는
다. 그림으로 남기지 않은 선인들에게 서운하다. 이제 우리가 시문
을, 그림을 남길 차례다.

# 동막골 응회암

어디를 가던 동막리는 '웰컴 투 동막골'이 연상된다. 6 · 25 전쟁
이 한창이던 때 강원도의 산골 마을 동막골에 머물게 된 국군, 인
민군, 연합군의 갈등과 화해를 그린 영화가 '웰컴 투 동막골'이다.
영화를 촬영한 마을은 평창군 미탄면의 율치리지만, 삼척의 동막
리와 철원의 동막리도 영화의 배경이 될 만한 첩첩 산골이다. 연천
군 동막리는 보개산 자락을 따라 형성된 계곡에 흐르는 맑은 물 때
문에 유원지가 들어서면서 피서객들이 많이 찾지만 예전에는 영화
를 찍어도 될 정도의 산골이었다. 실제 이곳에서 있었던 일을 영화
화했다고 한다.

동막골 응회암

보개산 자락에 안긴 동막리는 보개산과 불가분의 관계다. 『신증
동국여지승람』은 보개산을 철원군에서도 소개하고 연천군에서도
소개한다. 지금은 연천군과 포천시에 걸쳐 있는 산이다. 옛 기록은
보개산으로 알려져 왔지만 연천군은 산의 정상을 보개산 지장봉으
로, 포천시에서는 지장산이라 부른다. 최고봉이 마치 보개를 쓰고
있는 모습을 닮았다고 해서 보개산이란 이름을 얻게 되었다고 한다.

보개산은 지장성지로 유명하다. 고려 때만 해도 60여개가 넘는
사찰이 있었다고 한다. 『신증동국여지승람』에서 심원사, 석대사,
지장사 이외에 성주암, 지족암, 용화사, 운은사 등이 모두 보개산
에 있었다고 알려준다. 불국토라고 해도 과언이 아니다.

보개산 서쪽 산기슭에 자리 잡은 심원사는 진덕여왕 1년인 647
년에 영원조사靈源祖師가 창건한 흥림사興林寺에서 출발한다. 1396
년에 무학無學이 중창하면서 이름을 바꿨다. 한국의 지장신앙은 관
음신앙, 약사신앙과 더불어 대표적인 보살 신앙이다. 관음신앙이
살아 있는 자의 현세 기복을 위한 것이라면, 지장신앙은 죽은 자를
위한 신앙이다. 바로 심원사가 대표적인 지장 도량 중 하나다. 한
국전쟁 중에 폐허가 돼 민간인 출입이 통제되자, 1955년 철원 상노
리에 새 사찰을 짓고 이름을 '심원사'라 하였다. 이후 옛터에서도
사찰을 복원하기 시작했다. 1997년에 국유지로 돼 있던 심원사 소
유 250만평을 되찾았다. 이어 2004년에는 옛터에 극락보전을 복원
하면서 '원심원사元深源寺'의 역사가 시작되었다.

김시습의 「보개산에서 온 스님이 있어 시를 짓다」란 시에서 스
님은 보개산 심원사에서 온 스님을 뜻한다.

철원은 천 년의 옛 고을이라  東州千古地
예전에는 태봉의 관문이었네  曾是泰封關
보개산의 구름 일산같이 둥글고  寶蓋雲如繖
보리진의 밝은 달 쟁반같이 떴네  菩提月似盤
위태로이 등넝쿨 잔도에 얽혔는데  危藤縈棧道
세찬 폭포 바위틈에서 쏟아지네  飛瀑漱巖間
일찍이 놀던 심원사 생각하나니  因憶曾遊處
가을바람에 단풍잎 한창 붉겠지  秋風葉正殷

　김시습의 시 중에 「보개산」과 「심원사」가 있는 것으로 보아 직접 보개산 심원사에 갔었던 것 같다. 심원사로 향하는 잔도와 계곡의 폭포를 묘사한 것이 자세하다. 김시습뿐만 아니라 조선시대의 많은 문인들의 시문에서 쉽게 보개산을 찾을 수 있다. 고려시대의 이색李穡이나 이제현李齊賢도 시문을 남겼다. 보개산은 종교적으로 중요할 뿐만 아니라 문화적으로도 중요한 장소였다.

　지질학적인 특성이 더 추가되었다. 철원지역부터 보개산 지장봉과 동쪽의 종자산 일대의 높은 고산지대는 모두 화산암류에 속하는 철원분지 지역에 속한다. 동막골은 가까이에 있는 보개산에 속한 계곡이다. 보개산에서 흘러내려온 물이 동막골을 거쳐서 차탄천으로 들어간다. 동막골은 경치가 아름답고 물이 깨끗해 유람할 곳이 계속 이어진다. 예전에는 유원지에서 물놀이만 하다 갔지만 이제는 바위를 유심히 살펴봐야 한다. 바위 중 응회암을 쉽게 찾을 수 있다. 응회암은 화산에서 뿜어져 나온 암석부스러기가 쌓여 만들어진 암석이다. 동막리 일대에 응회암이 넓게 나타나는 것은 이 부근에서 화산활동이 활발했다는 것을 보여준다. 화산이 폭발하면서 화산재와 화산탄 등이 공중으로 상승하였다가 땅 위를 흐르는 용암과 만나 함께 퇴적된 것이 바로 동막골 응회암이다.

동막골을 떠나기 전에 보개산을 노래한 김시습의 시를 감상해야 한다. 보개산에 대한 최소한의 예의다.

> 보개산 모습은 푸르른데 寶蓋山容碧
> 철원의 가을 빛 짙어가네 東州秋色多
> 세월은 쏜살 같이 빠르며 年光急似箭
> 사람의 일 천보다 더 얇네 人事薄於羅
> 오랜 골짝에 저녁놀 고요하고 古壑煙嵐靜
> 하염없는 길엔 세월만 까마득 長途歲月賒
> 무슨 일로 정처 없이 떠도는가 飄飄緣底事
> 닿는 곳이 바로 내 집이네 到處卽爲家

비단과 같은 천보다 얇다는 것은 쉽게 찢어진다는 의미다. 쉽게 변한다는 것이며 가볍기 그지없다는 개탄이다. 사람 간의 일이 이러하다는 것을 이미 젊은 나이에 깨달아버린 김시습이 위안을 얻은 곳은 자연이다. 산수 사이에서 유람하면서 사람에게서 받은 상처를 치유하곤 했다. 보개산에서 김시습의 발길은 연천으로 향한다. 한탄강을 건너 서울로 향했으니 동막골을 지났을 것이다. 긴 계곡을 빠져나가며 조금이라도 위안을 얻었을 것이다.

정약용, 다시 유람하다

# 차탄천 주상절리

1794년(정조 18) 가을, 흉년으로 농사를 망친 백성들이 고통에 빠져있었다. 백성을 살필 경기도의 여러 수령들이 백성들을 돌보지 않고 부정부패를 하고 있다는 소문이 도성까지 들려왔다. 정조는 11월 초에 젊은 관리들 15명을 은밀히 불러 경기도 전역에 암행어사로 보냈다. 청년 관리들 중에 32살의 정약용도 포함되어 있었다. 정약용에게 조사하라고 지시한 지역은 경기 북부의 적성, 마전, 연천과 삭녕의 네 고을이었다. 이때 정약용은 연천에 들려「연천고을 누각에서[漣川縣閣]」를 남긴다.

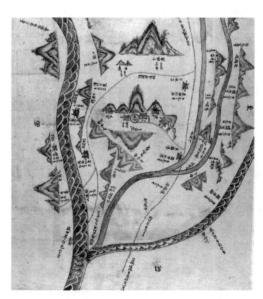

1872년도에
작성된 연천지도

푸른 산속 조그만 연천고을에　小縣蒼山裏
때는 초겨울 재차 유람하노라　重游屬淺冬
누각에 새로 바꾼 기둥을 보고　樓看新改棟
정원에 전에 심은 소나무 만지네　園撫舊栽松
글 배우는 아이들 명사가 많고　童學多名士
고을 아전 대부분 늙은 농사꾼　掾曹半老農
문옹(文翁)이 끼친 교화 이제껏 있어　文翁有遺化
옷소매에 흥건한 감격의 눈물　衣袖涕龍鍾

　문옹文翁은 한나라 말에 촉군태수蜀郡太守로 있으면서 성도成都에 관학을 설치하여 소속 고을의 자제들을 불러 배우게 했다. 부역을 면제해 주고 성적이 우수한 자는 고을 관리로 임명하였다. 무제 때 전국의 고을에 관학을 설치하게 된 요인이 되었다. 연천의 현실은 달랐다. 연천 현감의 부정부패는 극에 달했다. 마음대로 환곡을 나누어 주어 높은 이자를 받아 착복했다. 유배형에 처해야 한다는 상소를 올렸다. 정약용은 시에서 자신의 희망 사항을 적은 것이다.

　암행어사 정약용은 차탄천을 유람할 여유가 없었던 것 같다. 만약 봤다면 분명히 시를 남겼을 텐데 시가 없다. 추가령 구조곡을 따라 북에서 남으로 흐르는 차탄천은 철원 금학산 독서당리 계곡에서 발원하여 흐르다가 고대산과 보개산의 물이 모인 아미천을 받아들여 몸집을 불린 후 곳곳에 주상절리를 만들며 흐르다가 한탄강과 합류한다. 『신증동국여지승람』은 차탄車灘이 현 남쪽 5리에 있으며 근원은 강원도 철원부 서쪽 고을파古乙坡에서 나와 남으로 흘러 양주楊州 유탄楡灘으로 들어간다고 설명한다. 차탄은 도당골에 은거했던 진사 이양소를 만나기 위하여 연천으로 행차하던

차탄천 주상절리

태종의 수레가 여울을 건너다가 빠져서 '수레여울'로 불리어지게
되었다는 전설을 갖고 있다. 1872년도에 작성된 연천 지도를 보면
차탄천은 아미천과 함께 연천의 동쪽을 흐르며 젖줄 역할을 한다.

차탄천의 진면목을 보려면 연천읍에서 은대리성에 이르는 '차탄
천에움길'을 걸어야 한다. '차탄천에움길'은 차탄천을 둘러싼 길이
란 뜻으로, 총 9.5km에 3~4시간 걸린다. 현충탑에서 차탄교를 건
너자마자 천변을 따라 길이 이어진다. 하천에 길이 있기 때문에 큰
물이 지나가면 길은 없어진다. 경계석을 따라 길이 다시 만들어진

다. 물이 얼마나 크게 나갔는지 절벽 나무에 홍수의 흔적이 걸려 있다.

차탄천 주상절리는 차탄천 일대에 위치하는 다양한 형태의 주상절리다. 신생대 제4기에 분출한 현무암이 옛 한탄강을 따라 흐르다가 차탄천을 만나면서 역류하여 흘렀던 지역에 해당된다. 차탄천과 한탄강이 만나는 지점부터 현무암층이 관찰되다가 차탄천을 따라 상류로 올라가면 더는 현무암이 관찰되지 않는데 이곳까지 용암이 흘렀던 곳임을 알 수 있다.

차탄천 주상절리는 다른 지역에 비하여 비교적 가까운 지역에서 현무암층을 볼 수 있는 장점이 있다. 현무암층에는 수직으로 발달한 주상절리를 비롯하여 방사상 형태나 여러 방향으로 복잡하게 발달한 주상절리도 볼 수 있다. 주상절리를 절단한 수평 절리면도 가까이에서 직접 볼 수 있다. 차탄천을 따라 계속 가면 은대리에서 또 다른 지질이 기다린다.

세종, 가사평에서 사냥하다
# 은대리 판상절리와 습곡구조

차탄천 에움길을 걷다가 은대리 주상절리를 만난다. 차탄천 곳
곳에서 만나는 주상절리지만 직각 절벽에 힘차게 붓 터치를 한 듯
한 은대리 주상절리는 한 폭의 유화다. 고호의 거칠고 생동감 있는
붓질이다. 주상절리 하나하나는 위에서 아래로 힘차게 내려 그은
붓질이다. 발아래는 검은색 바위가 바둑판처럼 깔려 있다. 다른 곳
에선 보기 힘든 암석이라 발로 밟는 것이 미안할 정도다. 절벽 위
까마득한 곳을 교각이 가로지른다. 은대리와 왕림리를 잇는 왕림
교다. 왕림교 아래 징검다리를 건너 밑으로 내려가면 특별한 바위

은대리 판상절리

가 기다린다. 바위 옆에 '은대리 판상절리와 습곡구조'라는 안내판이 서 있다. 암석이 양 옆에서 미는 강한 힘을 받아 물결처럼 휘어진 것을 '습곡'이라고 하는데, 습곡구조 바위가 길옆에 보인다. 습곡구조 근처엔 일반적인 현무암과 달리 가로방향으로 발달해 물고기 비늘모양을 한 절리가 있다. 이런 것을 '판상절리'라고 한다.

에움길은 은대리성이 종점이다. 한탄강과 차탄천이 만나는 군사적 요충지에 세워진 은대리성은 고구려가 쌓았다. 은대리성은 당포성, 호로고루와 함께 임진강 · 한탄강의 북안에 위치하는 고구려성으로 삼각형 모양의 독특한 강안평지성江岸平地城이다. 다른 성에 비하여 석축의 구조가 취약하기는 하지만 토축과 석축을 결합한 독특한 고구려 축성기법을 보여준다.

차탄천이 한탄강에 합류하는 지점에 세운 은대리성은 서울과 원산을 잇는 교통로로 활용되어 왔던 추가령 구조곡에 접하여 있다. 이곳은 한반도의 중부지역과 동해안지역을 최단거리로 연결하는 교통의 요충지로서 『삼국사기』의 기록에 의하면 추가령 구조곡을 이용한 말갈족의 침입이 빈번하게 이루어졌던 전략적 요충지였음을 알 수 있다.

차탄천과 한탄강이 만나는 곳인 은대리성은 서거정徐居正, 1420~1488의 「연천漣川」이란 시를 감상하기에 적절한 곳이다. 삼국시대를 훌쩍 넘어선 조선 초기 연천의 모습을 짐작케 한다.

봄 진흙탕 길 미끄러워 말도 가기 겁내니  滑滑春泥怯馬蹄
양주서 오는 길 울퉁불퉁 높고 낮고 하네  楊州行路互高低
한탄강에선 얼음이 외려 얇은 걸 겁냈더니  大灘已怕氷猶薄

은대리성

돌아보니 여러 산봉엔 눈이 아직 가득하네  諸嶺回看雪尙齊
해진 모자 얇은 옷이 봄추위를 더하고  破帽輕裘增料峭
벼슬 정황 나그네 생각이 처량하기만 하네  宦情羈思轉凄迷
연천의 객관은 산을 의지하여 고요한데  漣川客館依山靜
석양에 이르러 베개 베고 편히 누웠네  欹枕高眠日向西

은대리성에서 동쪽과 북쪽에 펼쳐진 너른 벌판은 연천군의 대표적인 곡창지대다. 이곳을 가사평袈裟坪이라 했다. 『동국여지지』와 『신증동국여지승람』은 현 남쪽 10리에 가사평이 있다고 기록하였다. 이곳은 점토질 성분으로 이루어져 해빙기나 여름철 우기 때가 되면 통행이 어려울 정도로 질고 미끄러운 곳이다. 예전에 한탄강을 건너서 통현리까지의 20리 벌판길을 통과하자면 기운이 다 빠지고 탈진상태가 되었다는 사연을 간직한 곳이다. 서거정이 읊은 시의 첫구절은 가사평을 묘사한 것이다.

너른 벌판은 세종의 눈에도 들어왔다. 세종 6년인 1424년 9월에 연천의 가사평加士平과 불로지산佛老只山에서 몰이하고 낮참으로 연천에서 머물렀다는 기록이 보인다. 세종 24년인 1442년 3월에 배를 타고 고삭탄을 건너 가사평에서 사냥하고 연천 송절원에 머물렀다는 기록도 찾을 수 있다. 은대리성에서 보이는 벌판이 사냥터였다.

시인은 비장을 씻는다

# 전곡리 유적 토층

1977년 전곡리 한탄강 유원지에 놀러 왔던 미군 병사에 의해 석기가 발견되었다. 병사는 석기를 서울대학교 김원룡 교수에게 가져갔고 김원룡 교수와 영남대학교 정영화 교수에 의해 아슐리안계 구석기 유물로 밝혀졌다. 세계적으로 주목받는 구석기 유적으로 알려지게 되었다.

전곡리 유적은 전곡 시가지 남쪽, 한탄강이 감싸고도는 현무암 대지 위에 자리 잡고 있다. 선캠브리아기에 형성된 변성암류인 편마암과 화강암이 기반암을 이루며, 이 암반층을 강원도 평강지역에서 분출하여 임진강과 한탄강의 강바닥과 강변 절벽을 형성하고 있는 현무암이 넓게 덮고 있다. 현무암 위에 적색 점토퇴적층과 사질층의 퇴적물이 형성되어 있는데, 이 퇴적물의 상부 점토층이 구석기 문화층으로 이곳에서 석기가 집중적으로 발견되었다.

아슐리안형 석기의 발견 이후 현재까지 11차에 걸친 발굴을 통하여 3000여점 이상의 유물이 발견되었다. 이들 석기의 발견은 1970년대 말까지도 이들 석기의 존재 유무로 동아시아와 아프리카 유럽으로 구석기 문화를 양분하던 모비우스의 학설을 바꾸는 계기가 되었다. 또한 동아시아의 구석기 문화를 새로운 각도에서 이해하려는 많은 시도를 불러일으켰고, 이는 한국의 구석기 연구뿐만 아니라 전 세계 구석기 연구를 풍부하게 만드는 계기가 되었다.

전곡리 선사박물관

구석기인이 살았던 그곳을 지나 김시습은 한탄강을 건넜다. 1459년에 금강산을 갔다 오다가 보개산 심원사에 들린 그는 서울로 향하는 길이었다. 「대탄을 건너며」가 『매월당집』에 실려 있다.

물 건너는 곳 물결 맑고도 얕아  渡口波淸淺
들여다보고 고기도 셀 수 있네  臨流可數魚
강산에 처음으로 비 그치자  江山初霽後
바람과 달은 가을처럼 맑은데  風月九秋餘
갈대 언덕엔 고깃배 평온하고  葦岸漁舟穩
산성엔 고목들 듬성듬성  山城古木疏
앞으로 갈 곳 어디인가  前程何處是
뽕나무 무성한 촌마을  桑柘暗村墟

한탄강을 건넌 김시습은 그해 겨울을 서울 부근에서 보낸다. 소요사, 도봉산, 삼각산, 수락산, 회암사에 대한 시가 그의 행적을 알려준다.

선사유적지에서 강을 따라 내려가면 한탄강은 임진강과 합류하면서 끝난다. 조면호趙冕鎬, 1803~1887는 대탄에서 강의 흐름이 차츰 넓어지는 것을 보고 감격에 겨워 시를 짓는다. 남계리 도감포에서 시를 지은 것 같다.

매번 강 흐르는 곳을 볼 때마다 每見江流處
시인은 한번 비장을 씻어내니 詩人一洗脾
북쪽에서 흘러온 강 삼십 리 北江三十里
비로소 내 시를 쓸 수 있네 始足寫吾詩

흐르는 강을 볼 때마다 자신의 구태를 씻어버리고 시를 짓는 시인의 모습이 두물머리에 보이는 듯하다. 느릿느릿 협곡 사이를 흘러온 물은 서로 다툼 없이 합해지면서 유장하게 서쪽으로 흘러간다. 바다를 향해 끊임없이 흘러가는 물을 보면서 시인은 무슨 생각을 했는지 알 수 없다. 강이 합쳐지는 도감포에 서면 혹 알 수 있을지도 모른다.

석양에 붉게 물들다

# 임진강 주상절리

임진강은 곳곳에 아름다운 절경과 이야기를 품고 흐른다. 허목許
穆은 황산리의 승경을 「횡산기橫山記」에 기록한다. 연천 북쪽 강가
에 있는 아름다운 마을 횡산은 소나무 숲과 모래가 아래위로 널려
있고 남쪽 언덕은 모두 층암절벽이다. 산에는 숲이 우거졌으며 앞
에는 옛 나루터다. 강 가운데 돌이 많아 배가 돌을 스치며 지나가는
데, 물살이 세어서 자칫 실수하면 배가 돌에 걸려 건너갈 수가 없을
정도다. 서쪽으로 석벽 장경대長景臺가 보이고 동남쪽은 석저협구

임진강 주상절리

石渚峽口이며, 절벽 위에 도영암倒影庵이 있다. 법당이 강을 굽어보고 있어 가사를 입고 검은 두건을 쓰고 염주를 굴리며 불경을 외는 모습이 물에 비친다. 도끼를 들고 나무하는 사람, 동이를 들고 물 긷는 사람, 쌀 씻는 사람과 빨래하는 사람들의 그림자가 모두 깊은 못에 비친다. 내려다보면 마치 거울을 보는 것 같다. 아래는 망저탄望諸灘이고, 또 그 아래는 장군탄將軍灘이다.

횡산리 아래 삼곶리의 풍경도 허목의 「안개 낀 강에 배를 띄우고 낚시한 일에 대한 기」에 자세하게 실렸다. 웅연주인熊淵主人이 허목을 초대하여 이르니 주인이 조각배를 타고 기다리고 있었다. 강 주변은 온통 무성한 숲과 바위 벼랑이고, 녹색 빛깔을 띤 강물은 물감을 풀어 놓은 것만 같다. 배를 끌고 여울로 거슬러 올라가자 산은 깊고 모래는 희며 물은 세차게 콸콸 흐른다. 물가에 사람은 없고 흰 새만 물고기를 엿보고 있는데, 배가 가까이 다가가도 날아가지 않는다. 이곳은 정선의 그림 속에도 남아 있다.

하류로 좀 더 내려가면 징파나루[澄波渡]다. 징파나루는 연천현에서 서쪽으로 15리다. 서쪽 기슭 위아래 강의 벼랑이 기이하며, 동쪽 기슭은 모두 흰 모래다. 간간이 흰 자갈이 있고 이따금 고목이 있다고 허목은 설명한다.

징파도는 시문이 많이 남아있는 곳으로 유명하다. 고려시대 안축安軸의 「징파도를 지나다」란 시가 유명하다. 조선시대에 들어와 정두경鄭斗卿의 「새벽에 징파도에서 출발하다」도 널리 알려졌다.

새벽빛은 창창하여 안개 연기 자욱한데  曉色蒼蒼烟霧深
징파 나루 어귀에는 달 이제 막 지는구나  澄波渡口月初沈

돛을 달고 노를 저어 강을 따라가노라니　掛帆擊汰中流去
강 양쪽에 잡목 숲이 흐릿하게 드러나네　兩岸依俙楓樹林

　징파나루에서 밑으로 더 내려가면 임진강 주상절리가 기다린다. 임진강과 한탄강이 만나는 합수머리(도감포)에서부터 북쪽으로 임진강을 거슬러 수 킬로미터에 걸쳐 마치 병풍을 쳐 놓은 것 같은 것이 주상절리였다. 북한 평강군 오리산과 680m 고지에서 분출한 용암이 임진강 상류 쪽으로 역류하면서 현무암층을 만들었다. 화산활동이 끝난 후 용암대지가 강의 침식을 받게 되자 강을 따라 병풍 같은 주상절리가 만들어지게 된 것이다. 가을이면 주상절리의 절벽은 담쟁이와 돌단풍으로 물든다. 석양빛에 더욱 붉게 물들어 적벽이라 부른다. 사계절 다 아름답지만 가을날 석양에 찾아오면 황홀경 속에 빠지게 된다. 망연자실하여 돌아갈 줄 모르게 된다.

땅의 이로움은 사람의 화합만 못하다

# 당포성

당포나루로 흘러 들어오는 당개 샛강과 임진강 본류 사이에 형성된 주상절리 절벽 위 삼각형 모양의 평면 대지에 성을 쌓았다. 당포성은 별도의 성벽을 만들지 않아도 쉽게 적군을 막아 낼 수 있는 천혜의 지리적 이점을 활용한 성이다. 임진강으로 유입되는 작은 하천들이 현무암 절벽을 뚫게 되는 곳에 성벽을 쌓아 방어가 취약한 지점만을 보강하였다. 평지로 연결된 동쪽에는 돌로 쌓아 성벽을 축조했다. 동측 성벽은 길이 50m, 잔존 높이 6m정도이다. 동벽에서 성의 서쪽 끝까지의 길이는 약 200m에 달하고 전체 둘레는 450m 정도다. 성 축조에 이용한 돌은 주변에서 흔히 구할 수 있는 현무암이다. 당포성의 배후에는 개성으로 가는 길목에 해당하는 마전현이 자리하고 있다. 양주분지 일대에서 최단거리로 북상하는 적을 방어하기에 당포성은 필수적이다. 반면에 남하하는 적을 방어하는데도 매우 중요한 위치이기 때문에 신라의 점령기에도 꾸준히 이용되었던 것으로 보인다.

옛 기록에도 당포성이 보인다. 허목許穆은 「무술주행기戊戌舟行記」에 "마전麻田 앞의 언덕 강벽 위에 옛 진루가 있었다. 지금 그 위는 총사叢祠; 잡신을 모시는 사당가 되었다. 앞의 나루를 당포堂浦라 하는데, 큰물이 들면 나루길이 트였다."라고 적었다. 조선시대에 들어와서 성이 폐허가 되었음을 보여준다.

당포성 전망대에 서니 "하늘의 때는 땅의 이로움만 못하고, 땅의 이로움은 사람의 화합만 못하다天時不如地利 地利不如人和."란 『맹자』에 나오는 문장이 떠오른다. 맹자는 승패의 기본적인 요건을 첫째 하늘의 때, 둘째 땅의 이로움, 셋째 인화의 세 가지로 보았다. 전쟁에서 이기기 위해 아무리 기상과 방위, 시일의 길흉 같은 것을 견주어 보아도 지키는 쪽의 견고함을 능가하지 못한다. 아무리 요새가 지리적 여건이 충족된 땅의 이득을 가지고 있다고 하더라도 이것을 지키는 이들의 단결이 없으면 지키지 못한다 보았다. 결국 민심民心을 얻는 것이 중요하지 산성의 견고함은 나중의 일이라는 것이다. 고구려는 성의 주인으로 남지 못했다. 땅의 이로움만 믿었기 때문이 아닐까.

당포성

# 찾아보기